KB069263

포스트
캡슐

15년 만에 도착한 편지

# 포스트
# 캡슐

오리하라 이치 지음 | 김윤수 옮김

∞ 문학수첩

# 차례

*

### 《포스트 캡슐》서문

그 상자에는 '포스트 캡슐'이라고 적힌 종이가 붙어있다. 종이를 붙여놓은 테이프 가장자리는 떨어져 너덜너덜하고 접착 면은 갈색으로 변해있다. 15년이라는 세월의 흐름이 느껴지는 테이프를 뜯어내어 '봉인'을 푼다.

상자를 열자 먼지와 곰팡이, 습기가 뒤섞인 냄새가 희미하게 피어오른다. 그 안에는 각양각색의 우편물들이 들어있다. 엽서가 있는가 하면 편지봉투도 있다. 디렉트 메일과 근사한 장정의 카탈로그도 들어있다.

이 포스트 캡슐 '기획'에 참가한 사람들은 약 150명이다. 편자는 그 편지들을 모두 읽으면서 공정하고 엄정하게 심사를 한다.

그리고 흥미로운 편지를 몇 통 선정하고 우체통에 넣은 지 15년 만에 배달인에 의해 배송지로 보낸다. 편자는 편지를 받은 사람이 어떤 반응을 보이고 어떻게 행동하는지를 제3자의 눈으로 주의 깊게 지켜보고 기록한다는 기획이다.

일단 총 여섯 통의 편지가 선정됐다. 모두 흥미로운 내용이다. 15년 전에 편지를 보낸 사람의 마음, 15년 뒤에 편지를 받는 사람의 기쁨, 슬픔, 그리고 당혹스러움. 편지가 어떤 파문을 불러일으키는지 당사자의 기분이 되어 읽었으면 한다.

## 2

단순히 흥미롭다고 해서 채용되는 것은 아니다. 탈락시키기에는 아쉽지만 어떤 한 가지 이유 때문에 선정할 수 없는 편지도 있었다.

바로 다음과 같은 경우다. 한 남자가 좋아하는 여자에게 보낸 러브레터인데 결코 평범하지가 않다. 광기에 차있다. 일방적으로 여자를 좋아하게 된 스토커는 편지를 어떻게 썼을까.

리카 씨

이제 그만 좀 무시하지 그래? 이쪽에서는 진심을 다하는데 당신 태도는 완전히 최악이야. 자기가 엄청난 미인이라고 자신하나 봐. 나처럼 별 볼 일 없는 남자는 인간쓰레기로 생각하고 아예 처음부터 인정하지 않나 보네.

두고 봐. 나, 금방 유명해질 테니. 아직 데뷔 전이지만 머지 않아 틀림없이 잘나가게 될 거야. 사람은 겉만 보고 판단하는 게 아니야.

그래서 말인데, 조만간 당신한테 내 마음을 전할 거야.

그때 대답 줘. 내가 이렇게까지 사랑하니까 당신도 내 마음에 답해줬으면 해.

그래도 계속 쌀쌀맞으면 나도 다 생각이 있으니까.

아무튼 그건 됐고. 꼭 당신한테 내 마음을 전하고 말 거야.

당신을 사랑하는 익명의 남자가

이처럼 범죄가 예감되는 내용인데도 '포스트 캡슐' 기획에서 제외한 이유는 단 한 가지, 발신인이 익명이었기 때문이다. 아쉽다. 정말 아쉽다.

익명의 스토커가 여자를 노린다. 15년 뒤 이 편지를 받은 사람은 누구에게 분노를 쏟아내고 누구에게 답신을 해야 할지 모른다. 이 기획의 주된 목적은 편지를 주고받는 것이기 때문에 편지를 받아도 답신을 못 하는 이런 사례는 기획에 어울리지 않는다.

참고로 이 편지가 나중에 어떻게 전개되는지 지금 이 자리에서는 밝히지 못한다.

발신인의 정체도 모른 채 범죄자 예비군 같은 위험한 인물이 지금도 방치되어 있다는 사실은 정말 끔찍하다. 그건 다시 다른 기획에서 밝힐 수 있기를 바란다.

## 3

서두가 길어졌다.

그러면 '포스트 캡슐' 이야기를 시작해 보자.

제1화의 주제는 늦게 배달된 러브레터다. 15년 뒤에 도착한 러브레터는 수신인에게 어떤 영향을 미칠까. 시공을 초월한 편지가 불러일으키는 파문에 주목해 보자.

편자

재
회

막상 당신 얼굴을 마주하면 가슴이 떨려 제 진심을 전하지 못하겠습니다. 그래서 이렇게 편지를 씁니다. 이건 당신에게 보내는 러브레터입니다. 단도직입적으로 말하자면, 저와 결혼해 주세요. 4월 1일 저녁 7시. 신주쿠 오와리야 서점 1층 에스컬레이터 타는 곳에서 기다리겠습니다. 만나면 같이 식사라도 어떠세요? 만약 나오지 않으시면 거절하는 걸로 알고, 제 마음을 접겠습니다. 그날 도저히 시간이 안 되시면 알려주세요.

이치카와 다이스케

*

주사위는 던져졌다.

내가 이런 말을 쓰게 될 줄은 꿈에도 생각 못 했다. 물론 중요한 인생의 갈림길에 선 적은 몇 차례 있다. 고등학교 입시부터 시작해서 대학 입시, 취업 활동 등 선택의 기로에 놓인 적은 있었지만, 별로 심각하게 고민하지 않았다. 태생이 낙천적이기도 해서 어떻게든 될 거라는 안이한 선택으로 고비일 수 있는 갈림길을 무사히 넘겨왔다. 몇 년쯤 지나서 지난날을 돌아봐도 잘못된 선택이었다는 생각은 별로 없다. 다른 길을 선택했다면 어떻게 됐을지 생각해 본 적은 있지만, 그렇다고 지금보다 나았을 거라는 기대는 전혀 없다. 내 선택이 잘못되지 않았다고 자신 있게 말할 수 있다.

하지만…. 그는 한숨을 내쉰다.

연애가 되면 또 얘기가 다르다. 연애 경험은 몇 번 있지만 항상 놀이 정도의 가벼운 만남이었고, 결혼까지 생각한 상대는 없었다. 그런데 그 여자는 달랐다. 그렇다, 그녀는.

가타오카 유미는 회사 거래처 중 하나인 간토 상사의 안내 데스크 아가씨로, 신주쿠에 있는 그 본사를 방문할 때 가장 먼저 대화를 나누는 사람이었다. 언제나 상냥하게 미소 짓는 밝고 건강해 보이는 여성이다. 한 번, 두 번 보다 보니 편하게 대화하게 됐지만 어디까지나 일로 엮인 정도의 친분 관계였다.

그러던 어느 날 두 사람이 급격하게 가까워지게 된다. 바로 신주쿠이 오아리야 서점에서 우연히 마주치면서부터다. 그는 추리소설을 좋아해서 퇴근길에 이 서점에 들르는 일이 많았다. 1층에서 에스컬레이터를 타고 곧장 2층의 문고 매장으로 향하는 것이

정해진 경로였다.

그날은 저녁 7시가 넘어서야 서점을 찾았다. 한 시간 늦은 퇴근이라 서점 문이 닫히기 전에 들어가려고 서두르고 있었다. 에스컬레이터를 탔을 때 바로 앞에 왠지 낯익은 여성이 보였다. 바로 가타오카 유미였다.

그의 앗, 하는 소리에 여자가 돌아보더니 "어머, 이런 데서 만나네요" 하고 미소 지었다.

"가타오카 씨는 책 좋아하세요?"

"네, 그래서 가끔 와요. 서스펜스 소설을 좋아하거든요."

그녀의 의외의 모습에 그는 반가운 마음이 들었다.

"저도요. 퇴근길에 자주 들르는데 그동안 한 번도 못 뵀네요."

"사실 저는 이치카와 씨를 몇 번 봤었어요."

생각지도 못한 말이었다.

"알은척하지 그러셨어요."

"열심히 책 보고 계시는데 방해될까 봐요."

두 사람은 함께 문고 매장으로 향했다. 그가 이 작가가 좋다는 둥 이런 소설을 좋아한다는 둥 신나게 설명하자, 그녀는 "취향이 비슷하네요" 하고 기쁜 듯 고개를 끄덕였다. 그러다가 어디 가서 같이 식사하자는 얘기가 나왔다.

그녀는 편찮으신 엄마와 둘이서 산다고 했다. "열심히 사시는군요"라고 칭찬하자, 그녀는 쑥스러운 듯 웃었다. 그 모습이 귀여웠다. 한편 그는 대학 진학을 위해 니가타에서 상경한 뒤 자유롭게 사는 일상을 재미있고 우스꽝스럽게 자학적으로 이야기했다.

"얼마 전 도쿄 변두리에 있는 단독주택을 30년 상환으로 대출받아 구입했는데 지금 후회하고 있어요. 사연이 있는 물건이라서 좀 쌌거든요."

두 사람은 스물여섯 동갑이다 보니 그 이후로도 오와리야 서점 1층, 에스컬레이터 타는 곳에서 만나 같이 서점을 둘러보거나 식사하는 사이가 됐다. 그는 나름 여자 경험이 꽤 있지만 그녀는 상황이 달랐다. 식사를 한 뒤 가볍게 호텔로 가자고 할 분위기가 안되었다. 무엇보다 엄마를 생각하는 마음이 크고 성실해서 지켜주고 싶은 마음이 들었다. 그래서 고백해도 집안 사정 때문에 거절당할 것만 같았다.

그녀는 틀림없이 그에게 호감이 있다. 직접 얼굴 보며 고백할 용기가 없다면 편지가 효과적이다. 판단은 빨랐지만 그는 러브레터를 쓰는 데 익숙하지 않다. 다른 때와 사정이 다르기 때문에 자기 마음을 글로 표현한다는 것은 절대 쉬운 일이 아니었다. 하지만 이럭저럭 완성해서 봉투에 넣었다.

그때 그가 편지를 쓰지 않았다면 그의 운명의 톱니바퀴가 잘못돌아가는 일은 없었을 것이다. 메일로 마음을 전하는 편이 조금 부끄럽기는 해도 상황은 더 좋게 굴러갔을 수 있다.

하지만 그는 우체통에 편지를 넣었다. 용기를 내려고 알코올의 힘까지 빌렸다. 편지가 떨어져 툭 하는 소리를 낸 순간, 그는 후회했다. 아아, 역시 괜히 썼다고.

그렇다. 쓰지 말았어야 했다. 그때 술기운에 편지를 넣지 말았어야 했다.

## 2

그 편의점은 우체국과 계약을 맺고 있다. 매일 오전 11시와 오후 5시, 이렇게 하루 두 번 집배한다. 그런데 의외로 그 작은 빨간 통을 '우체통'이라고 인식하는 사람들이 적어서 불필요한 영수증 등을 버리는 경우가 더러 있다.

그래도 틀림없는 정식 우체통이다.

그 우편집배원은 평소처럼 편의점 아르바이트 직원에게 인수 확인 서명을 한 뒤, 우체통의 우편물 주머니를 빈 주머니와 교환했다. 다른 소포들도 편지와 같이 작은 우편 차량에 실었다.

이치카와 다이스케의 편지는 그렇게 우체국으로 옮겨졌다.

## 3

편지는 우체국에서 소인을 찍어 지구별로 분류된 뒤, 배달 지역으로 출발한다. 그리고 편지를 부친 다음 날이나 다다음 날에는 배달 지역의 우체국에 도착해서 그날 중에 배달된다.

'그 편지'는 수신인은 있었지만 발신인 이름이 없었다. 편지를 써본 경험이 적은 사람이 저지르기 쉬운 초보적인 실수다.

편지를 받았는데 발신인이 없다면 어떤 생각이 들까. 수신인 자리에 인쇄된 스티커가 붙어있다면 디렉트 메일이라고 생각할 수 있다. 하지만 그 편지에는 서툰 손 글씨로 주소와 그녀의 이름만 쓰여있다. 발신인이 없는 편지를 수상하게 여겨도 어쩔 수 없다.

그 우편집배원은 배달물이 들어있는 가방을 들고, 우체국 우편물류과 방에서 나갔다. 그때 우편물류과 담당자가 "이토 씨, 수고하세요"라고 인사를 건넸다.

이토라고 불린 우편집배원은 우체국 전용 자전거에 올라탔다. 그렇게 편지는 수신인을 향해 조금씩 다가간다.

우편집배원은 차례로 담당 지역을 돌며 배달한 뒤 마지막으로 7층짜리 맨션 앞에 도착했다. 이곳이 끝나면 우체국에 돌아가서 자질구레한 일들을 처리하고, 하루 업무를 마감한다. 그 맨션은 모두 65가구가 살고 있다. 배달할 우편물은 대략 150통 전후이기 때문에 시간은 별로 안 걸릴 터였다.

그런데 우편집배원은 막판에 그날 업무를 완전히 그르치고 만다. 우편집배원의 개인적인 사정이 아니라, 외부 누군가의 방해 때문이었다.

그 맨션은 출입구 옆에 세대별 우편함 공간이 있어서 우편집배원 이외에 택배기사나 전단지 배포하는 사람 등이 들어와 관리실을 포함해 66개의 우편함에 우편물을 넣게 되어있다. 그 밖에 대형 배달물을 넣는 택배 보관함이 20개 정도 있는데 입주민은 카드와 비밀번호를 입력함으로써 부재중에 배달된 물건을 꺼내는 구조였다.

다행히 그날 우편물은 대부분 편지봉투나 엽서였고, 통화등기 한 통과 속달 한 통만 직접 집으로 배달할 예정이었다. 이제 마지막 업무를 시작하려고 가방에서 우편물을 꺼냈을 때 '사건'은 일어났다.

그 우편집배원은 아주 꼼꼼해서 오배송이 없도록 우편물과 집 호수를 중얼거리며 확인하는 습관이 있다. "101호, 사타케 겐스케" 하고 중얼거리며 편지봉투 두 개를 101호 우편함에 넣으려는 순간, 갑자기 뒤에서 누군가가 가방을 낚아챘다.

우편물을 도둑맞는다. 순간적으로 우편집배원은 인식했지만, 방어 태세가 잡혀있지 않았기 때문에 균형을 잃고 뒤로 넘어졌다. 뒤통수가 강철 택배 보관함에 심하게 부딪혀 의식이 몽롱해졌다. 그래도 가방만은 지키려고 안간힘을 다해 끈을 잡았지만, 그 누군가의 힘은 인정사정없었다.

어디선가 "뭐야!" 하는 소리가 들렸다. 맨션 쪽 문이 열리고 한 남자가 우편함 공간으로 기세 좋게 뛰어 들어왔다. 그러자 우편집배원의 어깨에 걸려있던 힘이 빠지고 습격했던 누군가가 등 뒤의 문을 통해 밖으로 도망쳤다.

"괜찮으세요?"

목소리가 들리고 우편집배원을 안아 일으킨다.

"다치신 데는요?"

"괜찮습니다."

"저 자식, 우편물을 훔치려고 했나."

"아마도요. 통화등기도 있으니까."

우편집배원은 대답하면서 일어났다. 뒤통수를 부딪쳤지만 뇌진탕을 일으킬 정도는 아니었다. 그리고 우편물도 무사하다. 한 통도 도둑맞지 않았다.

"감사합니다. 덕분에 무사했어요."

우편집배원은 도와준 남자에게 머리를 숙였다.

"경찰에 신고하시는 게 좋을 것 같군요. 범인 얼굴을 보셨습니까?"

"아뇨. 못 봤어요."

"저는 남자 뒷모습만 봤는데 젊어 보였어요. 제가 신고할까요?"

"아뇨. 도둑맞은 것도 없으니까, 배달 마치면 제가 신고할게요."

"그래요. 그럼 녀석이 아직 근처에 있는지 밖에 좀 보고 오겠습니다. 그사이에 배달하세요."

"알겠습니다."

남자가 습격한 범인을 찾으러 밖으로 나갔다. 그사이 우편집배원은 아무 일도 없던 양 우편물을 배달하기로 했다. 빨리 집에 가고 싶다. 오늘은 엄마 생신이다. 경찰에 신고하면 사정청취도 해야 돼서 시간이 걸린다. 가능한 한 빨리 세대별 우편함에 우편물들을 넣고, 그 친절한 남자가 돌아오기 전에 통화등기와 속달까지 배달을 마치고 싶다.

재회

우편집배원은 마음이 급했다. 자, 빨리, 서둘러. 101호는 사타케 겐스케 씨…. 이름과 호수를 틀리지 않게 지겨울 정도로 확인하면서.

...

4

305호에 사는 가타오카 유미는 맨션의 세대별 우편함에서 기묘한 편지를 꺼냈다. 편지봉투가 비닐에 싸여있다. 겉에 유성 펜으로 쓴 무슨 글씨 같은 것이 보이지만 비닐이 조금 찢겨서 알아보기 힘들다. 방금 전까지 비가 왔었기 때문에 젖지 않게 보호한 듯했다.

수신인은 가타오카 유미 님. 발신인 이름은 없었다.

패션 카탈로그와 부티크 안내장도 있었기 때문에 일단 전부 집으로 가져갔다. 현관문을 열자 거실 쪽에서 "어서 와" 하는 목소리가 들렸다.

그녀는 "응. 나, 밥 먹었어"라고만 대답하고 거실 문 앞을 그대로 지나쳐서 방으로 갔다. 막연한 불안감을 느끼면서 그 편지를 다시 본다. 비닐을 찢고 가위로 봉투를 열어서 편지를 꺼낸다.

얇은 편지지에 강하게 눌러 쓴 글씨가 나타났다.


막상 당신 얼굴을 마주하면 가슴이 떨려 제 진심을 전하지 못하겠습니다. 그래서 이렇게 편지를 씁니다. 이건 당신에게 보내는 러브레터입니다. 단도직입적으로 말하자면, 저와 결혼해 주세요. 4월 1일 저녁 7시. 신주쿠 오와리야 서점 1층 에스컬레이터 타는 곳에서 기다리겠습니다. 만나면 같이 식사라도 어떠세요? 만약 나오지 않으시면 거절하는 걸로 알고, 제 마음을 접겠습니다. 그날 도저히 시간이 안 되시면 알려주세요.

이치카와 다이스케

"뭐야, 이게?"

유미는 쓰라린 기억이 되살아나고 가슴이 이상하게 두근거렸다. 마음의 틈새에 차가운 돌풍이 불어와서 자신도 모르게 두 팔로 자기 몸을 감쌌다. 팔에 소름이 돋아있다.

이치카와 다이스케가 만나고 싶다고 한다. 4월 1일이면 약 일주일 뒤다. 저녁 7시, 신주쿠 오와리야 서점 1층 에스컬레이터 타는 곳.

"유미야, 왜 그래?"

그녀의 목소리가 방 밖으로 새어 나갔는지 방문 너머에서 걱정하는 목소리가 들린다. 조금 짜증이 난다.

"어, 아냐, 아무것도."

그녀는 편지를 도로 봉투에 넣어서 책상 위에 놓았다. 머릿속이 혼란스럽다. 이제 와 이치카와 다이스케가 나와 결혼하고 싶어 하다니. 당혹스러움과 혐오감이 교차하고, 그 간격이 점차 짧아진다. 대체 뭐 하자는 거야.

어지러워서 침대에 반듯이 눕는다. 천장이 조명을 중심으로 천구의처럼 빙글빙글 돈다.

현기증이 심해져 눈을 감았는데 선명한 정경이 떠올랐다. 서점 앞 에스컬레이터 타는 곳. 에스컬레이터는 편도 통행으로 상행만 있다. 하행은 없었다. 일단 2층에 올라가면 다시는 내려오지 못한다. '가는 건 좋아 좋아, 돌아오는 건 무서워'라는 구전 동요의 선율이 머릿속에 절로 흐른다.

그녀는 에스컬레이터로 2층에 올라가서 불안한 마음으로 1층을 내려다보지만 이치카와 다이스케의 모습은 보이지 않았다.

"유미야, 무슨 일 있어?"

방 밖의 목소리가 그녀의 사고 속으로 비집고 들어왔다. 고개를 세차게 저었더니 더는 들리지 않았다. 방문 손잡이가 덜컥거린다. 잠가놨기 때문에 문이 열릴 염려는 없었다. "부탁인데, 혼자 있게 해줘" 하고 소리치자 조용해졌다.

돌연 머릿속에 이치카와 다이스케의 목소리가 들렸다. 실제로 말한 건 아니지만 그러면 이렇게 말할 것만 같았다.

"자기 자신을 희생할 필요는 없지 않을까. 어머님은 나도 최선을 다해 같이 돌봐드릴 테니까 걱정하지 마."

엄마 목소리도 들린 듯했다.

"유미야, 엄마 걱정은 마. 넌 네 행복만 생각하면 돼."

유미는 침대에서 일어나 그 편지를 다시 집어 들었다. 한 번 더 읽어본다. 당혹스러움과 혐오감이 사라진 사이로 아련한 연모 비슷한 마음이 들어왔다. 그 사람이 싫지는 않다.

"만나볼까."

그 사람이 그렇게까지 말한다면. 만나서 얘기만 하는 건 별 문제 되지 않을 것이다.

*5*

이치카와 다이스케는 바쁘게 약속 장소로 향하고 있었다.

편지를 부친 뒤에야 몇 가지 실수를 깨닫고 기운이 빠져있었다. 일단 발신인 이름을 쓰지 않았다. 러브레터라는 별로 써본 적 없는 편지를 쓴 탓에 깜빡하고 이름을 안 썼다. 편지를 받은 상대는 분명히 의심할 것이다. 조금 더 시간을 두고 프러포즈를 했어야 했다. 돌이킬 수만 있다면 그러고 싶었다.

우체국에 문의했더니 가장 큰 문제는 발신인을 적지 않은 것이었다. 당연하다. 상식적으로 생각해도 수신인만 적힌 편지를 되찾겠다는 것은 이상하다. 그가 우체국 직원이었다면 분명히 수상하게 여길 터다.

역시 만나러 가자. 그녀가 편지를 읽고 어떤 결정을 내릴지 직접 가서 확인해야 하다고 생각했다.

이치카와는 약속 시간보다 15분 일찍 도착했고, 서점 1층 잡지 코너에서 책을 읽는 척하면서 에스컬레이터 쪽을 지켜봤다. 많은 사람들이 약속 장소로 이용하는 곳이라 그는 자신이 그 사람들과 똑같이 보이는 것이 쑥스러웠다. 정말 결혼하고 싶은 상대에게 너무 예민하게 구는 느낌이다.

10분 전, 5분 전, 드디어 약속한 7시가 됐다. 하지만 그녀 모습은 보이지 않는다. 잡지를 내려놓고 에스컬레이터 쪽으로 갔다. 사람들 속에서 그녀 모습을 찾았지만 없다. 어디에도 안 보인다.

무슨 사정이 생겨서 늦는지도 모른다. 전철이 지연되는 등 돌발 상황으로. 조금 더 기다려 보자는 생각으로 10분, 20분, 30분을 기다렸지만, 결국 그녀는 나타나지 않았다.

차였구나. 그녀 마음은 아니었던 것이다. 만남을 거듭하면서 마음이 통했다는 생각은 그 혼자만의 착각이었다. 그녀는 누구에게나 똑같이 상냥했던 것이다.

그렇게 긍정적으로 생각하기로 했다. 차였다고 생각하자 오히려 기분이 개운해졌다. 혼자 횟술이나 마실까 싶어서 신주쿠 거리로 나가보기로 했다. 그때였다. 누군가가 그의 이름을 부른 것은.

"이치카와 씨."

친근하게 부르는 여자 목소리. 아아, 드디어 왔구나, 하는 반가운 마음에 돌아보자 총무과의 무토 나나코였다.

"어머, 실망한 얼굴이네. 여자한테 차인 얼굴이야."

적중이었기 때문에 그만 웃음이 나왔다. 무토 나나코는 전문대 졸업이라 입사는 이치카와보다 2년 빠르지만 나이는 동갑이다. 둥근 얼굴의 통통한 체격으로, 성격이 싹싹해서 남자 직원들에게 인기가 있다. 뜬소문도 없고, 싱글인 이유는 결혼보다 취미에 빠져있기 때문인 모양이다. 인기 아이돌 그룹 '광팬'이다.

"궁금해지네. 무슨 일일까. 오늘은 나, 시간 많으니까 얼마든지 응석 부려요. 왜 그런 한심한 얼굴을 하고 있는 건지."

"그럼 응석 한번 부려볼까."

그의 구멍 난 마음에 무토 나나코가 쏙 들어와서 기분이 조금 나아졌다. 두 사람은 곧장 가부키초의 술집을 몇 군데 전전했다. 그리고 시간 많은 두 사람끼리 그대로 호텔로 들어가서 그는 그녀에게 응석을 부렸다. 마시기 전에 응석을 부리니 마니 하는 이야기를 했기 때문에 다 자연스러운 흐름이었다.

무토 나나코는 아주 근사한 육체의 소유자였다. 그는 '등잔 밑이 어둡다'는 생각을 하면서 그녀를 안았다. 자신은 행복한 놈이라고 생각했다, 그때는.

6

4월 1일 저녁. 오와리야 서점이 점점 가까워지면서 가타오카 유미는 마음이 크게 동요했다. 이제 신호등만 건너면 약속 장소였다. 그 인도 양측에는 많은 통행인들이 신호가 파란색으로 바뀌기를 기다리고 있었다. 길 건너편으로 에스컬레이터가 보이지만 그의 모습은 보이지 않았다.

7시 5분 전. 신호가 파란색으로 바뀌고 사람들이 길을 건너기 시작했다. 그녀는 그 자리에 선 채 건너편 약속 장소를 쳐다봤다. 이치카와 다이스케의 모습은 보이지 않았다.

아직 시간이 좀 남았으니까 길에서 시간을 때우자. 그렇게 생각하고 횡단보도를 건넜다. 통행인들 속에 섞여 에스컬레이터 옆을 지나가며 이치카와의 모습을 찾았다. 계속 왔다 갔다 하면서 약속 장소를 지나간다. 7시가 지나고, 15분, 30분이 지나도 그의 모습은 보이지 않았다.

속은 걸까. 애당초 4월 1일이라는 날짜가 수상하다. 만우절이다.

그렇다. 곰곰이 생각해 보면 그 편지를 믿으라는 것 자체가 무리다. 여기까지 어슬렁거리면서 나왔다는 사실이 창피했다.

그건 그렇고 속이는 이치카와도 얄밉다. 복수하고 싶은 마음은 굴뚝같지만 현실적으로 불가능하다. 아무것도 못 하는 무력한 자신에게 짜증이 났다.


그녀는 집에 돌아가 냉정을 되찾은 뒤 생각했다. 섣불리 만우절 장난이라고 단정 지으면 안 된다. 분명 무슨 이유가 있을 터였다. 그가 오지 못한 이유가.

갑자기 어디가 아팠거나 예기치 못한 사고에 휘말렸거나. 그런 이유라면 일방적으로 그를 탓할 수 없다.

이유를 알아야 직성이 풀린다. 그녀는 그의 직장에 연락해 보기로 했다. 책상 서랍에서 명함첩을 꺼내 이치카와 다이스케의 명함을 간신히 찾아냈고, 다음 날 점심 무렵 전화를 걸었다. 전화를 받은 사람은 중년 느낌의 여자였다. 불현듯 그녀 머릿속에 오쓰보네사마(한 직장에서 오랫동안 일하며 위세를 떨치는 여자 직원으로, 부정적인 이미지가 있다—옮긴이)라는 단어가 떠올랐다.

"이치카와 씨 좀 부탁합니다."

긴장해서 목소리가 떨렸다.

"저희 회사에는 그런 분 안 계시는데요?"

상대는 사무적으로 대답한다.

"영업 1과의 이치카와 다이스케 씨인데요."

"그러니까, 그런 분은 안 계신다고요."

"혹시 전근이나 부서 이동을 하셨을 수도 있는데."

목소리가 점점 기어들어 갔다.

"저희 회사 같은 규모는 누가 어디에 있는지, 전부 파악하고 있거든요. 적어도 지난 10년은요."

역시 상대는 오쓰보네사마다. 회사 사정과 인사에 대해 몇 년을 거슬러 알고 있다. "그리고 전화 거신 분 이름도 말씀 안 하셨잖아요. 누구신지는 모르겠지만 설령 이치카와 다이스케라는 사람이 저희 회사에 있더라도 함부로 개인정보를 알려드릴 수 없습니다. 이만 끊습니다."

상대는 마지막에는 힘을 주었다. 할 말을 잃은 유미의 귓가에 전화를 끊는 소리가 울렸다.


이치카와는 거짓말을 했다. 전부 가짜였다. 그녀가 회사 안내

데스크에 있는 모습을 보고 가짜 명함으로 속였던 것이다.

아니, 잠깐. 당장 결론 낼 필요는 없다. 아까 전화 받은 여자가 심술을 부렸을 가능성도 있다. 이치카와를 좋아해서 낯선 여자한테 걸려온 전화를 일부러 안 바꿔줬을 수도 있다. 아니다. 그보다 개인정보 관리가 엄한 요즘, 회사 방침상 수상한 전화에는 일절 응하지 않는다는 편이 더 설득력 있다.

이치카와를 비난하기에 앞서 직접 두 눈으로 확인하지 않으면 그에게 불공평하다. 결정적인 증거를 직접 찾아보자.

그동안 휴대전화를 몇 번 교체하면서 이치카와의 연락처와 메일 주소는 어느새 사라지고 없었다. 다행히 명함 뒷면에 그녀가 적어둔 이치카와의 집 주소가 있었다.

"도쿄 변두리에 단독주택을 사서 혼자 살고 있어요"라고 했다. 가본 적은 없지만 도시 지역이기 때문에 주소를 알면 찾아갈 수 있을 것이다.

유미는 회사 일이 바빠서 평일에 휴가를 내기 어려웠다. 그래서 그 주소를 찾아간 것은 바람맞은 그 주 토요일이었다. 아카바네에서 JR사이쿄선을 타고 오미야 방면으로 두 번째 역. 도쿄 23구에 속하긴 하지만 역에서 15분 정도 걸어야 했다. 아라카와강의 둑이 보이는 지역에 같은 부동산 개발업자가 조성한 것으로 보이는 단독주택이 밀집해 있다. 이치카와의 집도 다른 집들과 구별이 안 될 정도로 평범한 2층짜리 목조 주택이었다. 문패를 확인하니 이치카와라고 되어있다. 여기다. 틀림없다.

미리 연락하면 상대가 경계할 가능성이 커진다. 그래서 상대가 마음의 준비를 하기 전에 기습 방문 작전을 취하기로 했다. 얼굴을 마주하면 상대도 어설픈 변명을 하기 어렵고 도망도 못 친다.

토요일 오전 10시가 조금 못 된 시간. 회사를 쉰다면 그는 아직 집에 있을 가능성이 높다. 자, 초인종을 눌러서 기습 작전을 펼치려고 한 그때였다. 현관문이 열렸다. 그가 나온다면 결착을 내기 쉽다. 한 걸음 내디디려는데 여자 목소리가 들렸다.

엇, 어떻게 된 거지?

분명히 문패는 이치카와이지만 그는 이사 가고 우연히 성이 같은 이치카와 씨가 새로 이사 왔을 수도 있다. 얼굴이 노출되면 곤란하다는 생각에 유미는 약 10미터 정도 떨어진 모퉁이까지 단번에 뛰어가서 어느 집의 생울타리 뒤에 숨어 상황을 엿봤다.

현관에서 한눈에도 부부로 보이는 남녀가 나타났다.

그녀가 놀란 것은 남편으로 보이는 남자는 틀림없이 이치카와 다이스케였기 때문이다. 이치카와는 차고에서 차를 꺼내더니 대문 앞에 세웠다. 골프라도 가는 듯한 가벼운 복장이었다. 여자가 손을 흔들자 이치카와는 미소를 지으며 차를 출발시켰다. 여자는 자동차가 교차로 모퉁이를 돌 때까지 배웅한 뒤 현관으로 들어갔다. 평상복에 앞치마 차림으로, 정말 이 집 주부로 어울리는 모습이다.

아하, 그런 꿍꿍이였던 거구나. 그는 유미와 불륜할 속셈으로 그 편지를 보냈던 것이다.

## 𝟐

이치카와 다이스케는 오히려 잘됐다는 생각을 했다.

가타오카 유미는 과할 정도로 착실하다. 농담도 안 통해서 함께 살면 분명 하루하루 숨 막히는 생활이었을 것이다. 그래서 그날 오와리야 서점에서 그녀를 만나지 못했던 것은 천운이라고 여기기로 했다. 가타오카 유미도 이치카와의 프러포즈 편지를 읽고 결국 서점에 나가지 않기로 한 것이다. 현명한 판단이었다.

서점에서 유미와 만나지 못한 충격으로 구멍 난 마음에 쏙 들어온 사람이 지금의 아내 나나코다.

지금의 아내? 그렇다, 지금의 아내다.

나나코와 결혼한 이치카와는 가타오카 유미를 금방 잊었다. 그녀로부터 아무 연락도 없었고 도내의 남부 지역으로 전근을 가면서 그녀의 직장을 방문하는 일은 없어졌다. 그의 머릿속에서 가타오카 유미는 사라져 갔다. 물론 '아아, 그런 여자가 있었지' 하는 정도의 기억은 있지만, 기억의 풍화 작용으로 점차 흐릿해져 이제 떠올리는 일조차 없었다.

그 편지를 받기 전까지는.


갑자기 생각지도 못한 편지를 받고 놀랍기도 하면서 감동이었어요.

이치카와 씨가 저에게 호감을 가지고 계시다니 정말 기뻐요. 그날 저는 이치카와 씨가 말씀하신 오와리야 서점에 가지 못했어요. 왜냐하면 병원에서 회사로 연락이 왔거든요. 어머니가 구급차로 실려가 긴급 수술을 받게 되는 바람에 급히 병원에 가봐야 했어요.

물론 이치카와 씨의 편지를 잊은 건 아니었지만, 어머니 수술이 잘될지 걱정되어 제정신이 아니었어요. 이치카와 씨는 자신과 어머니 중 누가 더 소중하냐고 생각하실 수도 있을 거예요. 하지만 그때 저한테는 어머니가 소중했어요. 제가 어릴 때 돌아가신 아버지를 대신해 여자 혼자 몸으로 저를 키워주신 어머니를 모르는 척할 수 없었으니까요.

그런 사정을 이치카와 씨에게 전할 새도 없이 병원에서 어머니 수술이 끝나기를 기다리고 있었어요. 다행히 어머니는 수술을 무사히 마치시고, 저는 회사에 나가게 됐고요. 그렇게 허둥거리는 상황 속에서 이치카와 씨를 생각하지 않은 날은 하루도 없었죠. 그런데 약속 장소에 가지 못하게 돼서 결과적으로 프러포즈를 거절한 게 됐으니, 이제 와 연락을 해볼 수도 없었고요. 이치카와 씨도 연락이 없으셨고 저희 회사에도 오시지 않게 됐으니, 마음 아프지만 그대로 시간이 흐르게 됐어요.

그런데 지금이라면 프러포즈를 받아들일 수 있어요.

조만간 힌빈 민날 수 있을까요?

그래요, 그때처럼 오와리야 서점 1층, 에스컬레이터 타는 곳에서요.

재회

날짜는 4월 18일 오후 7시. 일방적이라서 죄송해요. 이치카
와 씨의 마음이 지금은 어떤지 알고 싶어요.

가타오카 유미

퇴근한 이치카와 다이스케는 우편함에서 자신에게 온 기묘한
편지를 발견하고 놀랐다. 물 흐르듯 아름다운 여자 글씨체였다.
이름도 보기 전에 심상치 않은 예감에 심장이 두근거렸다. 발신
인에는 가타오카 유미라는 이름과 주소가 적혀있다. 현관 불빛에
의지해 봉투를 뜯고 편지를 읽었다.

"이게 뭔 소리야" 하고 중얼거린다.

그 편지만 가방에 넣은 뒤 뒤섞여 있던 다른 디렉트 메일들은
그대로 들고 집에 들어갔다.

"어머, 어서 와. 저녁은?"

나나코가 내다봤기 때문에 다이스케는 취한 척했다. "동기들
과 한잔하다가 늦었어. 미안. 연락하려고 했는데 술 마시다가 그
만…."

아내는 평소에는 상냥하지만 한번 화가 나면 거의 발작하다시
피 하기 때문에 그도 감당하지 못한다. 이치카와는 가타오카 유
미의 편지가 아내 눈에 띄지 않아서 안심했다.

그는 계단을 올라가 자기 방에서 봉투를 확인한다. 소인 날짜
는 4월 7일, 이케부쿠로국 스탬프가 찍혀있었다. 그녀는 진심일
까. 그런데 종이가 한 장 더 들어있었다. 그가 전에 보냈던 러브

레터다. 정확히 말하면 복사본이다.

> '막상 당신 얼굴을 마주하면 가슴이 떨려 제 진심을 전하지
> 못하겠습니다. 그래서 이렇게 편지를 씁니다. 이건 당신에게
> 보내는 러브레터입니다. 단도직입적으로 말하자면, 저와 결혼
> 해 주세요. …'

손발이 오글거리는 문장의 나열. 낯 뜨겁게 어쩌면 이런 편지
를 썼나 싶지만 틀림없이 그의 필체였다. 굳이 그 편지를 복사해
서 넣은 의도가 뭘까.

가타오카 유미의 편지만 보면 분명 그녀는 진지하다. 고지식하
고 융통성이 없는 여자이긴 했던 것 같다. 그래도 이치카와는 그
녀를 좋아했던 시기가 있었고, 술기운을 빌려서 프러포즈 편지를
썼다.

다행히 약속한 날에 그녀는 나타나지 않았고, 그는 나나코와
결혼했다.

만날 의사가 없다는 사실을 가타오카 유미에게 분명하게 전해
야 한다. 메일 주소나 전화번호를 모르기 때문에 편지를 쓰는 수
밖에 없었다.

침 성기서졌다.

## 8

속달 편지는 맨션 우편함 속에 있었다. 발신인은 이치카와 다이스케.

설마 이치카와 다이스케가 답장을 보낼 줄은 몰랐다. 그를 놀라게 하려고 거짓말을 섞어서 각색한 편지였으니까. 속달로 보냈다는 것은 그가 많이 당황했다는 증거다. 우선 편지부터 읽어보자.

가타오카 유미는 현관에서 거실을 향해 "나, 왔어" 하고 말한다. 오늘은 평소와 달리 "어서 와"라는 반응은 없었지만, 그녀는 곧장 방으로 들어가서 조급한 마음으로 봉투를 뜯었다.

> 갑작스러운 편지를 받고 놀랐습니다. 저를 생각하시는 마음이 변하지 않았다니 고맙습니다. 그런데 저는 아내가 있고, 지금의 가정에 풍파를 일으킬 생각이 없습니다. 앞으로도 변함없는 친구로 잘 지냈으면 합니다.
>
> 이치카와 다이스케

"헐, 뭐야."

속에서 분노가 치밀어 올랐다. 일부러 농담처럼 보이게 편지를 보냈을 뿐 답장을 기대하지는 않았다. 이 편지는 그녀의 비아냥에 대한 이치카와 나름의 비아냥인 걸까. 그렇다면 이쪽도 다 생각이 있다. 하지만 분노를 표출해서는 안 된다. 어디까지나 어른의 대응을 보이면서 서서히 정신적으로 압박한다. 그렇다. 이치카와를 응징하려면 그 방법밖에 없다.

계획을 세우는 것은 재미있었다.

## *9*

"당신, 나한테 뭐 숨기는 거 없어?"

저녁 식사를 하는데 갑자기 나나코가 물었다. 맥주를 마시려던 이치카와 다이스케는 잔을 도로 테이블에 내려놓았다. 맥주를 머금고 있었다면 텔레비전 주인공들이 동요했을 때처럼 그대로 내뿜었을지도 모른다.

"갑자기 왜 그래?"

"당신, 나한테 뭔가 숨기는 거 있지?"

아내는 똑바로 그를 응시하고 있다.

"왜 그러는데?"

"내 눈 똑바로 봐."

이치카와는 아내 얼굴을 똑바로 마주했다. 그 눈이 분노에 차 보인다. 마음 같아서는 시선을 피하고 싶었다. 가타오카 유미의 편지를 본 걸까. 아니, 그럴 리가 없다. 편지는 우편함에서 그가 직접 꺼냈다.

하지만 편지가 또 온다면 눈치챌 우려가 있다.

"바람은 무슨."

그는 짐짓 화를 내며 말했다. "그 얘기 한 번만 더 꺼내기만 해봐."

아내가 차가운 시선을 보냈지만, 그때 일을 생각하면 분노가 끓어올랐다. 아내가 상대 남편에게 불륜 사실을 알렸기 때문이다. 그는 작년 여름, 사내 여행에서 연회가 끝난 뒤 온천 여관 밖에 있는 수풀에서 동료 여성과 관계를 가졌다. 취해서 대담해졌던지도 모른다. 그 동료와 단 한 번의 불륜 행위였다. 그 사실을 알아챈 아내가 상대 남편을 끌어들여 시끄러워졌다. 결국 도긴개긴 식이 되어서 양쪽 가정은 겉으로는 조용해졌지만 여전히 뭔가가 개운하지 않았다.

"그 뒤로 그 여자 만난 적 없어. 그때 딱 한 번의 실수야."

"알아. 하지만 바람피운 사실은 잊지 마."

단순히 그 건으로 떠본 것 같았다. 도둑이 제 발 저린다고는 해도 간담이 서늘해졌다.

"사람 놀라게 하긴. 누가 바람을 피운다고."

"슬슬 나쁜 버릇이 나오는 게 아닌가 싶어서 조심하라고 말해본 거야."

아내는 뺨에 악마 같은 미소를 지었다. 그날 밤, 그는 오랜만에 아내를 안았다.


바로 그다음 날 가타오카 유미의 편지가 도착했다. 퇴근길에 우편함을 들여다보자 낯익은 글씨체의 편지가 들어있었다. 등줄기가 오싹해진다.

이 여자, 대체 뭔 생각인 거야. 분명 아내가 있다고 했는데 이렇게 당당하게 편지를 보내다니. 만약 아내가 보면 당연히 의심한다. "이 여자, 누구야?" 하고 따질 것이다. 위험하다, 위험해.

두 번 모두 그가 먼저 봐서 다행이었지만, 앞으로는 조심하라고 주의를 줄 필요가 있다. 그는 석간신문과 같이 편지를 가지고 들어갔다.

일단 방에 들어가서 우울한 기분으로 봉투를 뜯자 향수 냄새가 희미하게 풍겼다.


　　이치카와 씨 편지를 보고 놀랐어요. 배신이네요.

　　실컷 제 마음을 가지고 놀아놓고 눈곱만치의 죄책감도 없이 어떻게 '지금의 가정에 풍파를 일으킬 생각이 없습니다. 앞으로도 변함없는 친구로 잘 지냈으면 합니다'라고 하는지.

　　'가정에 풍파를 일으킬 생각이 없다'

　　'변함없는 친구로'

　　이 두 부분은 도저히 용서가 안 되네요. 아무리 남녀 관계가 없었다고 해도 제 마음에 큰 상처를 주는 표현이에요.

　　저요, 결심했어요. 이렇게 된 이상, 오기로라도 당신과 결혼하기로요. 방해하는 사람은 모두 제거할 거예요. 방해하는 사람, 즉 당신 아내요. 호적상 무늬만 부부. 그래요, 저는 당신들이 가면 부부라는 걸 알아요. 집에서 얼굴만 마주하는 관계.

대화도 없고 마음이 통하는 일도 없고, 단지 같은 지붕 아래에서 지내는 관계죠.

　… 표현이 격해서 죄송해요. 놀라셨죠?

　냉정히 생각해 보니, 너무 과격하게 쓴 것 같네요. 편지 첫 부분은 취소할게요. 새로 쓰면 될 텐데, 라고 생각하실 수도 있지만, 흔들리는 제 마음을 알아주시기를 바랐어요.

　솔직히 프러포즈 편지를 받고 당황했어요. 오랫동안 마음속에 꼭꼭 숨겨놨던 연심이 새로운 공기를 접하고 활활 타오른 거죠. 저는 한번 연심이 타오르면 끄지 못해요.

　그래서 저는 당신과의 사랑을 이루기 위해 적극적으로 행동하려고요.

　당신은 속으로 저를 사랑하고 있을 거예요. 당신은 사실 지금의 아내를 미워하고 있어요. 아내와 헤어지고 저와 결혼하고 싶을 거예요.

　그래서 4월 18일 오후 7시, 오와리야 서점 앞에서 만나실래요? 만나서 서로의 마음을 얘기하지 않으실래요?

유어 신시어리 유미

이치카와 다이스케는 가타오카 유미의 편지를 읽고 심하게 동요했다.

이 여자, 뭐야. 멋대로 우리가 서로 좋아한다고 믿고 있잖아.

망상도 정도가 있지, 이건 광기야. 난 역시 나나코를 사랑해.

가면 부부? 무슨 그런 농담을. 웃어넘기려고 했지만 소리는 목이 타서 막혔다.

젠장, 맥주나 마시면서 기분 전환을 해볼까.

부엌으로 가서 냉장고에서 차가운 캔 맥주를 꺼냈다. 회사 동료와 마시고 돌아온 참이지만 지금은 완전히 깼다. 뚜껑을 따고 캔째로 들이켰지만 불쾌한 쓴맛만 났다.

그런데 두 캔째를 마시자 차츰 진정되었고, 가타오카 유미의 말을 하나씩 냉정하게 곱씹어 볼 수 있게 됐다.

그때 욕실 쪽에서 발소리가 들리고 아내가 들어왔다.

"어머, 언제 왔어? 컴컴한 데서 뭐 해?"

"아아, 지난 일 좀 생각하느라고."

유미가 지난 일인 것은 틀림없다.

"후훗, 헤어진 연인이라도 생각하나….."

아내가 농담처럼 빈정거리는 말이 이치카와의 가슴을 깊숙이 후빈다. 알코올로 방어가 느슨해진 탓인지 캔을 든 손이 떨렸다.

"어머, 정곡을 찔렀나 봐."

아내의 목소리에 야유가 섞여있다. "우리, 가면 부부인지도."

아내 입에서 튀어나온 '가면 부부'라는 말에 이치카와의 손에서 맥주 캔이 탁 떨어졌다. 설마 그 편지를 읽은 건가. 아니, 그럴 리가 없다. 분명히 그가 우편함에서 꺼냈으니까.

"당신, 취했지?"

"미안. 좀 더 마시다가 취했나 봐."

취한 척했지만 아내는 동물적 직감이 뛰어나서 제대로 속였는지 자신이 없다.

"우리가 무슨 가면 부부야. 그 증거로⋯."

그는 아내 속에 자리 잡으려는 불온한 생각을 떨쳐내기 위해 그날도 아내를 안았다.

## 10

나를 가지고 논 상대에게 복수의 돌멩이를 하나 던진다.

보기에는 평범한 작은 돌이다. 연못에 떨어진 돌멩이는 처음에는 작은 파문을 일으키지만 연못가로 갈수록 파문은 점점 더 커진다. 그와 마찬가지로 게임은 이미 시작됐고, 이제는 아무도 제동을 걸지 못한다.

이치카와 다이스케의 반응은 곧바로 가타오카 유미의 맨션에 배달됐다.

치졸한 글씨는 동요한 탓인지 떠는 듯 보인다. 굳이 내용을 볼 필요도 없다. 필시 용서를 비는 내용이다. 필시가 아니다. 99퍼센트 단언할 수 있다.

"밥은 어떡할래?"

유미가 편지를 들고 현관에서 방으로 가는데 거실에서 묻는 소리가 들렸다. 그녀는 "목욕 먼저 할게"라고 답한 뒤 그대로 방으로 들어갔다. 식구에게 폐를 끼칠 수는 없다. 이건 내 문제다. 내 손으로 해결해야 하는 문제다.

'충분히 화내실 만합니다. 폐를 끼치게 된 것은 모두 제 책임입니다.'

편지의 시작은 그랬다. 어라라, 반성한다고? 하지만 그다음에는 틀림없이 지금의 생활을 깨뜨릴 생각은 없다고 이어질 것이다.


충분히 화내실 만합니다. 폐를 끼치게 된 것은 모두 제 책임입니다. 사과한들 무슨 소용이 있겠습니까만, 지금 이 자리를 빌려 진심으로 사과드립니다.

사실 당신의 편지를 읽으면서 많은 생각을 했습니다. 제가 지금 생활에 만족하는가, 아내를 정말 사랑하는가 하고.

아내를 사랑하고 있지 않다면 이대로 지금 생활을 유지하는 게 오히려 아내를 배신하는 겁니다. 제 생활은 기만으로 가득 찬 겁니다.

아내와 결혼하게 된 건, 그날 당신을 만나지 못했기 때문입니다. 제가 일방적으로 프러포즈 편지를 보내고, 당신 형편은 묻지도 않고 오와리야 서점에서 만나자고 했습니다. 지금 헤아려 보면 정말 무례하고 오만하기 짝이 없는 편지였다고 생각합니다. 약속 장소에 나오지 않으면 결혼은 없다고 일방적으로 통고하는 것과 같으니까요.

그리고 그날 만나지 못한 것을, 당신이 제 편지를 읽었지만 결혼할 의사가 없어서 약속 장소에 나오지 않았다고 판단한 겁니다.

어머님 건강이 안 좋으셔서 나오지 못했을 줄은 꿈에도 생각 못 했습니다. 만약 알았다면 날짜를 바꿀 수도 있었는데.

그리고 그날 이후, 우리는 소원해졌고 자연스럽게 헤어지게 됐지요. 저는 그날 우연히 지금의 아내를 만났고 결혼까지 하게 됐습니다. 아내를 사랑했다기보다 당신이 안 나왔다는 충격으로 마음에 구멍이 뚫렸고, 이내가 그 구멍을 채워준 겁니다. 그리고 그대로 현재에 이르렀고요.

아내를 좋아하냐고 묻는다면 싫어하는 건 아니라고 답할 겁니다. 그렇습니다. 저는 아내를 좋다와 싫다의 중간 정도로 생각하는지도 모릅니다. 결혼 생활은 타성, 네, 타성입니다. 아침에 일어나면 아침 식사가 준비되어 있습니다. 밤늦게 퇴근해도 저녁 식사가 준비되어 있고요. 그렇습니다. 아내는 저한테 도우미. 당신 편지를 읽고 그 사실을 깨달았습니다.

당신을 만나보고 싶습니다. 만나서 얘기해 보고 제 마음을 스스로 판단해 보고 싶습니다.


얼씨구, 이 사람 마음이 변했나?

전혀 예상하지 못한 전개였다. 그가 만나고 싶다고 하다니. 엄마가 갑자기 편찮으셔서 못 나갔다고 한 내 거짓말을 그대로 믿다니.

그녀는 편지를 계속 읽어나갔다.


이렇게 편지를 쓰면서 우리 부부가 가면 부부라는 생각이
들었습니다. 네, 당신이 지적했듯이 말이죠.

대화를 해도 일상적인 내용뿐. 서로 힘이 되어주는 얘기는
전혀 없습니다. 저는 아내를 사랑하지 않는지도 모릅니다. 아
니, 사랑하지 않습니다. 도우미로만 보는 겁니다.

그런 아내와 더는 같이 못 삽니다.

제멋대로인 것 같지만 만약 당신을 만나서 서로 힘이 되어
줄 수 있다면 당신을 선택할 수도 있습니다.

당신의 제안대로 4월 18일 오후 7시, 오와리야 서점의 그곳
에서 만납시다. 그날이 기다려지는군요. 이게 얼마 만인가요.
그곳은 많은 사람들이 약속 장소로 이용하는 곳입니다. 못 알
아볼까 봐 뭔가 눈에 띄는 모습을 하고 가겠습니다.

유어 신시어리 다이스케


이것을 기뻐해야 하나, 슬퍼해야 하나. 유미는 생각에 잠긴다.
게임이 처음 계획과 다르게 엉뚱한 곳을 향하고 있는 것 같다.


"


현관 신발장 위에 속달 편지가 한 통 놓여있다.


재회

수신인은 이치카와 다이스케. 발신인은 가타오카 유미.

봉투를 뜯자 폭이 좁은 작은 편지지가 한 장 들어있었다.

내용은 달랑 두 줄뿐이었다.


4월 18일 오후 7시, 오와리야 서점의 에스컬레이터 타는 곳.

마스크를 쓰고 갈게요. 벌써부터 설레네요. 유미


## 12


현관의 전화 테이블 위에 속달 편지가 한 통 놓여있다.

수신인은 가타오카 유미. 발신인은 이치카와 다이스케.

봉투 안에는 편지지가 두 장. 그 마지막에는 이렇게 끝을 맺고

있었다.


저도 마스크를 하고 가겠습니다. 에스컬레이터 타는 곳에서

마스크를 쓴 남자가 있으면 바로 저입니다. 마스크 쓴 사람 간

의 재회라니, 너무 로맨틱해서 떨리는군요.

그날이 기다려집니다. 다이스케


## 13


이치카와 다이스케는 양복에 넥타이를 맸다.

4월 18일, 수요일. 집을 나서기 전 아내에게는 대학 동창 모임이 있는데 2차도 갈 것 같다고 말해뒀다.

가타오카 유미와 만나서 어떻게 될지 전혀 짐작이 가지 않는다. 단순히 서로의 근황만 얘기할 것 같지는 않았고, 더 나아가지 않을까, 하는 기대가 다소 있었다. 둘 다 어엿한 어른이다. 하룻밤의 불장난 정도는 즐겨도 괜찮지 않을까.

"불장난? 이제 거의 쓰지 않는 말인데."

그는 거울 앞에서 혼잣말을 하며 히죽 웃었다. 삐뚤어진 넥타이를 고쳐 매고 입가에 힘을 준다. 이제 됐다. 양복도 파티나 축하하는 자리에서 입는 가장 비싼 옷이었다. 아내한테는 동창 모임이라고 둘러댔는데 비슷한 거니까.

"늦을 거야. 선물 사 올게."

아이가 없어서 아내는 그에게 의존하는 경향이 있다. 항상 애정의 증표를 요구한다.

"너무 늦지 마. 술도 적당히 마시고."

"알아."

그는 미소를 꾹 참고 진지한 얼굴로 말했다. "그럼 다녀올게."

현관을 나와서 다음 모퉁이를 돌았을 때 경직됐던 얼굴 근육이 풀리고 발걸음도 가벼워졌다. 이대로 신주쿠에 도착하면 약속 시간까지 한 시간쯤 여유가 있다. 근처 찻집에서 커피라도 한잔 마시며 밤에 일어날 일을 시뮬레이션해 보는 것도 괜찮다. 둘이서 근처 레스토랑에서 식사를 하고, 와인을 마시고, 점점 취기가 돌고….

그는 그런 생각을 하면서 전철로 신주쿠를 향한다.

## *14*

가타오카 유미는 거울 앞에서 꼼꼼하게 얼굴을 확인했다.

이제 됐다. 나이 들었다는 생각이 들지 않게 하고 싶었다. 모든 화장 기술을 최대한 동원해서 그가 후회하게 만들어야 한다. 놓친 물고기가 컸다고.

현관에서 거실을 향해 "오늘 회사 회식이 있어서 늦을 거야. 저녁은 알아서 먹어"라고 말한 뒤 집을 나섰다. "조심해서 다녀와"라는 대답이 희미하게 들렸다.

그녀는 계속 엄마와 둘이서만 살았던 탓인지 엄마 지상주의였다. 엄마와 같이 살아도 좋다는 남자라면 더할 나위 없지만 그런 조건을 충족시킬 남자는 세상에 거의 없었다. 병약한 장모와 같은 집에서 살면서 더구나 가타오카 집안으로 들어올 남자는 만 명 중에 한 명 있을 둥 말 둥이다.

"네 행복을 위해서라면 집에서 나가도 된단다."

엄마는 항상 그렇게 말했지만 진심이 아니라는 것을 알았다.

"엄마를 어떻게 혼자 둬요."

"엄마도 양로원에 들어갈 정도의 돈은 있단다."

"일반 양로원에 들어가려면 예순이 넘어야 하잖아요. 엄마가 예순이 되려면 아직 몇 년이나 남았는데."

"헬퍼를 쓰면 되잖아. 돌아가신 네 아빠가 많이 남겨주셔서 돈 걱정은 하지 않아도 돼."

그렇다. 그녀가 초등학교 고학년 때 아빠가 암으로 돌아가신 뒤, 엄마와 서로 의지하면서 살았기 때문인지 모녀간의 유대 관계는 다른 가정보다 훨씬 끈끈했다.

"별로 대단할 것도 없는 집안인데, 대를 잇지 않아도 아빠가 화 내시지 않을 거야. 너 좋을 대로 하렴. 엄마는 너만 행복하면 돼."

엄마는 늘 그렇게 말했지만 유미는 엄마가 없는 결혼 생활은 생각할 수 없었다.

한편 이치카와 다이스케는 어떨까. 그때 오와리야 서점 앞에서 두 사람이 만났다고 가정하고, 그녀가 엄마의 병이 심각하다는 사실을 얘기했다면 프러포즈를 취소하지 않았을까. 그 일도 이번에 만나서 확인하고 싶었다.

그녀는 그런 생각을 하면서 신주쿠로 향한다.

### 15

마스크가 표시—.

4월 중순의 도내는 벚꽃이 지고 신록이 돋아나는 시기지만 가끔 쌀쌀한 날들도 있다. 그 4월 18일로 말하자면 조금 추운 날이었다.

3월 말까지는 마스크를 쓴 사람들이 제법 있었지만, 4월이 되자 역시 줄어들었다. 그래도 꽃가루 알레르기가 있는 사람들이 있기 때문에 마스크를 써도 이상하게 보지는 않았다.

신주쿠 오와리야 서점, 1층 에스컬레이터 타는 곳.

오후 6시 45분. 약속 시간까지 앞으로 15분.

서점 앞을 오가는 사람들 중 드문드문 마스크를 쓴 사람이 보였다. 에스컬레이터 밑에는 누군가를 기다리는 듯한 표정의 사람들이 몇 명 보인다. 하지만 이 시점에서는 그중 누가 이 '사건'에 휘말릴지 모른다.

약속 장소에 도착한 그녀는 물론 마스크를 쓰고 있다. 얼굴이 노출되면 곤란하기 때문이다. 그는 정말로 올까. 정말 만날 수 있을까. 만나면 어떻게 전개될까.

이제 약속 시간까지 10분이 남았다. 여전히 시간은 느릿느릿 움직인다. 이미 어스레하지만 오가는 사람들은 더 많아진 느낌이다.

약속 장소에서 손을 흔드는 젊은 여자, 반갑게 다가가는 남자. 오랜만에 만난 듯한 40대 여자 두 명. 손님을 기다리는 듯한 얼굴로 온통 호스티스 분위기를 풍기는 여자. 대학 동기들로 보이는 젊은 남자 여럿. 입사한 지 얼마 안 됐는지 새 정장을 입은 남녀 그룹. 정년 뒤, 오랜만의 해후를 기뻐하는 60대 후반 정도의 남자 세 명. 다양한 유형의 사람들이 모여있어서 인생의 축도를 한 번에 보는 느낌마저 든다.

하지만 그들 중 찾는 상대는 보이지 않았다.

마스크를 쓴 사람은 몇 명 있지만 찾는 사람은 아닌 듯하다. 아마 약속 시간이 다 되어서 나타날 것이다. 어쩌면 근처 다른 곳에서 서점 앞을 엿보고 있을 가능성도 있었다.

그녀는 시선을 끌지 않게 자연스럽게 몸을 돌려 그럴싸한 사람을 찾지만 도시의 인파 속에서 쉬운 일이 아니었다. 근처 2층 찻집이나 레스토랑 창가에서 지키고 있다면 그녀의 행동은 눈에 띌 수 있다.

손목시계를 가만히 응시하지만 초침의 움직임은 둔하고 분침은 느릿느릿하니 나아가지 않는다.

## *16*

4월 18일, 오후 7시, 오와리야 서점 에스컬레이터 타는 곳.

마스크를 쓴 여자가 세 명, 마스크를 쓴 남자가 네 명, 도합 일곱 명.

그중에서 고령자와 스무 살 전후의 사람을 제외하면 네 명이 남는다. 성별은 여자 두 명과 남자 두 명. 이들 중 누가 만나기로 한 사람일까. 머리 모양과 복장, 체형으로 젊은지 아닌지는 알지만 입가를 가리고 있기 때문에 뚜렷한 나이를 가늠하기는 어려웠다.

7시가 넘자 갑자기 시간이 빨리 흐르는 느낌이었다.

7시 5분에 20대 전반의 여자가 한 남자에게 다가가더니 서점으로 들어갔다. 7시 7분, 한 여자가 손목시계를 본 뒤 지하도로 향하는 계단을 내려갔다.

남은 사람은 마스크를 쓴 남자 한 명과 여자 한 명이지만, 이 두 사람은 전혀 안면이 없어 보였다. 에스컬레이터 옆의 덩치 큰 남자는 연신 시간을 확인하면서 약간 짜증이 난 모습이다. 여자는 주변을 개의치 않고 오와리야 서점의 북 커버를 씌운 문고본을 읽고 있다.

오가는 사람은 많은데 에스컬레이터 옆의 그 한 모퉁이만 뚝 떼어낸 듯 움직임이 적었다. 그때 선글라스를 낀 여자가 한 명 나타나면서 사태가 일변한다.

그 여자는 문고본을 읽고 있던 마스크 쓴 여자에게 성큼성큼 다가갔다. 그때의 상황을 근처에 있던 대학생 커플이 지켜보고 있었고, 경찰의 사정청취에 다음과 같이 대답한다.

네, 마스크에 선글라스를 쓴 여자가 저희 쪽으로 똑바로 걸어오는 게 보였어요. 설명은 잘 못 하겠는데, 뭔가 심상치 않은 분위기가 감돌아서 저희를 노리는 건가 하는 생각이 들 정도였어요. 그 여자는 저희 바로 옆에 있던 마스크 쓴 여자 앞에 서더니 엄하게 말했어요.

"가타오카 씨지?"

질문을 받은 여자는 문고본을 읽고 있었는데 흠칫하면서 책을 떨어뜨렸어요. 허둥지둥 책을 줍더니 당황한 모습으로 도망치려고 했어요.

"거기 서."

"아니에요. 사람 잘못 보셨어요. 전 가타오카라는 사람이 아니에요."

"그런다고 내가 속을 줄 알아?"

"아니에요. 전 정말 아니에요."

여자는 당황했는지 도망치려다가 넘어졌어요. 선글라스 낀 여자는 그 모습을 보더니 가방에서 뭔가 번쩍이는 것을 꺼냈어요. 과도였던 것 같아요. 그것을 쳐들더니 넘어진 여자 등에 꽂았어요. 날카로운 비명 소리가 들리고 주변은 완전히 난리가 났어요.

그때 에스컬레이터 옆에 있던 마스크를 쓴 덩치 큰 남자가 달려와서 나이프 든 여자의 오른팔을 잡았어요. 여자는 "이거 놔" 하고 날카롭게 소리치더니, 남자 손을 뿌리치고 그의 배를 찔렀어요. 남자는 여자가 든 나이프를 쳐서 떨어뜨리고 여자를 바로 제압했어요. 근데 배를 찔려서 그런지 얼굴은 창백하고 괴로워 보였어요. 남자가 입은 셔츠가 피로 새빨갛게 물들었던 게 기억에 남네요.

몇 분인가 지나서 경찰이 달려와 여자를 체포하고, 등을 찔린 여자와 배를 찔린 남자는 구급차로 실려 갔어요.

서희가 아는 건 그 정도예요.

이치카와 다이스케는 약속 장소를 눈앞에 두고 머뭇거렸다. 이곳에 도착해서야 가타오카 유미를 만난 다음에 어떻게 될지 생각하기 시작한 것이다. 그리고 유미가 정말 약속 장소에 나타난다는 보장도 없었고, 이치카와가 에스컬레이터 타는 곳에 와있는 모습을 멀리서 지켜보고 비웃지 않을까 하는 우려도 되었다.

피에로가 되고 싶지 않았다.

그래서 그는 길 건너편 카메라 양판점 안에서 신 모델 스마트폰 기능을 확인하는 척하면서 오와리야 서점 쪽을 지켜보고 있었다. 물론 마스크를 하고 있지만, 상대가 알아보기 위한 표시가 아니라 얼굴이 노출되고 싶지 않았기 때문이다.

에스컬레이터 타는 곳에 마스크를 쓴 여자가 몇 명 있지만, 모두 가타오카 유미와는 전혀 다르다. 헤어스타일은 바꿨다고 해도 체형을 속이기는 어렵고, 그의 예전 기억과 그 여자들을 모두 대조해 봐도 가타오카 유미 같지는 않았다.

약속한 오후 7시를 몇 분 지났을 때 갑자기 움직임이 있었다. 어디선가 선글라스 낀 여자가 나타나 잰걸음으로 에스컬레이터 타는 곳으로 다가가서 책을 읽는 마스크 쓴 여자 앞에 섰다. 두 사람은 잠시 몇 마디 나누는가 싶더니 선글라스 낀 여자가 나이프 같은 것을 쳐들어 마스크 쓴 여자에게 휘둘렀다.

이치카와는 큰일이 났다는 생각에 뛰어나가는데, 가게 어디선가 마스크 쓴 여자가 나타났다.

## 18

가타오카 유미는 약속 장소를 눈앞에 두고 쉽게 발걸음을 떼지 못하고 있었다. 이곳에 도착해서야 이치카와 다이스케를 만나서 어떻게 될지 다시 생각한 것이다. 그리고 이치카와가 정말 약속 장소에 나타난다는 보장도 없었고, 에스컬레이터 타는 곳에 나타난 그녀 모습을 멀리서 지켜보고 비웃지 않을까 하는 우려도 있었다.

약속한 마스크는 쓰고 있지만 얼굴이 보이지 않게 하기 위해서다.

서점 에스컬레이터 앞에는 마스크를 쓴 남녀가 여럿 있었지만, 모두 이치카와 다이스케 같지가 않다. 몸집과 머리 모양이 모두 전혀 달랐다. 역시 그는 약속 장소에 오지 않았다.

더 이상 기다리는 건 시간 낭비라는 생각이 들어서 역 쪽으로 가려고 했을 때 갑자기 비명 소리가 들렸다.

서점 앞에서 뭔가 큰일이 벌어지고 있다. 어쩌면 그녀와 연관이 있지 않을까. 그녀가 현장에 가려던 그때, 가게 어딘가에 있던 마스크 쓴 남자와 세게 부딪쳤다.

마스크를 쓴 두 남녀가 카메라 양판점 앞에서 정면충돌한 것은 서점 앞에서 발생한 상해 사건의 그늘에 가려져 알아챈 사람이 거의 없었다.

마스크 쓴 여자가 튕겨나가 엉덩방아를 찧었다. 넘어진 여자에게 손을 내민 마스크 쓴 남자는 그 여자가 가타오카 유미라는 것을 알아챘다.

"혹시 가타오카 씨?"

그 목소리에 여자도 깜짝 놀라 일어나서 "이치카와 씨세요?"라고 반응했다.

두 사람은 얼굴을 마주한 채 잠시 서있었다. 사람들의 흐름은 두 사람을 비켜나듯 움직이고, 두 사람의 시간은 그대로 멈춰있다.

"이런 데서 만나다니 깜짝 놀랐습니다. 오랜만에 어디 가서 식사라도 하실까요?"

잠깐 사이를 둔 뒤 이치카와가 덧붙였다. "결국 만났으니까."

"네, 그러죠."

가타오카 유미는 고개를 끄덕였다. 두 사람은 마스크를 벗고 나란히 걷기 시작한다.

"근데 방금 저 사건은 뭐였을까요?"

두 사람은 오와리야 서점 쪽을 돌아본다. 현장 주변은 구경꾼들로 북새통을 이루어 도저히 다가갈 수 있는 상황이 아니었다.

경찰관 모습이 눈에 띄고, 현장 근처에 통제선을 치고 있다.

"만약 서점 앞에서 기다리고 있었으면 우리도 사건에 휘말렸을
지도 모르겠네요."

"그러게요."

두 사람은 미소를 교환한 뒤 신주쿠의 밤거리로 들어갔다.

## 20

**'신주쿠 서점 앞에서 상해 사건 발생'**

… 18일 오후 7시경, 신주쿠구 신주쿠 1가에 있는 오와리야 서점 앞에서
용의자 이치카와 나나코(무직, 41세)가 갑자기 회사원 사카키바라 요시
에(35세) 씨를 습격해 등에 전치 4주의 중상을 입혔다. 우연히 근처를 지
나가던 가타오카 도시로(무직, 40세) 씨가 제지하려고 했지만 용의자 이
치카와에게 나이프로 우측 옆구리를 찔려 출혈 과다로 의식 불명 상태에
빠졌다.

이윽고 현장에 도착한 경시청 신주쿠 경찰서 경찰이 용의자 이치카와 나
나코를 상해 혐의로 현장에서 체포했다. 용의자 이치카와는 경찰의 사정
청취에서 "남편의 불륜 상대를 노렸는데 사람을 착각했다. 그 여자한테
는 진심으로 미안하다"고 말했다고 한다. …

재회

  사건 당사자인 두 사람, 이치카와 다이스케와 가타오카 유미는 제3자가 편지를 훔쳐봤다는 사실을 전혀 눈치채지 못했던 모양이다. 수증기를 쐬어 풀로 봉해놓은 봉투를 열어본 뒤 도로 붙여놓는 고전적인 수법이지만, 유심히 보지 않으면 의외로 알아채기 어려운 법이다.

  이치카와 다이스케가 프러포즈한 편지는 가타오키 유미의 남편 가타오카 도시로가 훔쳐봤다. 도시로는 유미의 어머니가 세상을 뜬 뒤 가타오카 집안의 데릴사위가 된 남자로, 사건이 발생한 즈음에는 회사에서 정리해고 되어 집에 있는 날이 많았다.

  한편, 가타오카 유미가 답장한 편지는 이치카와의 아내 나나코가 훔쳐봤다. 두 사람이 주고받은 편지 내용은 질투심 많은 서로의 배우자가 훤히 꿰뚫고 있던 것이다.

  신주쿠 오와리야 서점 앞에서 재회를 약속한 이치카와 다이스케와 가타오카 유미는 약속 장소로 향했고, 질투심에 사로잡힌 각각의 배우자도 당연히 뒤를 밟았다. 그리고 이치카와 나나코가 우연히 그 자리에 있던 마스크 쓴 회사원 여성을 오해하여 나이프로 습격하고, 다른 장소에서 그 광경을 보고 있던 가타오카 도시로가 정의감에 사로잡혀 제지하러 나섰지만, 복부를 찔려 의식불명의 중태에 빠졌다는 것이 대략적인 사건의 흐름이었다.

　다음 내용에는 편자의 상상이 상당히 들어가 있다는 점을 미리 밝혀둔다.

　훗날, 가타오카 유미는 방 안 휴지통 옆에 떨어진 비닐봉지를 발견한다. 거기에는 유성 펜으로 쓴 글씨가 희미하게 남아있었다. 찢어진 비닐을 이어서 자세히 들여다보자, '포스트 캡슐'이라고 쓰여있었다. 우표에 찍힌 소인을 날짜까지는 봐도 연도를 신경 쓰는 사람은 별로 없다.

　즉, 그녀는 15년 전 이치카와 다이스케가 프러포즈 편지를 실수로 '포스트 캡슐'용 우체통에 집어넣었다고 받아들였다. 자세한 사정은 모르지만, 그때 술에 취한 이치카와가 기획용 우체통에 잘못 넣었을 가능성이 높다고 생각한 것이다.

　가타오카 유미는 그 사실을 이치카와 다이스케에게 얘기한다. 그리고 두 사람은 실수로 '포스트 캡슐'에 들어간 편지가 15년 뒤에 배달되어 뜻밖의 사건을 일으켰다고 생각한다.

　이치카와 다이스케와 가타오카 유미가 앞으로 어떻게 될지는 두 사람이 결정할 일이다.

어머니께

이 편지를 보실 때쯤이면 저는 이 세상에 없을 거예요. 먼저 떠나는 불효를 용서해 주세요. 하지만 그럴 수밖에 없는 중요한 사정이 있답니다.

돌이켜 보면 저는 어릴 때부터 어머니께 걱정만 끼쳐드린 아들이었네요. 정말 끝까지 걱정을 끼치지만 이제 그것도 마지막이 되게 하려고요. (^^)

저는 스스로 목숨을 끊기 전에 증오하는 한 남자를 죽일 겁니다. 그러고 나서 그 책임을 지고 자살할 거고요. 어머니께 고백하면, 저는 그 남자의 아내를 사랑하거든요. 그 여자는 거래처 회사 직원인데 남편의 가정 폭력에 괴로워했어요. 저는 그 고민을 들어주다가 동정하게 되었고요. 그 남편은 몇 년 전에 회사에서 정리해고 당한 뒤 직장도 새로 구하지 않고 항상 집에서 빈둥거리고 있다네요. 그 여자는 남편과 이혼하고 싶지만 남편이 거부하는 상황이에요. 그래서 저는 그 여자를 위해서 그 남편을 죽이려고요.

　상대방 이름을 적어둘게요.


　다케노우치 요이치. 주소는 기타구 아카바네 3—×—×.


　제 계획은 다케노우치 요이치를 살해한 뒤 이타바시구의 잡목림에서 목을 매는 거예요. 그 장소는 따로 첨부한 종이의 지도를 참조해 주세요.

　남의 아내를 동정해서 그 남편을 죽인 뒤 책임을 지고 죽는다. 어머니는 어리석다고 생각하시겠죠. 하지만 어머니 말씀처럼 잘하는 거라곤 쥐뿔도 없는 제가 마지막에 다른 사람을 구하고 죽는 거예요. '살 가치가 없는 인간'이 마지막에 선행을 베풀다니 정말 근사하지 않나요?

　다케노우치의 시신은 머지않아 발견되겠지만, 만약 그렇더라도 저를 경찰에 신고하지 말아주세요. 아들이 범죄자라는 걸 알면 어머니는 슬프시겠죠?

　다시 말해, 이 편지의 요지는 제가 다케노우치 요이치를 살해한 뒤 그 책임을 지고 자살한다는 거예요. 다케노우치의 죽

음과 제 자살은 접점을 찾기가 쉽지 않아서 내부고발(이 경우
는 어머니의 고발)만 없으면 드러날 일은 없을 거예요.

어머니라면 다음 중 어느 것을 선택하시겠어요?

1. 제 살인을 신고해서 '살인자의 엄마'가 된다.

2. 제 시신을 발견해서 '자살자의 엄마'가 된다.

(저라면 2번을 선택할 것 같은데.)


선택은 어머니에게 달렸어요. 그럼 안녕히 계세요. 그동안
감사했습니다. (^^)

다미야 시로


## 2


갑작스러운 비였다. 맨션까지 약 100미터쯤 남겨놓고 갑자기
쏟아졌다. 편의점에만 들르지 않았어도 괜찮았을 거라는 생각에
후회한다.

조금 전부터 두꺼운 구름이 하늘을 뒤덮고 있었기 때문에 주의
했어야 했다. 마지막 100미터를 가는 사이에 다미야 시로의 어머
니 도시코는 물에 젖은 생쥐가 됐다.

맨션 출입구로 뛰어 들어가 손수건으로 젖은 옷을 닦지만 이미
옷 속까지 빗물이 스며들었다. 4월의 비는 아직 차가워서 우습게
보면 안 된다. 이제 막 세팅을 마친 머리까지 비 때문에 엉망이

되었다.

그녀는 젖은 손으로 세대별 우편함에서 편지를 꺼낸 뒤 엘리베이터를 타고 2층으로 올라갔다. 혼자 사는 쓸쓸한 방. 아들이 하나 있지만 15년 전쯤에 아무 말도 없이 나간 뒤 소식이 끊겼다. 이 일본 하늘 아래 어디엔가 살아있겠지만, 편지 한 통쯤 보내줬으면 싶다.

그녀는 아들 시로가 다섯 살 때 남편과 이혼하고 혼자 아들을 키웠다. 헤어진 남편이 도박을 좋아하고 낭비가 심할뿐더러 여자가 있다는 이유로 이혼하고 친권을 가졌다.

외아들이라서 간섭이 지나쳤던 게 아닌가 싶다. 공부해라, 아빠 같은 쓸모없는 인간이 되면 안 되니까. 좋은 대학을 나와서 좋은 회사에 취직하라는 등 항상 타일렀다. 전남편에게서 양육비를 기대할 수 없기 때문에 돈도 벌어야 했다. 그녀는 이혼 전부터 생명보험 설계사 일을 했는데, 영업소 성적은 항상 세 손가락 안에 들었다. 생활력은 있지만 집을 비우는 일이 많아서 아들에게 좀 소홀했던 것은 인정한다. 돈은 좀 부족하더라도 아이와 더 많은 시간을 함께했다면 아들은 훨씬 곧게 자랐을 것이다. 마음에 여유가 없던 탓에 모든 게 헛돌았던 느낌은 부정할 수 없다.

아들 시로는 그녀의 이상과는 거리가 먼 고등학교와 대학을 나와서 부동산 관련 일을 했다. 학창 시절에는 배우를 꿈꿨지만 대성할 리가 없었기 때문에 단념시켜서 억지로 취직시켰다. 낙천적이라고 할지, 아버지의 미적지근한 성격을 그대로 빼다 박은 점이 못마땅했다. 시로는 엄마의 지나친 간섭을 견디지 못했는지, 취직하고 3년 뒤 갑자기 자취를 감췄다. 회사에 문의했지만 사표를 냈다고 한다. 그 뒤로 연락 한 통 없었다.

타월로 젖은 머리를 닦고 조금 진정된 다음 편지를 본다. 편지는 비가 왔기 때문인지 방수용 비닐에 싸여있었다. 글씨가 눈에 익었다. 어머, 이게 누구 글씨체였더라.

발신인 이름을 봤을 때 심장이 팡 하고 튀어 오른 듯했다. 왜냐하면 아들 이름이 적혀있었기 때문이다. 주소 없이 이름만.

조급한 마음에 비닐을 잡아 뜯고 떨리는 손으로 편지봉투를 찢었다. 아들이 보낸 편지. 오랜만에 보긴 하지만 틀림없이 아들 필체다.

봉투 안에는 종이가 한 장. 리포트 용지인데, 급히 뜯었는지 끝이 깔쭉깔쭉하다. 그런 꼼꼼하지 못한 점은 모자가 닮았다. 별것 아니지만 기뻤다.

15년 만인 아들의 '목소리'를 빨리 듣고 싶다.

하지만 그녀는 편지를 읽은 뒤 들뜬 마음이 단숨에 가라앉았다. 이건 유서가 아닌가. 15년의 방랑 끝에 죽음을 결심한 걸까. 거래처 여자 직원을 동정해서 그 남편을 살해하고 자신도 죽겠다고 한다. 그저 개죽음이라고 해야 할지, 시답잖은 동정에서 시작된 달갑잖은 친절 같은 느낌이다. 아들한테 아무런 득 될 것 없는 죽음. 하지만 살인이고 중대한 범죄이다. 엄마로서 반드시 막아야 했다.

편지 발송 날짜는 없지만 2, 3일 전일 것이다. 그동안 살인 같은 중대 범죄가 있었다면 신문에 나지 않았을까.

그녀는 3일 전 신문부터 꺼내 들고 사회면과 지역면을 빠짐없이 살펴봤다. 그런데 신문 어디에도 아들이 살해하겠다는 다케노우치 요이치의 이름은 없다. 인터넷 검색을 해도 다케노우치 요이치라는 이름은 나오지 않았다.

아직은 아들이 말한 사건 같은 건 발생하지 않았다. 아니면 단순히 아직 발각되지 않은 걸까. 만약 그렇다면 최악의 사태가 일어나기 전에 다케노우치의 집을 찾아가서 미리 경고해야 했다. 상대가 믿게 하려면 이 편지는 복사하는 편이 좋을 것이다.

편지에 따르면 다케노우치의 집은 아카바네 3가다. 별로 멀지도 않다. 내일이라도 당장 가보자.

그건 그렇고 가장 큰 의문은 왜 이제 와 편지를 보냈을까 하는 점이다. 15년 전, 홀연히 자취를 감추고 연락 한 번 없었는데 이제 와 편지를 보낸 이유―. 아들이 근무하는 회사는 당연히 퇴직 후에 새로 들어간 다른 회사라고 생각해야 할 것이다.

그녀는 아들의 실종을 인정하고 싶지 않았기 때문에 실종신고도 하지 않았다. 국민연금과 건강보험료도 대신 지불했다. 만약 어디선가 본명으로 일하고 있다면 당연히 관공서에 절차를 밟아야 하지만, 그런 게 없는 것으로 보아 가명으로 생활하고 있을 가능성이 있다. 비정규직으로 일하면서 그 거래처 직원을 동정했다

유서

는 해석이 자연스럽다.

다음 날은 마침 토요일이라서 다케노우치 요이치가 집에 있을
가능성이 높다. 오전 10시가 넘어 '유서'에 적힌 주소로 향했다.

아카바네역에서 동쪽 출입구로 나가 5분 정도 상점가를 걸어가
자 주택가로 바뀐다. 그 집은 지은 지 20년쯤 되어 보이는 평범한
이층집이었다. 문패에는 '다케노우치'라고 되어있다.

그런데 여기서 난감해졌다. 초인종을 누른 뒤 어떻게 말을 꺼
내야 할까. 느닷없이 낯선 사람이 찾아와서 "남편분한테 아무 일
없어요?"라고 물으면 당연히 수상히 여긴다. 어떻게 말할지 어제
생각해 뒀어야 했는데, 일단 가놓고 보자고 생각했던 자신의 안
일함에 어이가 없다.

어떡하지, 어떡하면 좋을까?

기껏 찾아간 집 앞에서 그녀는 이러지도 저러지도 못하고 서있
었다.


## 3


요즘 자꾸 아파서 힘없이 축 늘어져 있는 반려동물 시로가 갑
자기 고개를 쳐들더니 격렬하게 짖기 시작했다.

열다섯 살의 대형 잡종견이지만 낯가림이 심해서 초인종이 울
리면 반드시 짖는다. 끈질긴 영업사원도 사나운 개는 무서워하기

때문에 인터폰으로 개 짖는 소리가 들리면 놀라서 가버린다. 그런 의미에서 노견이라도 훌륭한 방범견 역할을 하고 있었다.

그런데 초인종도 안 울렸는데 시로가 반응하는 일은 흔하지 않다. 인간 나이로 환산하면 거의 아흔 살이기 때문에 오히려 감이 둔해진 걸까.

"시끄러워. 조용히 하지 않으면 목을 홱 비틀 줄 알아."

남편의 고함 소리에 시로는 끙 하니 슬픈 소리를 내며 바닥에 엎드렸다. 하지만 바깥이 계속 신경 쓰이는지 귀를 쫑긋 세우고 있다. 다케노우치 리호는 시로의 소리가 걸려서 창가로 다가가 바깥을 살폈다.

문 앞에서 초로의 여성이 우물쭈물하고 있었다. 이 집을 찾아온 것 같은데 망설이는 얼굴이다. 그대로 지켜보는데, 초인종을 누르려고 팔을 뻗었다가 도로 내린다. 리호가 보는 동안에 팔을 뻗었다 내렸다를 두 번이나 반복한다.

"왜? 누가 왔어?"

남편이 심기가 불편한지 물었다.

"모르는 여자가 문 앞에서 초인종도 안 누르고 서있어."

"뭐 팔러 온 사람이면 내버려 둬."

"그건 아닌 것 같아."

"그럼 당신이 나가서 확인해 봐."

남편 말에 리호는 현관으로 나갔다. 여자는 집에서 누가 나올 줄은 예상 못 했는지, 장난을 들킨 아이처럼 허둥지둥 자리를 뜨려고 했다. 나이는 예순 전후 될까. 약간 살집이 있는 여자였다.
꽤 비싸 보이는 정장 차림이다. 리호는 수상한 사람은 아니라고
판단하고 여자의 등에 대고 말을 걸었다.

"무슨 일이세요?"

여자가 흠칫 놀라 멈추더니 쭈뼛거리며 돌아봤다.

"어머, 죄송해요."

여자는 기어드는 목소리로 대답했다. "별일은 아닌데."

"뭔가 팔러 오신 거예요?"

"아뇨, 아니에요. 하지만 사실 아주 중요한 일이에요."

"뭔데 그러세요?"

"실은 제 아들이 이 댁에 오지 않았나 해서."

"아드님이요?"

"네, 어디서부터 말을 해야 할지 모르겠는데, 혹시 남편분, 잘
계신가요?"

상대의 말은 두서가 없었는데, 본인도 그 사실을 인식하는 듯
했다.

"네, 덕분에 아프지도 않고 잘 지내고 있습니다만."

리호가 무난하게 대답하자 여자는 조금 안심한 모습이었다.

"실은 다미야 시로가 제 아들이에요."

다미야 시로. 리호는 다리가 후들거리는 듯했지만 애써 태연한
척한다.

"그게 무슨 말씀이신지?"

"다미야 시로를 아시죠?"

"네, 네에."

리호는 모호하게 대답했다.

"믿기지 않으시겠지만 제 아들이 그쪽을 동정해서 그쪽 남편을 죽일지도 몰라요."

여자가 무슨 말을 하는지 이해가 안 갔다.

"무슨 말씀이신지 잘 모르겠는데요."

리호의 짜증을 상대도 알아차린 듯하다.

"미안해요. 갑자기 이상한 소리를 해서."

여자는 미안한지 머리를 숙인다. "저기, 우리 아들 여기 안 왔죠?"

"네, 안 왔는데요."

"그럼 다행이네요."

여자는 조금 안도한 모습이었다. "혹시 우리 애가 오면 돌려보내 주세요."

"돌려보내요?"

"네, 그쪽 남편을 죽이려고 할지도 모르거든요."

"걱정 마세요. 남편은 힘도 세고 시로 씨처럼 약하지 않으니까."

리호는 말을 한 뒤 '시로 씨'라고 친밀하게 부른 사실을 깨달았다. 상대는 그녀의 말실수를 알아챘을까. 그녀는 당황하여 변명처럼 덧붙였다.

"그러니까, 남편은 체력에서는 그 누구한테도 안 진다는 말이에요."

유서

"남편이 폭력을 휘두르지는 않나요?"

"무슨 말씀이신지."

"가정 폭력이요. 우리 아들은 그런 그쪽을 동정해서 남편을 죽이려 하고 있어요. 믿기 어려우시면….”

여자는 핸드백에서 종이를 꺼내더니 일단 펴서 리호에게 내밀었다. "읽어보세요. 우리 아들이 남긴 유서의 복사본이에요."

"유서요?"

리호를 편지를 받아서 재빨리 훑어본다. 그녀의 다리가 또 후들거리기 시작했다. 그 사람, 이런 걸 썼었구나. 근데 왜 이제 와서?

"이제 믿으시겠어요?"

여자는 리호의 얼굴을 주시하면서 물었다.

"이 편지 제가 가지고 있어도 될까요? 만약을 위해 남편한테도 보여주려고요."

리호는 편지를 접어서 주머니에 넣었다. "오늘은 이만 가주시겠어요? 저희, 아무 일 없이 평화롭게 잘 살고 있으니까."

리호는 현관으로 돌아가는 동안 등 뒤로 여자의 시선이 따가웠다. 집에 들어간 리호는 남편의 궁금해하는 얼굴을 보고, 편지를 보여줬다.

"왜 이제 와서 이 일을 끄집어내지? 이유를 모르겠어."

남편은 편지를 읽은 뒤 꼬깃꼬깃 구겨버렸다.

"그 여자, 분명 무슨 꿍꿍이가 있을 거야."

4

다케노우치 요이치의 아내는 뭔가 숨기고 있다.

이유는 잘 모르겠지만 다미야 도시코는 직감 같은 것이 발동하고 있었다. 그녀처럼 오랫동안 사람을 대하는 일을 하다 보면 사람 보는 눈이 생긴다. 머릿속으로 별 필요도 없는 연구를 하는 대학 심리학 교수보다 인간 내면을 꿰뚫는 능력은 훨씬 뛰어나다고 자부한다.

집에 돌아와서 뭔가 놓친 것은 없는지 다시 한 번 편지를 읽어 본다.

아들이 아직 실행에 옮기지 않았다면 지금 어디에 있는 걸까. 15년이나 소식도 없었으면서 이제 와 고백하는 이유를 모르겠다. '도와줘' 하는 아들 나름의 신호일까.

아니, 잠깐만. 다케노우치 요이치를 살해하는 일은 단념했더라도 자살하려는 마음은 안 변하지 않았을까. 그렇다면 그 지도에 표시된 곳에서 목숨을 끊을 가능성이 높다.

그녀는 이러지도 저러지도 못하는 기분으로 지도에 표시된 잡목림에 가보기로 했다. 도부토조선을 타고 시모아카쓰카라는 낯선 역에서 내렸다. 버스가 없어서 지도를 보며 동쪽으로 15분 정도 걷는다. 영업 사원이라는 직업상, 설령 낯선 곳이라도 지리에 대한 감각 같은 것이 발달해 있어서 아들이 지정한 '죽을 장소'를 찾기는 어렵지 않았다.

도쿄 23구에 있다고 해도 사이타마현에서 가까운 곳이다. 주택지 속에 잡목림과 밭이 드문드문 있어서 무사시노의 모습이 강하게 남아있었다. 신사를 기준으로 토마토와 피망, 오이 등을 심은 채소밭이 인접해 있다. 잡목림은 그 옆이었다. 주변에 민가도 없고 잡목림 너머에도 밭이 이어지고 있다.

낙엽수들은 지금은 잎들이 파랗게 우거져서 높은 하늘을 두툼하게 덮고 있었다. 어두컴컴한 수풀 속에 발을 디디자 땅 표면은 제법 축축하다. 별로 넓지 않기 때문에 그녀는 수풀 속을 이리저리 돌아다녔지만 나뭇가지에 줄이 걸려있다거나 땅이 부자연스럽게 튀어나온 광경은 보이지 않았다.

소화불량처럼 답답한 기분으로 집에 돌아오자, 마치 밖에서 그녀의 행동을 지켜보고 있던 양 전화벨이 울렸다.

"엄마. 나야, 나."

심장이 쿵 했다. 말도 안 돼.

"시로 짱?"

자신도 모르게 마흔 살 아들에게 '짱'을 붙여서 불렀다.

"응, 나야."

하지만 코를 잡고 말하는 듯한 목소리. 정말 시로일까.

"왜 이제야…. 엄마가 얼마나 걱정했는데."

"미안. 내가 사는 세상이 싫어져서 다른 곳에서 다시 시작하려고 그랬어. 너무 오랫동안 연락하지 않아서 죄송해요."

"너, 사람을 죽이려고 한다고?"

수화기 너머에서 웃음소리가 들렸다.

"농담이야, 농담."

"농담? 아무리 농담이라도 어떻게 그런 농담을."

"15년 전에는 그랬을지 모르지만, 지금은 전혀 그런 생각 안 해."

"왜 이제 와 그런 편지를 보낸 거니?"

"내가 무슨 편지를 보냈다고."

"거짓말하지 마. 분명 네 글씨야. 엄마는 많이 봐서 다 알아."

"저기, 엄마. 그 일은 없던 걸로 해주면 안 될까?"

"무슨 말이니?"

"그냥 잊어줘. 제발요. 다시는 날 쫓아다니지 말아줘."

"쫓아다니다니?"

그녀가 "먼저 편지를 보내놓고"라고 말을 하려는데 전화가 뚝 끊겼다.


지금 전화는 정말 아들 시로일까. '유서'를 받은 뒤 전화가 걸려온 타이밍이 너무 절묘했다. 그리고 그 목소리. 시로와 닮은 듯하면서도 아닌 것 같다. 정말 딱 잘라 말하기 어렵다. 당연히 그럴 만하다. 15년 만이니까. 15년이나 지나면 나이에 어울리는 목소리로 바뀌어도 이상할 게 없다.

세상 많은 사람들이 '나야 나' 사기(집에 전화를 건 뒤 가족을 사칭해 돈을 뜯어내는 수법—옮긴이)에 손쉽게 걸려든다. 그런데 정작 자신이 그 비슷한 상황에 처해보니 나이 든 부모가 패닉 상태가 되어서 믿는 것도 이해가 됐다. 이성이 작동하지 않으면 머리도 제대로 기능하지 못한다.

이제 와 꼬치꼬치 물어보지 않은 것을 후회했다. 분실한 카드를 재발급 받을 때 담당자가 질문 공세를 펼치듯 말이다.

생년월일은? 중학교 때 다닌 학원 이름은? 중학교 3학년 담임 선생님 성함은? 엄마의 결혼 전 성은?

이런 질문들을 잇달아 던지면 생일 같은 개인징보는 사선에 조사했더라도 반드시 허점이 드러나기 마련이다.

그녀는 추리를 이어간다. '아들' 전화는 그 편지가 도착한 뒤, 아니, 그녀가 다케노우치의 집을 다녀온 뒤에 걸려왔다. 단순한 우연 같지 않다.

그리고 갑자기 다케노우치의 집을 방문했을 때 그 여자가 보인 미묘한 반응. 아무래도 걸린다. 그 여자는 분명 뭔가 숨기고 있다.

다케노우치의 집을 다시 가봐야 한다. 시로가 자살한다고 지정한 잡목림 지도를 가지고 가서 그쪽 반응을 살펴야 한다.

상대는 이쪽이 움직이는 것을 싫어한다. 상대가 싫어하는 행동을 해서 싸울 상대를 판으로 끌어낸다. 그녀가 다음에 해야 할 행동이었다.

# 5

바닥에 엎드려 있던 개 시로가 고개를 들고 짖기 시작했다. 의아하게 여겨 커튼 사이로 창밖을 내다보자 그 여자가 초인종 옆에서 머뭇거리고 있었다.

다케노우치 리호는 상대가 초인종을 누르기 전에 현관문을 열고 밖으로 나갔다. 병든 시로가 웬일로 일어나서 그녀 뒤를 비칠비칠 따라온다.

다미야 도시코는 리호 뒤에 있는 개에 놀랐는지 뒤로 돌다가 균형을 잃고 넘어졌다. 시로가 다가가서 떨고 있는 그녀 얼굴에 코를 가져간다. 리호는 시로의 목줄을 잡고 세게 잡아당겼다.

"시로, 안 돼."

다미야 도시코는 일어나려고 했지만 넘어지면서 발목을 삐었는지 엉덩방아를 찧었다. 리호는 개의 머리를 툭 치고 좌측 옆구리에 끼듯이 안았다.

"괜찮아요. 얘는 평소에 얌전해서 안 물어요."

그런 다음 비로소 상대를 알아챈 척했다. "어머, 그쪽은?"

상대는 찡그린 얼굴로 허리를 문지르고 있다.

"다미야 씨라고 하셨죠? 또 무슨 일이세요?"

"실은 저번에 깜빡한 말이 있어서."

다미야 도시코는 일어나려다가 털썩 무릎을 찧었다. 스타킹 신은 무릎이 찢어져 피가 번지고 있었다.

"어머나, 이를 어째. 다치셨네요. 소독하셔야겠어요."

리호는 다친 사람을 차마 그대로 내쫓을 수도 없어서 그녀를 집에 들이기로 했다.

설마 다미야 도시코가 일부러 넘어졌을 것 같지는 않았다. 이런 상처가 날 줄은 그녀도 예기치 못했을 것이다. 여하튼 그녀를 집 안으로 들여서 뭘 원하는지 알 수 있는 절호의 기회였다.

"자, 들어오세요."

리호는 다미야 도시코의 등에 가볍게 손을 얹으면서 거실로 안내했다. 시로가 뒤따라와서 나른한 듯 다시 바닥에 엎드렸지만 여전히 손님을 향해 경계의 시선을 보내고 있었다.

"거기 앉으세요."

리호는 다미야 도시코에게 소파를 권한 뒤 부엌에서 응급처치용 소독약과 반창고를 가지고 왔다. 찢어진 스타킹을 가위로 조금 잘라서 물티슈로 상처를 닦은 뒤 소독하고 반창고를 붙였다.

"자, 이제 됐어요. 보기에는 썩 좋지 않지만, 괜찮으시죠?"

"고마워요. 도리어 폐를 끼치게 돼서."

다미야 도시코는 무릎을 문지르면서 호기심 어린 시선으로 방 안을 둘러보다가 창가의 액자에 시선이 멈췄다. 하와이 와이키키 해변에서 찍은 기념 스냅사진이다. 초점은 약간 흐리지만 사진을 싫어하는 남편이 동의해서 장식해 놓은 것이었다. 가정 폭력을 휘두르기 전의 평화로운 장면을, 그녀는 지난날의 한 토막이라는 생각에 여전히 장식해 놓고 있었다. 자학적이라며 종종 웃음을 사지만 정작 그녀는 아무렇지도 않다.

"저거, 남편분과 찍은 사진이죠?"

"네, 20년 전에 신혼여행 가서 찍었어요. 초점이 안 맞지만."

다미야 도시코는 일어나더니 리호의 양해도 없이 액자를 집어 들어 얼굴이 닿을 정도로 가까이에서 들여다봤다.

"사이가 꽤 좋아 보여요. 부럽네요."

"그야 신혼 때니까."

"하와이네요. 우린 곰이었어요. 뜨거운 연애 끝에 결혼했지만 남편이 바람피워서 이혼하고 저 혼자 아들을 키웠어요."

"위자료는 못 받으셨어요?"

"전혀. 그 뒤로 그 사람, 소식이 끊겼어요. 지금쯤 어디서 뭘 하는지."

다미야 도시코는 멋쩍게 웃었다. "그 사람 생각은 하기도 싫어요."

"고생이 많으셨나 봐요."

"그래서 그 반동으로 아들을 너무 오냐오냐했는지도 모르겠어요. 아니, 너무 간섭한 건가. 이제 와 생각하면 아들은 싫었을 거예요."

"아드님이 부모 곁을 떠나고 싶어 하는 이유도 왠지 알 것 같아요."

그 말에 다미야 도시코는 약간 발끈한 듯 눈썹을 치켜올렸다. 부모 자식 간의 미묘한 문제를 다른 사람이 이러쿵저러쿵하는 게

유서

마음에 안 드는 것이다.

"물론 반성은 해요. 아들이 사라지고 15년이 됐지만 단 하루도 잊은 적 없어요."

"신고는 안 하셨어요?"

"여자 애라면 당연히 범죄에 휘말렸다고 의심하지만, 우리 애는 당시 어엿한 성인 남자였으니까."

"아하."

"신고하려고 한 적은 있어요. 근데 경찰은 접수를 받는답시고 서류에 상황만 기록하지, 정말 자기 일처럼 열심히 찾아줄 것 같지 않았어요."

"세상에는 실종되는 사람이 하도 많아서 경찰에서 일일이 대처하지 못할 거예요."

"그런데 15년 만에 아들한테서 편지가 왔어요. 근데 그게 유서라니, 너무 충격이에요."

"하긴 그렇네요. 하지만 제 남편을 죽인 뒤 자살하겠다니, 내용이 너무 섬뜩해요. 조금, 아니 정말 민폐예요."

리호는 솔직하게 불만을 드러냈다.

"하긴 느닷없이 낯선 여자가 들이닥쳐 영문을 알 수 없는 소리를 해대면 당연히 그러시겠죠. 그래서 믿어달라고 편지를 복사해서 드렸어요. 근데 그때 잊은 게 있어서."

"그래서 오늘 다시 오신 거예요?"

"네."

다미야 도시코는 핸드백을 열어서 종이를 한 장 꺼냈다. 이전 처럼 복사한 종이 같다.

"이것 좀 보세요."

종이에는 일러스트 같은 지도가 그려져 있는데 × 표시가 있었다. "우리 애가 자살하겠다는 곳. 계획대로 그쪽 남편을 살해한 뒤 여기서 자살할 생각이었나 봐요."

전에 받은 편지에는 분명 자살을 암시하는 기술이 있었다.

"하지만 아드님은 남편을 살해하지 않았으니까 거기서 자살할 이유가 없는 것 같은데요."

"아뇨, 실패했으니까 앞날을 비관해서 스스로 죽음을 선택할 수 있죠."

"실제로 저희 집에서는 아무 일도 일어나지 않았으니까 생각이 지나친 거 같은데."

"남의 일이라고 낙관적이네요."

다미야 도시코는 기분이 상한 듯 말한다.

"그렇게 말씀하셔도 저는 아드님과 업무상 관계밖에 없어요. 그것도 꽤 오래전 일이고…."

리호는 점점 화가 치밀었다. "분명히 말씀드리는데, 민폐예요."

"우리 아들과 서로 사랑하는 사이였어요?"

"ㄱ 사람이 호감을 가진 건 알았지만 전 남편이 있었으니까."

"그래서 거절했다?"

"무슨 거절씩이나 해요. 저는 이미 결혼했고, 아드님한테 아무

관심도 없었고….”

리호는 더 이상 참을 수 없는지 자리에서 일어났다. “이제 그만 가주세요.”

괜히 친절하게 대해주다가 이 여자를 멋대로 하게 만드는 꼴이 됐다. 남편이 알면 호되게 한 소리 들을 것이다.

“미안해요. 좀 흥분했어요.”

다미야 도시코는 말이 지나쳤다고 생각했는지 곧바로 사과하고 그대로 돌아갔다.


왜 이제 와서 그 편지가 다미야의 집에 배달된 걸까. 편지를 썼다는 말을 들은 건 15년 전이다.

15년의 공백이 이해되지 않는다.

아니면, 그 여자는 아들 방을 치우다가 우연히 그 편지를 발견한 게 아닐까. 어딘가에 뒤섞여 있던 것을 최근에 발견해서 읽게 됐다. 그것을 이제 도착한 편지라고 착각한 것은 아닐까.

아무튼지 간에 분명한 건 상황이 안 좋게 돌아가고 있다는 거다.

“그 여자가 스토커처럼 따라다니다가 진상을 알게 되면….”

그녀가 혼자 중얼거리는데 갑자기 문이 벌컥 열리고 남편이 들어왔다.

“상황이 안 좋긴 해.”

“있었어?”

“응, 문 저쪽에서 다 듣고 있었어. 당신 혼잣말도.”

리호는 다미야 도시코가 놓고 간 지도 복사본을 남편에게 보여주었다.

"우와, 여기, 이게 얼마 만이야."

"그 사람이 계속 따라다니면 좀 귀찮지 않을까?"

"귀찮은 정도가 아니라, 완전 거추장스럽지."

"그 사람, 너무 아들 생각만 하다가 머리가 이상해진 것 같아."

"맞아."

"이상한 건 왜 이제 와서 그 편지를 가지고 왔냐는 거야."

"방 청소하다가 우연히 찾은 거겠지. 그래서 이쪽 동정을 살피러 온 거고."

"내 생각도 그래. 그 사람 입을 다물게 하려면 어떻게 하지?"

"당연히 입을 봉해버려야지. 의문이 남지 않는 형태로."

남편이 입가에 의문의 미소를 지었다. 이 사람은 무슨 생각을 하는지 알 수 없는 면이 있다. 그 점이 으스스하면서도 매력이고 그녀가 그에게 끌리는 이유이기도 했다. 객관적으로 보면 천성이 사기꾼이다. 말을 잘하고 여자를 잘 꾄다. 여자를 홀려 돈을 얻어낸다. 거짓 투자를 권해서 나이 든 사람에게서 돈을 빼앗는다. 그러면서 증거를 남기지 않기 때문에 피해자는 울며 겨자 먹기로 넘어간다. 정말 교활한 인간이다. 알면 알수록 어둠은 깊지만 집에 돈을 가져오기 때문에 그녀는 아무 불만이 없다.

리호도 남편의 달콤한 꼬임에 넘어가 사귀기 시작한 여자 중한 명이다. 그런데 남편이 그녀를 놓지 않는 것은 그녀가 남편의 사기를 알면서 아무 참견도 안 하고 묵인하기 때문이다. 그녀를 동류의 인간, 정말 흔치 않은 존재로 인정하는 것이다.

그녀도 남편의 바람을 묵인하는 대신, 가끔 불륜을 저지른다. 남편도 아마 그 사실을 알 테지만 아무 말 하지 않는다. 그녀 역시 아무 말 하지 않는다. 비슷한 부류의 공동생활과도 같다. 다행히 아이는 없었다.

"좋은 생각이 났어."

남편의 목소리는 성대모사 달인이라고 할 정도로 자유자재로 바뀐다. 일류 기업의 사장부터 시작해서 야쿠자, 연예인에 이르기까지 그 범위는 넓고 정말 그럴듯하게 연기한다. 그가 계좌이체 사기를 총괄하면 훨씬 더 많은 수입을 기대하겠지만 그런 범죄를 경멸한다. 그는 저렇게는 되고 싶지 않다, 돈이 궁한 사람에게서는 돈을 빼앗지 않는다, 돈이 남아도는 사람들에게서 착취한다고 항상 얘기했다. 세무서 눈을 피해서 장롱 속에 돈을 감춰두는 사람이라면 돈을 뺏겨도 울며 겨자 먹기로 참을 수밖에 없으니까.

"뭔데?"

"그 여자한테 한 번 더 전화해 보고."

남편이 입가에 음산한 웃음을 지었다. 남편은 일단 목표물을 정하면 그 인물을 철저하게 조사한다. 당사자조차 잊어버린 일도 분명하게 파악한 뒤 연락하기 때문에 상대는 속았다고 생각하지 않는다. 그동안 남편이 저지른 범죄가 드러나지 않은 이유였다.

씨앗을 뿌리고 싹이 나기를 가만히 기다린다.

다미야 도시코는 개한테 놀라 넘어짐으로써 뜻밖에도 다케노우치의 집에 들어가게 됐다. 다케노우치 리호가 도시코의 상처에 당황하여 집에 들일 수밖에 없었던 것이다.

도시코는 그 기회를 놓치지 않고 공세를 가했다. 아들 시로가 자살 장소로 선택한 곳이 표시된 지도를 보여주면 상대는 동요해서 뭔가를 꾸밀 수 있다. 그녀는 상대가 먹이에 달려들기를 가만히 기다리면 된다. 아들이 돌아오기를 15년이나 기다렸는데, 그쪽에서 움직일 때까지 일주일이나 이 주일은 아무렇지 않았다.

과연 일주일쯤 지나서 전화가 왔다.

"여보세요, 나야."

역시 그 녀석이다. 아들 시로라고 가장한 장난 전화의 주인공이다. 그녀는 속는 척하면서 듣기로 했다.

"엄마, 지난번에 멋대로 전화 끊어서 미안해요."

"아니, 괜찮아. 오늘은 무슨 일이니? 설마 돈이 필요한 건 아니겠지?"

도시코는 말한 뒤 너무 가볍게 응대했다고 후회했다. 수상한 사람에게서 걸려 온 전화를 장난으로 대응하면 상대가 불신감을 갖기 십상이다.

"역시 엄마야. 이심전심이라고 할지, 내가 무슨 생각을 하는지 텔레파시처럼 바로 아신다니까."

"엣, 설마, 돈?"

서로 상대방의 속내를 살피는 상황. 가벼운 잽을 주고받는다.

"맞아."

"대체 무슨 일인데?"

"실은 조폭한테 협박당하고 있어."

도시코가 경계하고 있지 않았다면 완전히 속아 넘어갈 뻔했다. 목소리가 왠지 아들 시로와 비슷하다. 그야말로 작위적인 느낌이지만 목소리를 조금 낮추고 중간에 기침을 섞어가면서 잘 얼버무리고 있다.

"엄마한테 그런 돈이 어디 있다고. 다 자업자득 아니니?"

가볍게 받아친다.

"그렇긴 한데 일주일 안에 갚지 않으면 나 죽어."

"이를 어쩌니."

"엄마는 걱정 안 돼?"

불만스러운 목소리도 잘 연출하고 있다. 이 남자, 이런 시시한 사기를 칠 게 아니라 그 특기를 살린 일을 하면 좋으련만.

"얘, 너, 처음에 죽을 작정이었잖아."

도시코는 슬슬 때가 됐다고 생각하고 작전을 개시하기로 했다. "편지에 다케노우치 리호 씨의 남편을 살해하고 자살하겠다고 썼잖아. 어떻게 됐든 죽는 건 똑같은 거 아니니? 네가 돈을 못 갚아서 조폭한테 살해되는 거야. 그게 싫으면 엄마한테 얘기할 게 아니라 자살하면 되잖아. 자살이냐, 타살이냐의 차이. 죽으면 다 똑같아."

단숨에 내뱉자 상대의 목소리가 달라졌다. 코를 훌쩍이듯 울먹이는 목소리다.

"내가 자살하다니, 그게 대체 언제 적 일인데?"

"언제라니, 지금 얘기잖아."

도시코는 그제야 이야기의 흐름이 이상하다는 사실을 깨닫는다.

"엄마, 지금 그 편지 가지고 있어?"

"있어. 하지만 방에 가서 찾아 와야 돼."

"그럼 또 전화할게. 일단 끊어요."

어디서 대응을 잘못한 걸까. 전화가 끊긴 뒤 여우한테 홀린 기분으로 방에 들어가서 아들의 편지를 찾는다.

어머, 안 보이네. 어디로 갔을까. 책상 위에도 없고, 서랍에도 없다. 책상 밑에도 없다. 혹시나 싶어서 쓰레기통을 뒤지는데 비닐 봉투가 나왔다.

생각이 났다. 편지는 이 비닐에 들어있었다. 그날 비가 와서 편지를 보호한 것이라고 생각했지만, 자세히 들여다보았더니 겉면에 유성 펜 같은 것으로 뭔가가 쓰여있지 않은가.

"포스트 캡슐?"

인쇄가 아니라 손 글씨였다. 그 밑에 조그맣게 '이건 15년 뒤의 당신에게 보내는 편지입니다'라고 쓰여있다.

무슨 말인지 모르겠다.

비닐을 든 채 식당으로 돌아가자 카펫 위에 봉투가 있었다. 식탁 위에 놔뒀는데 떨어진 것이다. 등잔 밑이 어둡다.

뭔가가 걸려서 편지를 다시 읽는다. 물론 누군가가 첨삭을 한 흔적도 없고, 더 이상 새로운 정보도 없었다. 편지를 접어서 봉투에 넣으려다가 우연히 수신인에 눈길이 갔다. 필적은 분명히 아들 시로가 맞다. 우편번호와 주소도 맞다. 그런데 뭔지 모를 위화감이 들었다.

우표가 좀 낡은 것 같은데. 우표 값이 좀 부족한 느낌도 들고.

위화감은 더 있었다. 우표에 찍힌 소인이다. 속달이 아니면 굳이 소인까지 신경 쓰지 않는다. 그리고 스탬프가 흐릿하게 찍히면 날짜가 잘 보이지 않기 때문에 평소에도 별로 신경 쓰지 않는다.

편지의 스탬프를 보니 접수국은 '아카바네'다. 날짜는 희미하지만 연호는 똑똑히 보였다.

그녀는 자신도 모르게 "앗" 하는 소리를 질렀다. 편지가 발송된 헤이세이(1989년~2019년—옮긴이) 연호를 손가락을 꼽으며 계산해보자 15년 전이었기 때문이다. 이런 일이 가능할까. 15년 전의 편지가 이제야 도착하다니. 그리고 아까 비닐 봉투에 적힌 '포스트 캡슐'의 의미가 서서히 가슴에 와닿았고 점차 이해가 됐다.

아하, 그런 거였구나. 포스트 캡슐이 뭔지는 안다. 꽤 오래전, 어느 만국박람회 같은 이벤트에서 그런 기획이 있었다. 그 우체통에 넣으면 15년 뒤의 자신, 혹은 부모님, 자식, 손주한테 편지가 배달되는 구조였다. 요즘에도 간혹 비슷한 기획이 있는 모양이다.

이 편지가 그거라고?

어떻게 이런 일이. 왜냐하면 비를 막는 비닐 봉투와 혼동할 수 있는 엉성한 포장 탓에 받은 사람은 포스트 캡슐이라는 걸 알아채지 못한다. 그런 사실을 모른 채 최근 편지라 믿어도 그녀를 탓할 사람은 없을 것이다.

유서를 왜 포스트 캡슐에 넣었는지 아들의 진의를 이해하기 어렵다. 하지만 그보다 기껏 기획해 놓고 알아채기 어려운 비닐 봉투에 넣어서 15년 뒤에 보내는 우체국에도 문제가 있다.

물론 찬찬히 보면 알 수 있었는데, 아들의 유서라고 멋대로 지레짐작해서 다케노우치의 집에 쳐들어간 그녀 자신한테도 문제는 있는지 모른다.

하지만….

다케노우치의 집에 감으로써 뭔가가 움직이기 시작했다. 유서와 지도 복사본을 준 일이 계기가 되어 틀림없이 지각변동 같은 꿈틀거림이 일어나고 있다. 그 증거로 '나'라고 칭하는 남자가 전화를 걸어오고 있지 않은가.

그녀의 행동은 오해에서 비롯됐지만 결과적으로 빗나가지는 않았다. 옳았던 것이다. 어떤 범죄 냄새, 음모 같은 정체 모를 것이 15년의 잠에서 깨어나 지금 부활을 준비하고 있다.


전화벨 소리가 울렸다.

유서

그 녀석이다. 시로라고 밝히는 '나'. 이 기회에 녀석을 시험해
보자. 얼마나 대답할 수 있을까.

"엄마? 나야, 편지 봤어?"

"봤어."

"뭔가 알았어?"

"소인이 15년 전이었어."

"그렇게 된 거야. 엄마는 오해하고 있었어. 그건 옛날 편지야.
엄마가 전에 받은 게 어딘가에 섞여있던 거야. 그러다 우연히 밖
으로 나온 거고."

그 추측은 잘못됐다.

"아니. 넌 편지를 '포스트 캡슐'에 넣었어."

"아니, 난 그런 기억 없는데."

상대는 강하게 부정한다.

"그건 그렇고, 15년이나 어디서 뭘 하고 있던 거니?"

"여기저기 다니고 고생도 많이 했지."

"뭘 하면서?"

"남한테 말 못 할 일."

"떳떳하지 못한 일? 정말 내 아들 시로니?"

"맞아. 진짜 시로."

"그럼 내가 묻는 말에 대답할 수 있을까?"

"아휴, 아직도 의심하서?"

"이 엄마가 나야 나 사기를 모를 것 같니? 늙었다고 우습게 보

지 마라. 먼저 생년월일은?"

질문을 쏟아내면 금방 허점이 드러날 것이다. 하지만 상대는 비교적 술술 대답한다. 초등학교부터 대학교 이름, 도시코의 결혼 전 성, 조부모 이름도 막힘없이 대답했다.

"그럼 유치원 선생님 성함은?"

그 질문에 상대가 처음으로 머뭇거렸다.

"엣, 그런 거까지 어떻게 기억해."

"너한테 잘해주신 선생님 계셨잖아."

잠시 침묵이 흐른 뒤 상대는 말했다.

"엄마도 엄마가 다닌 유치원, 초등학교 담임, 전부 기억해? 무리야. 그게 언제 적 일인데. 이제 기억이 가물가물해졌어."

그 변명도 맞는 말이다. 그녀도 초등학교, 또는 중학교 담임 이름을 기억하느냐 물으면 제대로 답할 자신은 없다. 상대가 진짜인지 가짜인지, 판단하기 어려웠다. 그녀가 당황하는 것이 상대에게 전해진 듯했다.

"엄마, 게임은 이 정도로 하고 돈 좀 꿔주면 안 될까?"

마침내 상대가 본성을 드러냈다.

"얼마나 필요한데?"

"천만 엔."

그녀는 그 세 배쯤 가지고 있었다. 은행에 2천만, 장롱에 천만. 못 해줄 것은 없다. 계좌이체 사기에 걸려드는 사람이 많은데, 세상에는 그만큼 돈을 가진 고령자들이 많다는 의미다. 마냥 남의 일이라고 웃을 수 없다. 도시코는 지금은 속는 척하면서 상대의 말에 장단을 맞추기로 했다.

"으음, 좀 많은데. 엄마도 이제 예순다섯이고, 더 오래 살 것 같아서 노후를 위해 목돈을 남겨놓고 싶어."

"그럼 800만 엔도 괜찮아."

"700만."

"그 중간으로 750만."

"알았다. 그 정도면 어떻게든 준비할 수 있겠구나."

"오오, 그래야 엄마지. 불효자를 용서해 주세요."

상대는 머리 회전이 무서울 정도로 빠른 남자다. 하지만 나라고 질 수 없지. 오랫동안 생명보험 영업 사원을 하면서 항상 영업소 1등을 다툰 사람이야. 돈은 준비하지만 공짜로는 안 되지. 나를 우습게 봤다간 큰코다친다는 걸 뼈저리게 알게 해야 돼.

"그래서, 어떡할 거니? 어떻게 받을래?"

"대리인을 보낼게."

"네 빚이니까 네가 와야 하는 거 아닌가?"

"그게, 사정이 있어서 직접 못 가."

도시코는 나야 나 사기의 빤한 전개에 웃음이 터질 뻔했다.

"조폭들이 노리고 있다는 거니?"

"그것도 있고."

"그럼 이 엄마가 지정하는 곳에서 만나면 어떨까?"

도시코는 운에 맡겨본다. "거기라면 사람들이 없어서 볼 사람

없는데."

"여기서 멀어?"

상대 목소리에 경계심이 더해진다.

"네가 잘 아는 곳. 있잖아, 네가 자살하려고 한 곳. 편지에 썼잖아, 거기가 어딘지."

"아아" 하는 소리가 들린다. 반응이 있다는 것은 상대가 다케노우치 리호의 남편이라고 생각해도 틀림없다는 뜻이다. 옳지, 이제 걸려들었구나.

도시코는 이제 확신이 들었다. 아들 시로는 다케노우치의 집에 갔다가 어떤 사건에 휘말렸다. 살해됐다는 최악의 사태도 생각할 수 있었다.

15년의 침묵이 그 사실을 이야기하고 있다. 시로의 신변에 무슨 일이 있었는지 생각해 본다. 시로는 엄마에게 쓴 유서를 '포스트 캡슐'에 잘못 집어넣었다. 유서는 15년의 잠에서 깨어났지만 시로는 그동안 흙 속에 잠들어 있었다.

포스트 캡슐 '기획'이 가동되어 유서가 엄마에게 배달됐다. 그리고 당황한 엄마가 허둥지둥 아들이 습격하겠다고 지명한 다케노우치의 집을 방문했다.

15년 동안 범죄를 은폐하고 겉보기에 평온하게 지내던 다케노우치 부부는 도시코의 갑작스러운 방문에 놀라서 당황했음이 틀림없다. 시로로 가장한 누군가의 전화가 도시코에게 걸려 온 것은 시간상 어떻게 이런 우연이, 라는 생각이 들 정도였지만 사실 우연이랄 것도 없다. 다케노우치 요이치가 시작한 일이다. 뒤가 구린 일을 하지 않았다면 다케노우치 요이치가 그 편지에 반응할 리가 없다.

직소 퍼즐 조각이 하나씩 제자리를 찾아간다.

대어를 낚으려면 그에 상응하는 장치가 필요하다. 먹이는 시로가 자살 장소로 선택한 곳에 준비한다. 그만큼 대담하지 않으면 상대는 먹이를 물려고 달려들지 않는다.

"어때? 거기라면 아무도 모르게 줄 수 있는데."

침묵이 흐른다. 이쪽의 의도를 아직 헤아리지 못하고 있다. 그래서 그녀는 더 강하게 밀어붙였다.

"싫으면 이 얘긴 없던 걸로 하고."

그녀는 일부러 크게 한숨을 내쉬었다. "그럼 끊어라."

"잠깐. 알았어요, 엄마."

수화기 너머에서 상대가 쓴웃음을 짓는 것이 전해진다. "엄마한테는 못 당한다니까. 시간과 날짜를 알려줘."

도시코는 이틀 뒤 저녁 9시로 지정했다.

*7*

저녁 무렵, 집 밖에서 서걱서걱하는 소리가 들린다.

다케노우치 리호는 안 좋은 예감이 들어서 그 소리에 귀를 기울인다. 거실 밖, 마당을 되파는 소리.

15년 전 그날—. 그때는 반대였다. 구멍을 파고 묻는 작업. 지금은 묻은 것을 다시 파내는 작업이다.

다미야 시로가 그런 편지를 자기 엄마한테 보내고, 엄마가 놀라서 이 집에 쫓아올 줄은 꿈에도 몰랐다. 미리 알았다면 집 밖에서 필사적으로 막았을 것이다. 사실 리호는 다미야 시로와 불륜 관계였다. 남편의 외도를 묵인하고 있기 때문에 자신도 똑같은 짓을 해도 된다는 가벼운 마음이었다. 두 살 어린 다미야와는 놀이 감정이었지만 그쪽은 진심이 되었다. 다미야는 그녀가 남편한테 불륜을 들켜 손찌검을 당한 사실을 알자 걱정되어 다케노우치의 집에 담판을 지으러 직접 쳐들어온 것이었다.


어느 틈엔가 마당 파는 소리가 그쳐있었다. 한동안 아무 소리도 들리지 않아서 그녀는 참지 못하고 창문을 열었다.

남편이 허리를 펴고 쉬고 있었다. 이마에 땀이 맺히고 회색 티셔츠는 땀에 흠뻑 젖어있다. 발밑에 돌돌 말아놓은 파란 시트가 놓여있었다.

"끝났어."

"수고했어. 드디어 오늘 밤이네."

"이제 다 끝났어."

남편은 쓴웃음을 짓는다.

"돈은 받을 수 있는 거지?"

"아마도. 750만 엔은 그다지 터무니없는 액수가 아니니까, 가

유서

진 돈에서 융통할 수 있는 범위야."

"정말 가져올까?"

"그것부터 확인할게."

"안 가져오면?"

남편은 대답 대신 웃기만 했다.

"근데 살인 공소시효가 몇 년이야?"

"살인은 이제 공소시효가 없어. 하지만 범죄가 발생한 흔적이 없으니까 시신이 발견되지 않는 이상 문제 될 게 없어."

남편은 숫제 배짱이었다.

## 8

다미야 도시코는 약속 장소에 서있다.

그 잡목림은 바닥이 눅눅해서 밟으면 폭신하니 탄력이 있었다. 낙엽수 잎사귀들이 오랫동안 그대로 쌓여서 부엽토처럼 되어있기 때문에 여자여도 크게 힘 들이지 않고 땅을 팔 수 있다. 인기 척이 없는 곳에서 밤중에 남자와 만난다. 그녀는 힘이 약하다는 큰 약점을 가지고 있기 때문에 상대가 예측하지 못하는 행동을 함으로써 맞서야 했다.

텔레비전 서스펜스 드라마에서는 몸값을 주고받는 장소가 절벽 위나 아무도 없는 숲속 등 터무니없는 곳일 때가 많이 있다. 현실적인 문제를 생각하면 '놀고들 있네'라는 말이 나온다.

현실에는 살해될 위험을 무릅쓰면서까지 굳이 한적한 곳으로 가는 어리석은 자는 없다. 그녀도 당연히 그렇게 생각했다. 그녀에게 유리한 점은 상대가 방심하고 있다는 것이다. 예순다섯 먹은 여자쯤은 손쉽게 처리할 수 있다고 만만하게 보고 있기 때문에 그 제안을 받아들이지 않을 이유가 없었다.

그래서 그녀는 치밀하게 덫을 놓았다.

...

# 9

파란 시트에 싸인 것은 자동차 트렁크에 들어있었다. 사전답사를 했기 때문에 지도에 표기된 × 표시가 어디인지는 잘 알고 있다.

잡목림 근처에 차를 세우고, 트렁크에서 파란 시트에 싸인 것을 운반한다. 꽤 무거워서 남자가 아니면 옮기지 못할 것이다.

발밑에 내려놓고 비닐 끝자락을 잡아당기자 별로 힘을 들이지 않아도 시트는 움직였다. 주변은 아주 캄캄했다. 도시 속에 이처럼 캄캄한 어둠이 존재한다는 사실이 신기하다. 손전등은 켜지 않았지만 막연히 나무의 존재를 느낄 수 있기 때문에 부딪히지는 않았다.

전방에 흐릿하니 밝은 곳이 있다. 손전등 불빛 같은 것이 어둠 속에 두둥실 떠있다. 불빛은 낙엽이 쌓인 바닥을 비추고 있다. 그 너머로 하얀 다리가 두 개 보였다.

"약속 시간 잘 맞춰 왔네."

여자 목소리.

"옛날부터 약속 시간에 늦은 적 없어, 엄마."

얼굴은 서로 안 보였지만 자연스럽게 대화가 되었다. "돈은 준비해 왔어?"

"그래, 준비했다."

"어디 있는데?"

"이 가방 안에. 750만 엔 들었어."

상대는 발밑에 검정 가방을 내려놓는다.

"그쪽은? 그 파란 시트에는 뭐가 들었니?"

"상상해 봐."

그는 파란 시트를 발로 찼다.

"시체구나."

"맞아, 돈을 받았으니까 사례를 해야지. 엄마를 빈손으로 돌아가게 할 수는 없잖아."

"시로구나. 거기에 시로의 시신이 들어있는 거지?"

"시신이랄 것까지는 없고. 사체라고나 할까."

"역시 너는 시로를 살해하고 15년이나 어딘가에 묻어뒀던 거였어."

"폭력에는 폭력으로. 저항하지 않았으면 내가 죽었을 테니까. 정당방위라고 불러줘."

"정당방위였으면 경찰에 신고했어야지."

"그게 사정이 좀 복잡해서 말이지, 엄마."

"언제까지 엄마라고 부를 거니, 다케노우치 요이치 씨?"

"알았어. 그럼 바로 교환해 볼까. 비즈니스처럼."

"싫다면?"

그리고 여자는 이쪽 반응을 살핀다.

"이제 와 그러면 안 되지."

"그건 그렇네. 그럼 얼른 가지러 오렴. 여기 됐으니까."

어둠 속에서 두 사람은 서로 떠보다가 그가 먼저 한 걸음 내디뎠다. 시트 안에는 사체가 있다. 낙엽 위를 천천히 걸어서 여자와 5미터 정도 거리를 두고 멈췄다.

여자가 발로 가방을 쓱 밀어낸다.

"가방 안이 가짜가 아니라는 증거는?"

"어머, 아직도 날 의심하는 거니?"

여자는 선 채로 벌어진 가방 안에 한쪽 다리를 집어넣어서 가방 안을 보여줬다. 그리고 가방 안을 손전등으로 비춘다. 지폐 다발 일곱 개와 고무줄로 묶은 돈이 또 한 덩이 보였다.

"은행 도장이 찍혔으니까 확인해 보렴."

여자는 재빨리 지폐 다발을 세 개 정도 집더니 손전등을 대고 돈의 띠지가 있는 곳을 비췄다. 그리고 도로 가방 안에 던져 넣었다.

"봤지?"

여자는 가방을 발로 더 밀어냈다. 그는 파란 시트에서 손을 떼고 지폐 다발을 주우려고 앞으로 걸어 나가 재빨리 몸을 숙였다.

다음 순간, 몸이 균형을 잃고 푹 고꾸라졌다. 아앗, 했을 때에는 그의 몸이 커다란 구멍 속으로 머리부터 떨어졌다.

"정말 드라마 같은 전개네. 이렇게 쉽게 함정에 걸려들 줄이야."

"씨발, 날 속였어."

"당연하지. 사람도 없는 위험한 곳에 여자 혼자 어슬렁어슬렁 올 줄 알았어?"

그는 여자의 비웃음 소리를 들으면서 목덜미를 문질렀다. 목을 많이 삐었다. 신경이라도 다쳤는지 몸이 잘 움직여지지 않는다. 그는 구멍에 머리를 꼬라박은 불안정한 자세로 콧속에 들어오는 진흙을 오른손으로 빼내는 데 필사적이었다. 젠장, 이대로 있다 간 질식한다.

"살려줘, 엄마."

"멍청하긴, 다케노우치 씨. 나야 나 사기의 얄팍한 사기극은 이미 끝났어."

그녀는 웃었다. "네가 어떤 범죄를 저질렀는지 다 알아."

## 10

이렇게 간단히 함정에 빠질 줄이야. 맥 빠질 정도였다.

다케노우치 요이치는 다미야 도시코가 초로의 여자라서 완전히 방심하고 있었다. 경계심을 푼 상대에게 덫을 놓는 것은 어렵지 않았다. 부드러운 흙을 삽으로 직경 2미터, 깊이 2미터 정도

파는 것은 의외로 쉬웠다. 여자 몸으로도 한 시간이 채 걸리지 않았다. 물론 익숙하지 않은 육체를 쓰는 작업이라서 지금 몸 마디마디는 비명을 지르고 있었지만.

"시로를 죽인 건 그쪽, 다케노우치 씨지?"

다미야 도시코는 이제는 아들의 죽음을 받아들일 수밖에 없었다. 부모로서 인정하고 싶지 않지만 사실이니까 어쩔 수 없다. 그녀는 구멍에 걸쳐져 있던 가방을 주워서 발밑에 내려놓았다.

"시로를 언제 죽였어?"

"일주일 전."

남자는 여전히 부자연스러운 자세로 괴로운 듯 대답했다. "괴로워해서 편하게 해줬어. 목을 졸라서 말이지."

"뭐? 시로가 내가 갈 때까지 살아있었다고?"

전혀 예상하지 못한 일이었다.

"그래, 살아있었어."

도시코는 파란 시트로 시선을 옮겼다. 저기에 시로의 시신이 싸여있다니. 더구나 얼마 전까지 살아있었다니.

구멍 속에서 남자가 옴짝달싹 못하고 있는 것을 확인한 뒤 그녀는 파란 시트에 조심조심 다가갔다. 자살하려고 했던 곳으로 범인이 운반해 올 줄은 상상도 하지 못했다.

파란 시트는 돌돌 말아져 있었다. 그녀가 시트 끝자락에서 말아진 것과는 반대 방향으로 굴리자, 시트는 데굴데굴 굴러서 거의 구멍 파진 곳까지 크게 펼쳐졌다. 하지만 그 안에서 나타난 것은 인간의 시체가 아니라 대형견 사체였다. 다케노우치의 집을 방문했을 때 그녀를 향해 짖었던 개다.

"그 녀석, 사람 나이로 치면 거의 아흔이야. 악성 종양이 생겼어. 몹시 괴로워하니까 불쌍해서 안락사 시켜줬지. 마당에 묻은 지 얼마 안 됐는데 이 수풀 속에 새로 묻어줘야겠다는 생각이 들더라고. 인간 시로가 들어가야 할 무덤에 개 시로를 말이지."

"그게 무슨 농담이라고."

도시코가 그렇게 말했을 때였다. 뭔가가 갑자기 그녀의 등을 세게 밀었다. 그녀는 몸의 균형을 잃고 두 팔은 아무것도 없는 허공을 휘젓는다. 그리고 자신이 판 구멍에 떨어졌다. 그녀의 몸은 먼저 떨어져 있던 남자한테 부딪혔다. 그 덕에 충격은 적었지만 거북한 자세 그대로 옴짝달싹할 수 없었다.

위에서 요란한 여자 웃음소리가 들렸다.

"어머나, 당신들, 사이가 좋네."

손전등 불빛이 구멍 속에 있는 두 사람을 비춘다.

"누구?"

"다케노우치 리호."

여자 목소리에 도시코 밑에 깔린 남자가 반응했다.

"리호, 제발 구급차 좀 불러줘. 목을 삐었나 봐. 다리에 감각이 없어."

"구급차를 부르면 일이 커지지 않을까? 구멍 속에 두 사람이 떨어져 있고 덤으로 그 옆에는 시로의 사체가 있으면 경찰한테 뭐라고 설명할 건데? 상황이 너무 곤란하잖아. 범죄 냄새가 풀풀 풍기고, 가방에는 거금도 있고. 나, 경찰한테 잘 설명할 자신이 없어."

"제발 부탁이야."

"난, 경찰에 붙잡히고 싶지 않아. 범죄는 은폐가 정답이야."

"어쩌려고?"

남자 목소리는 힘이 없고 괴로워 보였다.

"간단해. 사건을 없던 걸로 하는 거지."

"어떻게?"

"구멍을 메우는 거야. 그러면 발견이 안 될 테니."

다케노우치 리호는 삽을 집어 들더니 구멍에 흙을 넣기 시작했다.

"이봐, 제발 농담은 그만해. 날 죽일 셈이야?"

"그게 모두를 위한 거야. 당신도 당신 어머니와 같이 있을 수 있어서 기쁘지?"

"그만해. 엄마와 같이 죽고 싶지 않아."


*"*


15년 전 그날, 다미야 시로는 다케노우치 리호의 남편을 죽이려고 했다. 그 인간을 죽이고 정말 자살할 생각이었다. 이제 이 세상에 아무런 미련도 없었다.

남의 아내를 위해 죽는 것은 바보 같지만, 도저히 엄마와는 더

이상 같이 살 수 없었다. 강압적이고 언제나 그를 지배하고 얽어
매는 독친, 즉 독이 되는 부모다. 가끔 자상할 때도 있기 때문에,
도망치려고 하다가도 혼자 남겨지는 엄마가 불쌍해져 다시 돌아
간다. 그리고 언어폭력에 시달리는 우울한 나날.

거기서 벗어나는 방법은 좀처럼 떠오르지 않았다. 하지만 다케
노우치 리호와 불륜했을 때 그녀가 남편의 폭력에 괴로워한다는
사실을 알고, 좋아하는 여자를 해방시킨 뒤 스스로 목숨을 끊자
는 데 생각이 미쳤다. 모르는 사람은 개죽음이라고 생각할 수 있
지만 그러거나 말거나 상관없다. 엄마는 태어났을 때부터 그에게
폭군, 그의 마음속에까지 독물을 주입해서 정신적으로 옭아매고
있었다.

그전에도 좋아하는 여자가 생기면 엄마가 뒤에서 손을 써서 헤
어지게 만들었다. 회사에 있어도 매일같이 전화가 걸려온다. "얘,
괜찮니? 회사, 싫지 않아? 엄마, 사랑해?" 하고.

이제 제발 좀 그만, 하고 소리 지르고 싶었다. 엄마가 정신 차
리게 하려면 외아들이 죽는 수밖에 없다. 그래서 자살할 장소를
지정해서 엄마한테 아들이 목을 맨 시체를 보여주려고 연출했다.
그것이 그의 복수다. 너무 소심한 복수이긴 하지만.

다케노우치의 집을 찾아간 시간은 저녁 8시가 넘어서였다. 폭
력 남편을 처치하려면 기선 제압을 해야 한다는 생각에 현관 앞
에서 마주한 순간, 다짜고짜 상대방 얼굴에 있는 힘껏 주먹을 날
렸다. 무방비 상태였던 상대는 슬로모션을 보듯 뒤로 넘어져 대

리석 꽃 받침대에 뒤통수를 부딪쳤다. 정말 허망한 죽음이었다. 상대는 무슨 일이 일어났는지 제대로 파악도 못 하고 이 세상을 떠난 것이다.

그대로 돌아가려고 했을 때 리호가 그를 불러 세웠다.

"이 시체, 어떡할 거야? 이대로 둘 거야?"

"그러니까, 책임지고 이제 죽으려고요."

"사랑해. 남편도 죽고 당신도 없어지면 난 어떻게 살아?"

"경찰에 신고하면 난 살인죄로 체포돼요. 어차피 같은 거잖아요."

"숨기면 돼."

리호가 무슨 말을 하는지 이해가 안 됐다.

"좋은 생각이 있어. 나한테 맡겨."

시로는 리호가 시키는 대로 그녀의 남편을 마당에 묻고 자신은 다케노우치 요이치가 되어 살기로 했다.

"걱정 마. 그이 부모님은 이미 돌아가셨고, 형제도 없어. 혼자 악랄한 짓만 해서 없어져도 아무도 몰라. 난 그런 폭력 남편한테 정떨어졌고, 당신이 남편이 돼서 사는 게 수십 배는 좋아."

"하지만 우리 엄마는 골치 아파요. 이미 유서를 써서 보냈으니까."

"만약 찾아오시면 내가 상대할게. 남편은 출장 중이고 아드님은 오지 않았다고 하면 증기도 없는데 당신 엄마두 어찌시겠어. 그냥 돌아가셔야지."

엄마는 그렇게 손쉬운 상대가 아니다. 시로는 전전긍긍하며 하루하루를 보냈지만 웬일인지 엄마가 다케노우치의 집을 찾아오는 일은 없었다. 15년이나 되는 오랜 시간 동안.

시로는 키우기 시작한 반려견에게 '시로'라는 자학적인 이름을 붙이고, 자신은 표면상 이 세상에서 사라졌다.

그동안 아무 문제 없었다. 다케노우치 리호의 남편이 되어도 아무도 알아채지 못했고, 다미야 시로가 그 집에 그대로 자리 잡고 살아도 아무 문제 없었다. 남편 있는 여자가 애인을 데리고 와서 같이 사는 듯한 느낌. '다케노우치 요이치'라는 이름은 그대로 남았고, 확정 신고 등은 다케노우치 요이치의 이름으로 했다. 그렇게 해서 범죄는 드러나지 않고 모두 순조로웠다.

15년 뒤, 엄마가 포스트 캡슐의 유서를 받고 사태가 급속하게 움직이기 전까지는.

## *12*

"그러니까, 지금 그 구멍에 빠진 사람은 다미야 도시코 씨와 그의 아들 시로 씨라고."

설명이 길어져 다케노우치 리호도 지쳐있었다. "우리 범죄가 드러나게 하는 것보다 아무도 모르게 당신들 모자를 매장하는 게 최선이야. 시로 씨, 당신과 지낸 세월은 스릴 있어서 재미있었어. 하지만 슬슬 끝낼 때가 된 거 같아."

다케노우치 리호는 삽을 잡고 구멍에 흙을 넣는다.

"시로, 너 진짜 시로였구나."

구멍 속에서 엄마가 진짜 아들한테 말을 걸고 있다. 그 아들은 이제 저항할 힘도 없었다.

"모자가 같이 죽게 됐으니, 바라던 바 아냐?"

리호는 흙을 계속 퍼 넣는다. "그쪽이 가지고 온 750만 엔, 내가 잘 접수할 테니까 안심해."

그녀의 웃음소리가 수풀 속에 크게 울려 퍼졌다.


그때 갑자기 근처에서 인기척이 들리고, 강렬한 불빛이 삽을 든 다케노우치 리호를 비춘다. "자, 동작 그만. 당신이 한 얘기는 다 녹음됐습니다. 금방 경찰이 도착하니까 도망가지 마세요."

리호는 상황 파악을 못 한 채 혼란의 소용돌이에 빠져있었다.

멀리서 경찰차 소리가 들린다. 그 소리는 점점 가까이 오고….

유서

　포스트 캡슐 기획은 예기치 않은 전개를 보였다.

　15년이 지난 4월, 다미야 도시코는 아들 시로의 '유서'를 받아보고, 피해자로 추정되는 다케노우치의 집을 찾아간다. 상대방의 태도에 위화감을 느낀 그녀는 유서와 자살 장소가 표시된 지도를 전해주고 상대방의 반응을 보기로 했다.

　때마침 아들로부터 돈을 요구하는 수상한 전화가 걸려 왔나. 그녀는 누군가가 아들을 사칭한다는 생각에 아들이 '자살을 기획'한 곳에서 돈을 건네주기로 한다. 그녀는 땅에 구멍을 파서 돈 받으러 온 사람을 그 함정에 빠뜨린다. 그 구멍에 빠진 사람은 얄궂게도 15년 전에 사라진 진짜 아들이었다. 그는 당시 피해자였어야 할 '다케노우치 요이치'가 되어 생활하고 있었던 것이다.

　진짜 다케노우치 요이치는 15년 전에 죽어서 집 마당에 묻혀있었다.

　다미야 시로는 다케노우치 요이치 살해 혐의, 다케노우치 리호는 그 공범 혐의로 체포됐다.

　처음부터 다미야 도시코가 편지가 든 비닐봉지에 써진 '포스트 캡슐'을 알아챘다면 어떻게 됐을까. 우표에 찍힌 소인 날짜를 유심히 봤다면 전개가 달라졌을까. 아니, 어느 쪽이었든 간에 그녀한테는 바람직하지 않은 전개였을 것이다.

　편자는 제3자라는 객관적인 시점에서 사건의 경위를 주의 깊게 지켜보고, 곳곳에 상상을 더하면서 기록해 나갔다. 당사자 측은 그런 얘기는 한 적 없다고 할 수 있지만 전체적인 흐름은 크게 다르지 않을 것이다.

참고로 선불식 휴대전화로 경찰에 신고하고, 마지막 부분에서 그들에게 말을 건넨 사람은 편자다.

Tokyo-Saitama-ken

april
18
2008

인사 편지

고토 고이치로 님

**배계**(편지 첫머리에 쓰는 인사말-옮긴이).

후각이 예민해지는 봄날, 잘 지내십니까? 고토 씨한테 감사 인사
를 이제야 드립니다. 제가 도망치듯 회사를 떠나서
주변 동료들도 많이 놀랐을 겁니다. 이런 식
의 편지를 보내는 무례를 용서하십시오. 새 회사에서는 열심히
해나가고 있습니다. 잔소리 많은 상사한테 매일 혼나지만
죽을힘을 다하고 있습니다. 이전 회사에서 단련된 덕입니다.
어지간해서는 주저앉지 않습니다. 끝으로 건강 조심하시
라는 말씀 드립니다.

**조조**(투루)

하세노 신지

그 편지는 비닐 봉투에 들어있었다.

비닐에는 유성 펜으로 '포스트 캡슐'이라고 써졌고, 그 밑에는 **'이 편지는 15년 전, 15년 뒤의 당신에게 배달하기 위해서 포스트 캡슐에 넣어진 겁니다. 15년이라는 세월의 무게를 느껴보세요'**라고 손 글씨로 적혀있었다.

고토 나쓰미는 위화감부터 들었다.

포스트 캡슐의 존재는 알고 있다. 아마 우체국인가, 아니면 다른 어디선가 기획한 것으로, 편지를 써서 우체통에 넣으면 몇 년이 지난 뒤 상대에게 배달하는 것이다. 자세한 건 모르지만 아빠 앞으로 온 편지는 그 포스트 캡슐에 들어있던 모양이다. 발신인 하세노 신지라는 이름은 처음 본 이름이었다. 아마 아빠의 지인일 것이다.

나쓰미의 아빠는 15년 전에 사고로 세상을 떠났다. 그렇다면 이 편지는 그즈음에 써진 것이다. 소인을 확인하니 분명히 15년 전으로, 날짜는 아빠가 돌아가신 4월 7일에서 보름 정도 앞선 3월 22일이었다. 접수한 우체국은 도내의 고탄다다.

우선 내용을 확인하기 위해 봉투를 뜯었다. 편지지 한 장에 계절 인사와 퇴사 후의 일 등이 쓰여있다. 하세노라는 사람은 아마 아빠의 부하 직원이었던 모양이다. 사정이 있어서 회사를 떠났고 새 회사에서 열심히 하고 있다는 사실을 전하고 싶은 듯하다.

그건 그렇고 평범하기 이를 데 없는 인사 편지가 아닌가. 아빠가 읽지 못해도 아무 문제 없었지만, 하세노가 왜 이 편지를 포스트 캡슐에 넣었는지 이해가 안 간다. 그래도 재미있는 기획이니까 좀 더 이리저리 궁리를 했으면 좋을 텐데.

아니, 그건 그렇고 이 사람은 무지하다고 할지, 교양이 없다는 게 너무 눈에 보인다.

편지는 그야말로 지적할 곳이 수두룩했다. 첫째는 편지의 기본을 모른다는 것. 처음 시작이 '배계(拜啓)'이면 마지막은 '경구(敬具)'가 상식이다. 그런데 이 사람은 마지막에 '조조'라고 썼다. '초초(草草, 편지의 맺음말—옮긴이)'도 아니고, '조조(早早)'라고 잘못 썼다. 컴퓨터라면 입력을 잘못 했을 가능성도 있지만, 이건 손 글씨이기 때문에 틀림없이 본인의 무지다.

나쓰미는 스물다섯 살, 도내의 중견 상사에서 사무직으로 일하고 있다. 업무상 편지 서식을 잘 알기 때문에 잘못된 서식의 의뢰서나 서류가 오면 빨간 펜으로 첨삭하고 싶어질 정도였다.

만약 그녀가 편지를 쓴다면 모르는 상대에게 보내는 것이 아니기 때문에 '배계'와 '경구' 같은 격식 차린 표현은 피하고, '전략(前略)'으로 시작해서 '초초'로 끝맺을 것이다.

아빠는 화를 잘 내셨기 때문에 이런 상식도 모르는 편지를 받으면 틀림없이 '멍청한 자식' 하고 호통을 칠 것이다.

그녀는 방 세 개에 부엌과 거실이 있는 맨션에서 혼자 살고 있다. 20년 전에 아빠가 구입했는데 대출 상환 중에 세상을 떠남으로써 그와 관련한 보험금이 지급되어 대출은 완제됐다. 아빠가 돌아가셨을 때 외동딸이었던 그녀는 초등학교 4학년이었고, 그 뒤 엄마와 둘이 살았다.

엄마는 나쓰미가 대학에 진학하기를 기다렸다가 재혼했다. 지금은 상대 집에서 살기 때문에 그녀는 혼자 살기에는 너무 넓은 맨션을 자유롭게 쓰고 있었다. 물론 아빠의 죽음으로 인한 재산은 엄마와 이등분했다. 재산이라고 할 정도의 금액은 아니지만, 아버지가 들었던 학자금 보험도 있어서 금전적인 면에서는 대학을 졸업할 때까지 별로 고생은 없었다.

이 편지, 어떡하지. 버리기에는 아빠한테 미안하고, 따로 보관할 정도의 내용도 없다. 나쓰미는 편지를 도로 봉투에 넣고 일단 아빠의 불단에 올렸다. 천국에 계신 아빠도 분명 쓴웃음을 짓고 있을 것이다.

## 2

하세노 신지는 편지를 한 통 받았다.

옅은 황매화색 봉투에는 수려한 글씨체로 그의 이름이 적혀있다. 여자 글씨라고 생각하면서 발신인의 이름을 봤더니 고토 나쓰미라고 쓰여있다.

처음 본 이름이지만 주소를 보고 어랏, 하는 기분이 들었다. 오래전에 본 기억이 있다. 여기에 아는 사람이라도 살았나. 뭔가를 판매하려는 편지 같지는 않다. 어디까지나 개인적인 편지라는 생각에 봉투를 뜯자 향수 냄새가 희미하게 피어올랐다.

편지를 읽자 기억이 확 되살아나서 현기증이 나려고 했다. 그 인간 딸이구나.


전략

갑작스럽게 편지를 드리게 되어 죄송합니다.

사실 저는 고토 고이치로의 딸입니다. 며칠 전 하세노 님이 보내신 편지를 읽고, 이렇게 편지를 쓰게 됐습니다. 이미 아시리라 생각하지만 아버지는 15년 전에 타계하셨습니다. 하세노 님이 보내신 편지 소인에 찍힌 날짜에서 약 2주 후, 역 플랫폼에서 떨어져 전철에 치이셨습니다. 당연히 즉사였지요. 아버지의 갑작스러운 죽음에 어머니와 저는 정말 어찌할 바를 몰랐습니다.

그때 저는 초등학교 4학년으로 딱 열 살이었고, 지금은 스물다섯 살이 됐습니다. 그동안 고생도 많았지만 아버지가 남겨주신 유산으로 이럭저럭 지낼 수 있었고, 지금은 평범한 회사원이 됐습니다.

그래서 하세노 님께 여쭤보고 싶습니다. 왜 그 편지를 포스트 캡슐로 보내신 건지 궁금합니다. 편지를 읽어봤더니 퇴사하신 뒤 안부 인사를 보내신 것 같은데, 왜 굳이 15년 뒤에 받게끔 하셨는지 이유를 모르겠습니다.

편지를 받아야 할 아버지가 이미 세상에 안 계시기 때문에 아버지가 이 편지를 읽으시면 어떤 반응을 보이실지 알 길이 없습니다. 그래서 제가 돌아가신 아버지를 대신해서 하세노 님한테 이야기를 듣고 싶습니다.

하세노 님께서 편하신 날짜와 장소를 말씀해 주시면 제가 찾아가 뵙겠습니다.

물론 이 편지가 무례하다면 이대로 찢어버리시든지 좋으실 대로 해주시면 됩니다. 저는 아무래도 괜찮습니다.

혹 결례가 됐다면 부디 너그러운 마음으로 헤아려 주기 바랍니다.

일단 연락드립니다.

초초


하세노 신지는 고토 나쓰미가 썼듯 편지를 찢어버리려고 했다.

이미 오래전에 잊고 있던 과거. 묻어버렸던 기억이 치유되던 부스럼을 째고 진녹색 농과 함께 밖으로 튀어나온 느낌이었다. 그때의 상처는 치유된 줄 알았는데 전혀 아니었다는 사실이 놀라우면서도 분했다.

고토 고이치로. 넌 죽어도 싸. 융통성 없는 돌머리. 딸의 편지에서도 제 아버지의 피를 이어받은 느낌이 든다. 문장도 왠지 예스럽고 딱딱하다. 농담이라곤 안 통할 것 같다.

찢어버리는 것은 그래도 어른답지 못하다는 생각이 들어서 꾸깃꿋 구겨서 방구석에 있는 휴지통을 향해 휙 던졌다. 그대로 휴지통에 들어갔다면 이 일은 이대로 끝났겠지만, 운명은 그의 손을 들었다. 아니, 그 반대인가.

편지를 받은 지 이틀 정도 지났을 무렵 하세노는 불현듯 위화감을 느꼈다. 목구멍에 작은 가시가 걸린 듯 작은 위화감. 왜 그런지 잠시 생각했더니 '포스트 캡슐'이라는 단어 때문이었다.

그렇다, 그 편지. 홧김에 버렸는데.

전날이 연소 쓰레기 수거일이라서 휴지통은 이미 비웠다. 이제 편지를 도로 찾고 싶어도 못 한다. 그래, 됐어. 그 인간, 딸을 안 만나면 기억은 다시 흐려질 테니까. 그런 생각에 마음이 조금 놓였다. 그러다가 책상 밑에 시선이 가고 앗, 했다. 꾸깃꾸깃해진 종이가 뒹굴고 있었다.

과거는 집요하게 거리를 좁혀오고 있었다. 청산해라, 청산해서 홀가분해져라. 이게 운명이니까.

고토의 딸을 만나보자. 일단 얼굴을 보고 그쪽 얘기만이라도 들어두자.

하세노는 당장 고토 나쓰미에게 답장을 보냈다.


답장이 온 것은 그로부터 사흘 뒤였다.

# 3

하세노 신지가 지정한 시간은 수요일 오후 6시. 장소는 신주쿠 오와리야 서점과 가까운 찻집이었다. 나쓰미의 회사는 시부야에 있는데 5시에 끝난다. 약속 시간보다 30분 일찍 도착했지만 찻집에서 기다릴 마음은 없었기 때문에 서점으로 걸음을 옮겼다.

잡지를 읽다 보니 어느새 6시가 지나있었다. 하지만 조금 기다리게 하는 편이 낫다고 생각을 고쳐먹고, 허둥거리지 않고 찻집에 들어갔다.

그 인물은 바로 눈에 띄었다. 나이는 약 40대 중반으로 살집이 약간 있다. 80퍼센트 정도 자리가 찬 가운데, 4인용 테이블에 혼자 앉아서 안절부절 가게 안을 둘러보고 있었다. 분명히 누군가를 기다리고 있다. 더구나 처음 만나는 상대인지 약간 긴장한 모습이었다. 상대가 애인이나 친한 사람이라면 그런 태도가 나오지 않을 터다. 나쓰미는 벌써 사회인 3년차다. 어느 정도 사람 보는 눈이 생겼다고 자부하고 있다.

남자는 가게 내부를 둘러보느라 자동문으로 들어온 나쓰미를 알아채지 못했다. 그래서 그녀는 그 남자가 있는 테이블로 가서 말을 걸었다.

"하세노 씨 되세요?"

남자는 그제야 그녀를 알아챘지만 어리둥절해했다. 그러자 나쓰미 뒤에서 목소리가 들렸다.

"네, 제가 하세노입니다."

낮은 남자 목소리. 당황하여 돌아보자 옆 테이블에서 조금 마른 남자가 무표정으로 고개를 끄덕였다. 테이블 위에 놓인 노트북을 보면서 그녀의 모습을 관찰하고 있던 모양이다. 마흔 살 전후로, 자못 샐러리맨이라는 느낌이다. 가는 안경테를 끼고 그녀에게 흥미진진한 시선을 보내고 있다.

한편 그녀가 하세노 신지라고 생각한 남자는 기다리던 상대가 나타났는지 마침 일어서던 참이었다. 그는 당당한 풍채의 상대 남자에게 깍듯이 허리 굽혀 인사하고 있다. 나쓰미는 그 모습을 곁눈질하며 자신이 얼마나 미숙한지를 통감했다. 역시 사회인이 된 지 아직 3년차인 것이다.

"고토 나쓰미 씨죠? 바로 알아봤습니다."

그녀가 만나야 할 상대는 노트북을 옆자리에 옮겨놓더니 가볍게 머리를 숙였다.

"하세노 신지라고 합니다."

"죄송합니다. 많이 기다리셨어요?"

주도권은 완전히 상대에게 있었다. 컵에 커피는 절반 정도 남아있다.

"아뇨, 저도 15분 전에 왔으니까."

하세노는 그녀에게 자리에 앉으라고 손짓한 뒤 명함을 건넸다. 그녀도 들은 적 있는 화학 회사 영업 과장이었다.

"깜짝 놀랐습니다. 전에 다니던 회사 상사의 따님한테 편지가 와서 무슨 일인가 싶어서."

"바쁘신데 죄송합니다."

"그럼 바로, 그 편지 좀 보여주시겠습니까?"

상대는 아빠 얘기를 꺼내기보다 본론부터 들어갔다. "다른 약속이 있어서요."

나쓰미는 핸드백에서 봉투를 꺼내 그대로 건넸다.

"분명 제 글씨군요."

"기억나세요?"

"그럼요. 회사 그만두고 새로 취직이 결정돼서 보고 겸 썼습니다. 제가 쓴 게 틀림없군요. 그건 그렇고⋯."

하세노는 얼굴을 찌푸렸다. "아무리 젊었다고 해도 문장이 이게 뭡니까. 제가 생각해도 한심하군요. 잘못 쓴 곳이 한두 군데가 아니네요."

나쓰미가 느낀 것을 상대도 인식한 듯했다.

"당시 저는 대략 입사 3년차라서 나쓰미 씨와 비슷한 나이였을 거 같은데. 상식도 없어서 나쓰미 씨 아버님께 정말 많이 혼났습니다. 이런 편지를 받으면 아버님은 노발대발하시지 않을까요. 받아 보지 못하셔서 다행이군요."

그러더니 하세노는 의아한 얼굴을 했다. "이 편지가 포스트 캡슐로 배달됐다고요?"

"네, 그렇습니다."

"이상한데. 저는 그런 데에 넣은 기억이 없거든요. 일반 우체통에 넣었다고 생각했는데."

상대가 그런 의문을 가질 것 같아서 그녀는 가방에서 편지가 들어있던 비닐 봉투를 꺼냈다.

"여기 들어있었어요."

하세노는 비닐 봉투를 받아서 이리저리 살펴봤다. "정말 희한하네. 모르겠어. 왜 이렇게 됐는지. 깜빡하고 그런 기획용 우체통에 넣었었나. 회식하고 그냥 가벼운 마음으로 했다면 가능할 것 같기도 하지만, 여하튼 15년 전 일이라서 그 당시 기억은 모호합니다."

"그러셨군요."

어느 정도 예상한 반응이었지만 그래도 조금 실망했다. 그녀는 이 일은 이것으로 끝났다고 생각하고 화제를 바꿨다.

"하세노 씨가 본 저희 아버지는 어떤 분이셨어요?"

"글쎄요. 좋게 말하면 진지하고 성실하고, 나쁘게 말하면 고지식하고 융통성 없다고 해야 하나, 성미가 급하셨던 건가. 실수하면 머리를 많이 얻어맞았습니다. 아, 따님 앞에서 이런 말을 하면 실례군요. 죄송합니다."

하세노는 겸연쩍은 듯 웃었다.

"아뇨, 집에서도 화를 잘 내셔서 엄마와 저한테 소리도 많이 지르셨어요. 정주관백(亭主関白, 가정에서 남편이 지배권을 가진 상황 —옮긴이)이라고 할지, 남존여비 사상이 몸에 밴 진부한 타입이라고 할지. 회사에서도 그러셨나 보네요."

"네, 농담이 안 통하는 면이 있었습니다. 하지만 능력은 있으셨어요. 회사에서는 유능한 분이셨습니다. 그래서 저는 회사를 그만두고 난 뒤 아버님께 근황을 보고하려고 했던 건데, 막상 별 내용도 없이 쓸데없는 편지였네요."

하세노는 쓴웃음을 지으면서 편지를 봉투에 넣더니 그대로 나쓰미에게 돌려줬다.

"하지만 그 무렵에 아버님께서 사고를 당하셨다는 말을 듣고 놀랐습니다. 제 편지가 영향을 준 게 아닌가 싶어서."

"아뇨, 아버지는 하세노 씨 편지를 읽지 않으셨으니까 관계없을 거예요."

"그러기를 바랄 뿐이죠."

그는 손목시계를 보더니 전표를 들고 일어났다. "죄송합니다. 약속이 있어서요. 좀 더 계시다 가세요."

하세노가 가게를 나간 뒤, 나쓰미는 커피를 마시며 조금 더 앉아있었다. 뭔가 이상하다. 정체 모를 뭔가가 그녀 머리에 가시처럼 걸려있다.


*4*


하세노 신지는 찻집에서 나와 신주쿠역 방면으로 향하는 사람들 물결을 따라 걷고 있었다.

그 딸내미, 눈치 못 챘겠지.

알아챘다면 그런 반응이 나올 수 없다. 아직 모를 뿐 언젠가 알아챌 가능성은 높다. 문제가 생기기 전에 먼저 움직이는 편이 좋을 듯하다.

오랜만에 그 사람을 만나보자. 예전 회사 선배.

그라면 뭔가 알지도 모른다.

*5*

고토 나쓰미는 다음 토요일, 엄마 교코를 만나러 갔다.

아빠가 돌아가셨을 때의 상황을 엄마한테 자세히 듣고 싶었다.

엄마는 재혼해서 지금은 성이 달라졌지만 물론 모녀 관계는 여전히 좋았기 때문에 가끔 만나고 있었다. 나쓰미는 엄마의 재혼 상대를 알지만 그 인품을 알 정도로 가깝게 지낸 적은 없다. 엄마도 딸에게 남편 이야기를 잘 하지 않고, 딸도 관여하지 않는다. 그보다 아빠한테서 엄마를 빼앗았다는 정도의 인식을 가지고 있다. 물론 엄마한테는 말하지 못했지만.

엄마는 메구로구의 맨션에 살았다. 나쓰미가 사는 야마노테선의 북쪽과는 반대편이기 때문에 찾아가는 일은 거의 없었다. 만날 때도 언제나 신주쿠나 시부야 근처다.

나쓰미가 아빠 일로 궁금한 것이 있다고 말하자, 엄마가 "그 사람, 출장 갔으니까 집에 올래?" 하고 그날 초대한 것이다.

엄마가 사는 맨션에는 네댓 번 정도 가봤다. 나쓰미도 엄마의 재혼 상대와 얼굴을 마주하고 싶지 않고, 그쪽도 아내와 전남편 사이의 딸을 거북하게 여기는 사실을 알았기 때문이다.

엄마는 현재 쉰한 살이다. 아빠가 돌아가셨을 때는 서른여섯으로, 나쓰미는 참관 수업에 오는 아름다운 엄마를 자랑스럽게 여겼을 정도였다.

엄마 집에 들어가서 거실로 간다. 그야말로 엄마의 취향이 고스란히 느껴지는 인테리어다. 나쓰미는 잠깐 숨을 고른 뒤 이야기를 꺼냈다.

"엄마, 하세노 신지라는 사람, 알아요? 15년 전에 아빠가 다니던 회사를 그만두었다는데."

"글쎄, 잘 모르겠는데. 몇 살 정도 돼 보이던?"

"당시 입사 3년차였대요."

"그럼 몰라."

엄마는 고개를 갸웃했다. "그 사람이 어쨌는데?"

"그 전에 궁금한 게 있는데. 엄마, 당시 아빠와 이혼 생각했어요?"

나쓰미는 엄마에게 단도직입적으로 물었다. 열 살 아이의 눈에도 아빠와 엄마 사이가 좋아 보이지는 않았다. 지금은 정신적 학대나 가정 폭력이라는 말이 일반화됐지만 당시에는 '언어폭력' 정도로 표현힐 수 있었다. 아빠가 엄마한테 폭언을 퍼붓는 것은 초등학교 4학년짜리 나쓰미도 알고 있었다. 가끔 아빠가 화나서 엄마한테 손찌검을 하는 광경도 목격했다.

"질문이 너무 당돌하네. 갑자기 왜 그러니?"

엄마는 당황했는지 미간을 찌푸린다.

"그냥 알고 싶어졌어요. 말씀해 주세요."

"글쎄. 생각 안 했다면 거짓말이려나. 하지만 네가 아직 어렸고….'"

"아빠가 사고 당해서 어땠어요?"

"슬펐다고 하면 믿겠니?"

엄마는 대답 대신 질문을 했다.

"몰라서 물어본 건데."

나쓰미가 짐짓 화난 척 대꾸하자, 엄마는 조용히 한숨을 내쉬었다.

"솔직히 슬프기보다는 놀란 게 더 컸어. 그렇게 떠날 줄은 상상도 못 했으니까, 머릿속이 새하얘졌어. 장례식이 끝나고 피로가 한꺼번에 쏟아져서 한동안 드러누웠던 거, 기억하지?"

"아아, 그러고 보면 할머니가 잠시 와 계셨었지. 회사 동료분도 걱정해서 자주 들러주셨고…."

나쓰미는 다소 비아냥거리듯 말했다.

"아빠한테는 정말 고맙게 생각한단다. 보험으로 맨션 대출금도 갚을 수 있었고, 우리가 몇 년씩이나 돈 걱정 없이 지낼 수 있는 유산도 남겨주셨으니까."

"아빠가 안 계시는데 대학 학자금 대출을 받지 않고 학교를 다니는 건 정말 드문 일이니까, 저도 감사해요."

"엄마가 재혼해서 원망스럽니?"

엄마는 나쓰미 얼굴을 가만히 응시한다.

"원망은 무슨. 엄마도 아직 젊으셨고 행복해지실 권리가 있었는데. 저요, 그렇게까지 구속하지 않아요."

"고마워. 이런 얘기 진지하게 한 적이 없었으니까. 네 대답을 들어서 마음이 편해진 거 같아."

나쓰미는 지금이 기회라는 생각에 그 편지를 꺼냈다.

"이거, 아까 얘기한 하세노 씨가 아빠한테 쓴 편지. 읽어보세요."

엄마는 곧바로 읽어보더니 한 번 더 읽었다. 그리고 의아한 눈으로 나쓰미를 쳐다본다.

"이게 왜? 이 사람, 회사를 그만둔 걸 사과하고 있잖아. 그리고 새로 들어간 회사 얘기도 쓴 건, 진에 다닌 회사의 상사에 대한 최소한의 예의 같은데."

"15년 전에 아빠한테 보낸 편지래요."

"서랍에서 찾았니?"

"아니, 그게 아니라 좀 사연이 있어요."

나쓰미는 포스트 캡슐로 편지를 받은 사실을 간단하게 설명했지만, 엄마는 뭔가 이해가 되지 않는 듯했다.

"엄마, 그건 그렇고, 좀 이상하지 않아요? 굳이 이런 편지를 보낸다는 게. 별로 중요한 내용도 없는데."

"적어도 이 사람은 상식적인 사람 같은데."

"회사에서 안 좋은 일이 있었던 게 아닐까. 에둘러 비아냥거리는 것 같아요."

"하긴 비아냥대는 것 같은 느낌이 들긴 하네."

나쓰미는 편지를 보낸 당사자를 만난 이야기는 하지 않았다.

"아빠 사고는 진짜 사고였어요?"

"사고가 아니면 뭔데?"

엄마의 얼굴이 상기되었다. "살해됐다는 말을 하고 싶은 거니?"

"그렇게까지 비약하는 건 아니고…."

나쓰미는 일단 말을 끊고 조용히 숨을 들이쉬었다. "그날 일, 얘기해 주세요. 도대체 무슨 일이 있었는지."

당시 나쓰미는 아빠의 사고를 받아들이고 싶지 않은 마음에 의식적으로 귀를 틀어막으며 스스로 정보를 차단했다. 그 상태가 지금까지 이어졌지만, 이제는 아빠의 죽음을 정면으로 마주할 때가 됐다고 생각했다. 하세노의 편지는 결과적으로 그녀의 등을 밀어주었다.

"그래, 너한테 제대로 얘기를 해준 적이 없으니까."

그리고 엄마는 아빠가 사고 당한 날 이야기를 해주었다. 나쓰미가 스스로 피했던 화제였기 때문에 지금 들어보니 어떤 의미에서는 어제 일어난 사고 얘기를 듣는 것처럼 새삼 놀랐다.

이야기는 15년 전, 4월 7일로 거슬러 올라간다. 아빠 고이치로는 중견 상사의 유능한 영업 사원이었다. 서른여섯 살, 직위는 영업2과 계장. 대학 시절까지 럭비를 했었기 때문에 체격이 좋고, 영업 제일선에서 열심히 일하는 타입이었다. 계장으로 승진하자,

전선에서 뛰는 일이 줄어들어 짜증이 쌓여있던지도 모른다. 실적 나쁜 젊은 직원들을 독려하는 과정에서 힘이 넘친 나머지 직원들 사기를 꺾는 역효과를 낳기도 했었다.

그 때문에 회사를 그만둔 직원들이 여럿 있어서 그해 4월에는 신입사원뿐 아니라 결원을 보충하기 위해 경력직 사원도 새로 뽑았다.

그 환영회가 신주쿠 술집에서 열렸다. 고이치로는 술버릇이 나빠서 취하면 설교까지 늘어놨다고 한다. 부하 직원은 고이치로의 신경을 거스르지 않으려고 내내 비위를 맞췄다. 그날도 고이치로는 정식 회식이 끝난 뒤에도 2차까지 가고 11시가 넘었을 때에는 만취 상태였다.

그는 더 마시고 싶었던 듯했지만 직원들은 모두 어느 틈엔가 사라지고 없었다. 그는 투덜거리면서 야마노테선을 탔다. 이케부쿠로에서 도부토조선으로 갈아타고 A역에서 내렸다. 원래 그가 내리는 역은 아니었지만 속이 안 좋아져서 내린 모양이다. 그 증거로 그가 플랫폼에서 선로를 향해 구토하는 모습을 목격한 사람들이 있었다. 누군가가 그의 등을 문질러 주고 있었다는 목격 정보도 있었다.

그 뒤 하행선 급행전철에 치여서 목숨을 잃었다. 기관사 말로는 남자로 보이는 두 사람이 플랫폼을 따라 일렬로 걷고 있어서 위험하다고 생각했다고 한다. 두 사람 모두 취해 보였다. 그러더니 한 사람이 균형을 잃고 선로에 떨어졌다. 물론 급정거를 시도 했지만 소용없었다.

"엄마가 아는 건 그 정도야."

엄마는 담담히 말을 마친 뒤 피곤한 얼굴을 했다.

"다른 한 사람은 누구였어요?"

"나타나지 않아서 몰라."

"경찰은 어떻게 판단했어요?"

"결국, 취해서 플랫폼에 떨어졌다가 치인 걸로 됐어."

"사건성은 없었다고 판단한 거예요?"

"경찰에서는 자살 가능성도 염두에 둔 것 같은데, 회사에서도 동기가 없었고, 그날 밤 만취가 됐던 건 같이 있던 회사 사람들이 모두 증언했어. 그리고 실제로 역 플랫폼에서도 비틀거리는 걸 본 승객들이 있고."

"역에서 같이 있던 사람이 나타나지 않았다는 게 이상하지 않아요?"

"사건성이 없으니까 그럴 필요 없다고 판단한 게 아닐까. 그 사람도 빨리 집에 가고 싶었을 거고, 사정청취를 받게 되면 꼼짝없이 거기 있어야 된다고 생각했을 수도 있고…."

엄마가 설명했지만, 완전히 납득이 가지는 않았다. 여전히 석연치 않은 뭔가가 남아있었다. 그 원인은 아마도 그 편지 때문 같다. 하세노 신지는 왜 사후 보고 같은 편지를 포스트 캡슐로 보냈을까. 아니, 사후 보고라 할 정도로 깊이 있는 내용도 없다. 전에 회사를 다닐 때 고마웠다는 얘기만 있을 뿐, 아무래도 상관없는 편지다. 발신인 본인이 포스트 캡슐에 넣었다는 사실도 기억하지 못한다. 이 점도 역시 걸린다.

## 6

미네기시 에이타는 갑자기 걸려 온 하세노 신지의 전화에 당혹스러워했다.

"하세노 신지 씨라는 분께 전화가 왔는데요?" 하고 직원이 말했을 때, 상대가 누구인지 생각나지 않았다.

"어떻게 할까요? 안 계시다고 할까요?"

"어디 하세노 씨인지 물어봐."

잠시 후 "오래전에 같이 근무하셨던 분이라고 합니다"라는 대답이 돌아와서 전화를 받았다.

"미네기시 씨, 오랜만입니다."

그 말에도 역시 누구인지 생각나지 않았다. 상대도 그가 난처해하는 것을 눈치챈 듯하다.

"한 15년쯤 전에 거기서 일했습니다. 2년쯤 다니다가 그만둬서 기억 못 하셔도 하는 수 없지만요. 고토 고이치로 씨와 미네기시 씨가 많은 관심을 주셨는데, 그 기대에 부응하지 못하고 퇴사해서 죄송합니다."

15년 전, 고토 고이치로, 퇴사. 그 세 단어가 연결된 순간, 누구인지 생각났다. 그 자식이구나. 그 자식이야. 일도 제대로 못 하면서 자존심만 높았던 녀석. 시간이 너무 흘러서 이름을 잊고 있었다.

"아아, 하세노 씨? 정말 오랜만이야."

"그때는 정말 신세 많았습니다."

"오늘은 어쩐 일이야?"

다른 할 말이 생각나지 않았다. "요즘 어떻게 지내나?" 정도는 물어봤으면 좋았으려나.

"실은 좀 의논드리고 싶은 일이 있어서요."

상대 목소리에 심각함이 더해졌다.

"급한 일인가?"

"아마도요. 한번 뵙고 싶습니다만."

"구체적으로 무슨 일이야? 전혀 짐작이 안 가는데."

미네기시는 스멀스멀 짜증이 올라왔지만, 애써 목소리에 드러나지 않게 했다.

"그 편지 건입니다."

"그 편지?"

상대는 정보를 질금질금 내놓고 있다. 이쪽 동정을 살피는 건가. 매사에 신경을 건드리는 자식이다.

"15년 전에 제가 쓴 편지 말입니다. 새로 취직해서 예전 회사 때 신세 진 분들 몇 분께 감사 인사 같은 걸 썼었죠."

"아아, 그거. 기억나."

잊을 리가 없다. 그 편지 일은 선명하게 기억했다.

"다행이다. 생각나셨군요."

"그 편지 건으로 할 얘기가 있다고?"

"네, 옛날 편지 때문에 뭔가 좀 이상해져서요. 미네기시 씨가 알아두시는 게 좋을 것 같다는 생각이 들었습니다."

"잘은 모르겠지만, 알았네. 언제가 좋은지 말해봐."

두 사람은 일정을 맞춰서 그날 퇴근길에 신주쿠에서 만나기로 했다. 미네기시의 가슴은 유난히 쿵쾅거린다. 아무래도 예감이 좋지 않다.

## 7

하세노 신지는 오와리야 서점 근처의 술집에 약속 시간보다 30분 일찍 도착했다. 미네기시는 6시에 퇴근하기 때문에 신주쿠 근처에서 7시면 만날 수 있다고 했다.

약속 장소인 닭고기 전문점은 상가 건물 2층에 있었다. 정신적 우위를 차지하기 위해 먼저 도착해서 미네기시를 기다린다는 작전이었지만, 그 계획은 시작부터 맥없이 무너졌다. 상대가 먼저 와 기다리고 있었던 것이다. 미네기시는 문이 보이는 4인용 테이블 너머에서 하세노의 모습을 발견하자 친한 사이처럼 팔을 들었다.

"우와, 바로 알겠더라."

미네기시는 손짓을 하더니 앞자리를 가리켰다. 맥주잔은 4분의 1 정도만 남은 상태였고, 그는 모둠사시미를 안주 삼아 마시고 있었다. 15년 전에 서른네댓 살이었으니까 지금은 쉰 전후가 됐을까. 아마 고토 고이치로와 동년배였을 터다. 몸집이 한층 커져서 관리직다운 관록이 붙은 느낌이다.

"자네는 별로 안 변했어."

"미네기시 씨야말로 안 변하셨어요."

하세노는 상대가 한 수 위였던 사실을 씁쓸하게 여기면서 명함을 교환한다. 미네기시는 영업부 부장이었다. 하세노도 맥주를 주문하고 형식상 건배부터 했다.

"그 뒤로 어떻게 지냈어?"

"덕분에요. 지금 회사와는 썩 맞았는지 잘 다니고 있습니다."

미네기시는 하세노가 어떤 일을 하는지에는 별 관심이 없는지 더 이상 묻지 않았다.

"그럼 용건부터 들어볼까. 빨리 끝내자."

하세노는 오히려 그편이 고마웠다.

"실은 고토 고이치로 씨 딸한테 편지가 와서요."

말을 꺼내자, 미네기시가 살짝 얼굴을 찌푸렸다.

"딸이라니, 무슨 말인가?"

"제 편지를 받았다는데 아무래도 좀 이상합니다."

미네기시는 입을 굳게 다문 채 아무 말도 하지 않는다. 어서 계속 얘기하라는 뜻이다.

"15년 전에 쓴 편지가 포스트 캡슐로 지금 도착했다고 하네요."

하세노는 포스트 캡슐의 뜻부터 편지 내용까지 간단하게 설명했다.

"왜 포스트 캡슐에 그런 편지를 넣었나?"

"제가 생각해도 한심하지만 전혀 기억이 안 납니다. 취해서 포스트 캡슐용 우체통에 잘못 넣었다는 생각밖에 안 들어요."

"근데 나한테는 무슨 일로?"

"미네기시 씨라면 편지의 의미를 아실까 싶어서요."

하세노는 양복 윗주머니에서 편지를 꺼내 미네기시에게 주었다. "15년 전을 떠올리며 써봤습니다. 틀린 데가 있을지도 모르지만 아마 거의 맞을 겁니다." (첫 시작 부분의 편지 참조)

"이런 편지를 받은 기억이 나. 바로 버렸지만."

미네기시는 편지를 쓱 훑어보더니 고개를 들었다. "자네, 아마 문학부 나오지 않았었나? 근데 어떻게 이런 식으로 쓰나 싶었지. 편지를 엮는 방식도 형편없고, 시작과 끝맺음도 틀렸어. 일반 상식도 없는 놈이다, 이래가지고 어떻게 입사시험에 붙었나 싶더군. 처음에 읽었을 때 애당초 자넨 영업직에 맞지 않고 그만둬도 어쩔 수 없다는 생각을 했던 기억이 나네."

"우와, 신랄하네요. 가슴을 쿡쿡 찌르는데요. 저는 이 편지에서 다른 중요한 실수를 하나 더 저질렀습니다. 미네기시 씨한테 보낸 편지인데 '고토 씨한테 감사 인사를 이제야 드립니다'라고 썼으니까요."

"아니, 그래서 난 자네가 뭘 노리는지 알았어."

미네기시는 의미심장한 미소를 짓더니 단숨에 맥주잔을 비웠

다. "다시 한번 읽어보고 자네는 역시 문학부 출신이라고 수긍했네. 왜냐하면….'

미네기시는 하세노를 보며 미소 지었다. 하세노는 그 얼굴을 보고 알아챘다.

"과연 미네기시 씨는 날카로우십니다. 제 속셈을 꿰뚫으셨으니까."

"자네가 고토 고이치로 씨한테 같은 편지를 보낸 것도 알았네. 근데 대체 이런 편지를 몇 통이나 쓴 건가?"

"세 통 썼습니다. 특별히 신세 진 분들한테 감사의 마음을 담아서."

하세노는 비아냥거리듯 말했다. "그 당시 저는 매일같이 혼나고 질질 짰죠. 신입 교육이라는 명목의 악질적인 괴롭힘이라고. 하지만 지금은 그게 좋은 교육이었다고 생각합니다. 그때가 없었으면 지금의 저도 없었고요."

"나와 고토 말고 또 누구한테 보냈나?"

"사카가미 세이조 씨입니다."

"오호, 사카가미한테도 보냈구나."

사카가미 세이조는 이전 회사의 5년 선배로, 역시 술 마시고 집에 가는 길에 교통사고를 당했다. 오모테산도 교차로 근처에서 자동차에 치였다. 그리고 얼마 뒤 고토 고이치로가 죽었다.

"사카가미 씨도 사고로 죽었습니다. 편지를 받은 세 사람 중 두 사람이 죽었어요. 같은 회사 사람이 같은 시기에 비슷한 방법으로 죽어서 이상했습니다. 이게 정말 우연일까요?"

"하지만 경찰은 사고로 판단했어."

"그랬나 보더군요."

"자네 짓인가?"

미네기시는 진지하게 물었다.

"설마. 농담으로라도 그런 말씀 마세요. 사카가미 씨가 사고를 당했을 때 전 알리바이가 있었습니다."

"경찰이 찾아왔었나?"

"아뇨, 안 왔습니다. 하지만 왔다고 해도 사카가미 씨가 사고 당한 날 밤, 니가타의 본가에 있었다는 걸 증명했을 겁니다. 니가타에서 친구들과 한잔하고 있었으니까."

"고토가 죽었을 때는?"

"그때는 도쿄에 있었어요. 알리바이는 없지만 전 정말 무관합니다."

"왜 이제 와서 지난 일을 다시 끄집어내는 거지?"

"지금은 살인에 공소시효가 없으니까요."

"자네는 두 사람의 사고가 살인이었다고 말하고 싶은 건가?"

"아뇨. 저주라고 생각합니다. 제가 편지에 담은 저주가 효력을 발휘한 거죠."

"오호. 편지의 저주라. 자네가 무슨 말을 하고 싶은 건지는 알 거 같아. 왜 갑자기 만나자고 했는지도."

"아셨습니까?"

"하지만 왜 지금이지? 왜 15년 전에 만나러 오지 않았나?"

미네기시는 불쾌해 보였다. "그리고 포스트 캡슐은 또 뭐고? 너무 거짓말 냄새가 나."

"거짓말 아닙니다. 굳이 그런 말도 안 되는 거짓말을 할 이유도 없고, 미네기시 씨를 만나러 올 이유도 없어요."

하세노는 그 점을 강조했다. "제가 뭔가 착각해서 포스트 캡슐에 넣었거나 우체국에서 제 편지를 실수로 포스트 캡슐에 넣었거나. 둘 중 하나밖에 없습니다."

"자네 말의 진위는 그렇다 치고, 만약 그게 사실이라면 가능성이 한 가지 더 있네. 그건⋯."

미네기시가 말을 하려다가 말았기 때문에 하세노가 덧붙였다.

"고토 씨의 딸이 거짓말을 했을 가능성이죠. 그 딸이 뭔가를 알아채고 의도적으로 저한테 접근했다거나."

"맞아. 그 딸이 최근에야 그 편지를 발견했을 수도 있네. 아버지 유품을 정리하다가 우연히 그 편지를 발견해서 자네와 만나기 위해 일부러 '포스트 캡슐'이라는 거짓말을 만들어 낸 거지. 오히려 그게 더 가능성이 높은 거 같은데."

"가능성이 있죠."

"여하튼, 그 딸은 뭔가를 알아챘어. 자네도 조심하는 편이 좋을 거야."

"그렇죠. 그 딸의 행동을 주의 깊게 지켜보는 편이 좋겠습니다."

하세노는 말했다. "그런데 미네기시 씨는 고토 씨 딸을 아세요?"

"알긴 하지."

"어떻습니까?"

"총명한 아가씨야. 아마 스물다섯인가. 아버지가 돌아가셨을 때 열 살이었으니까."

"그랬습니까?"

"어라라, 아무것도 모르나 보네."

미네기시는 깔보듯 콧방귀를 뀌었다.

"뭘요?"

"아냐, 모르면 됐네. 별거 아니니까."

미네기시는 고토 고이치로와 관련해 뭔가를 숨기는 듯했다. 하세노는 답답해서 넌지시 떠봤지만 미네기시의 수비는 완고했다. 미네기시는 맥주를 마시는 내내 일상적인 얘기를 했고, 파고들 여지는 보이지 않았다.

## 8

고토 나쓰미는 엄마로부터 휴대전화 메시지를 받았다. 금요일 근무 시간이었다.

"오늘 신주쿠에 볼일이 있는데 저녁 같이 먹을까?"

나쓰미는 엄마와 같이 저녁을 먹고 싶었지만 하필 그날은 여자 직원들끼리 회식이 있었다. 엄마가 하고 싶은 말이 있는 듯해서 나쓰미는 다음 날 오후에 집으로 와달라고 했다.

회식은 즐거웠다. 또래 네 명과 평소 회사에 쌓인 울분을 토로하고 분노를 공유함으로써 모두 웃음으로 승화시켜 가게를 나올 때는 꽤 기분이 좋았다. 다음 날이 휴일이라서 2차 가서 또 마시고, 막차 시간이 다 될 때까지 아슬아슬하게 노래방을 즐겼다.

다리는 조금 휘청거렸지만 기분은 날아오를 듯했다. 내일은 엄마가 오신다고 했으니까 집에 가면 바로 자자.

그런 생각을 하면서 신주쿠에서 이케부쿠로로 나와 도부토조선으로 갈아탄다. 전철이 막 출발한 시발역 플랫폼이지만 주말인 탓인지 다음 전철을 기다리는 사람들이 많았다. 줄 선 사람들 앞으로 플랫폼 가장자리를 걸어가는데 갑자기 누군가가 어깨를 밀친 듯한 충격을 받았다. 승객들이 많아서 아마 누군가와 부딪혔겠지만 균형을 잃고 몸이 선로 쪽으로 기울었다.

아앗, 하고 비명을 지르려고 했지만 목소리가 목에 얽혀서 나오지 않는다. 몸이 플랫폼 밖으로 나가지만 취한 상태라서 남의 일처럼 느껴진다.

다음 순간, 뒤에서 누군가가 그녀의 왼팔을 잡더니 플랫폼으로 잡아당겼고, 그녀의 어깨를 툭 쳤다.

"조심해야지."

직장인으로 보이는 중년 남자였다. "플랫폼 가장자리는 위험해요."

"감사합니다." 그녀가 인사를 했을 때 남자는 이미 걸음을 재촉하는 승객들 속에 뒤섞여 있었다.

그녀는 취하기는 했지만 전철이 들어올 때 부딪히면 가벼운 타박상으로 끝나지 않았을 것이라는 인식은 있다. 그녀의 아빠가 사고를 당했을 때는 역을 통과하는 급행전철에 부딪혔기 때문에 훨씬 심각한 상황이었을 것이다. 그녀는 성격과 생김새 모두 아빠를 닮지 않았다는 말을 듣는데 죽는 방법이 닮았다면 전혀 웃을 일이 아니다.

갑자기 온몸이 떨려왔다. 위험했다. 정말 위험했다. 온몸의 땀구멍이 열리고 식은땀이 나오는 듯했다. 실제로 이마에 식은땀이 흐르고 있다.

간혹 신문 기사에 술 취한 사람이 플랫폼에서 떨어져 전철에 치였다는 뉴스가 나오는데, 누구에게나 일어날 수 있는 일이라는 사실을 새삼 실감했다. 안도감과 동시에 취기가 완전히 사라졌다.

집에 돌아와서 뜨거운 물로 샤워를 하고 침대에 누웠다. 흥분되어 잠도 오지 않는다. 또다시 목구멍에 생선 가시라도 걸린 듯한 위화감. 눈을 감아 잊어보려 하지만 하마터면 큰일 날 뻔한 체험이 꿈속에 빠지려는 기분을 강제로 붙들며 그녀의 의식을 현실로 잡아끌고 있었다.

잠을 단념하고 침대 위에 일어나 앉는다. 휴대전화를 확인하자 엄마의 메시지가 한 통.

'내일이 기대되는구나.'

휴대전화를 머리맡에 내려놨을 때 의식 밑바닥에 있는 것이 급속하게 떠올랐다.

그 편지다. 분명 위화감은 편지 때문이었다.

책상 위에 놓인 편지를 가지고 와서 침대 위에서 읽는다. 하지만 아무것도 알아낼 수 없었다. 15년 전의 조금 모자란 젊은이의 편지.

편지를 내동댕이치고 드러누워 천장을 올려다본다. 그리고 오른쪽으로 돌아누웠을 때 내팽개쳐 놓은 편지 문장이 눈에 들어왔다.

다음 순간, 위화감의 정체를 깨달았다. 악의가 편지 전체에서 뿜어져 나오고, 그녀를 공포의 도가니로 떨어뜨렸다.

## 9

하세노 신지 님

배계 그날 만나 뵌

후 잘 지내고 계십니까? 시간 괜찮으실 때 하세노 씨

를 다시 뵐 수 있을까요? 제 아버지가 존

경은커녕 증오스러우실 겁니다. 저를

계속 언제까지나

죽도록 미워하셔도 됩니다. 여러 문제를

어떻게든 마무리 짓고 싶습니다. 롯폰기 교차점 찻집 아망 근처

라면 어떨까요? 16일 저녁 7시.

조조

고토 나쓰미

"계집애, 눈치챘어."

그는 배달된 편지 복사본을 구겨버렸다. 이 일이 드러나면 모든 것이 수포가 된다. 행복한 이 결혼 생활도 끝이다. 그의 인생도 끝이다.

그는 재혼이었다. 상대도 재혼. 둘 다 한 번의 경험이 있기 때문에 의견 차이나 다툼이 있어도 그다지 크게 번지지 않고 대체로 평온하게 지내왔다.

재혼 뒤, 둘만의 행복한 생활을 보냈는데 지금 그 생활이 깨지려고 한다. 그 싹을 뽑아버려야 한다. 사카가미 세이조의 사고사에서 힌트를 얻은 범죄. 그 일이 드러나면 교도소행이다. 당연히 결혼 생활도 끝이다. 인생 종료, 게임 오버.

그 재앙의 근원은 빨리 끊어야 한다. 편지 마지막에 있는 '조조(부부)'라는 말처럼.

## 11

고토 나쓰미는 지하철 롯폰기역을 나와서 교차로 앞에 섰다.

16일 오후 6시 45분. 교차로 주변은 신호를 기다리는 사람들로 북적였다. 오늘 무슨 이벤트가 있다는 얘기도 못 들었는데 평소보다 사람들이 더 많은 느낌이다.

하세노와 약속 장소로 정한 찻집 아망은 빈자리가 없었다. 젊은 남녀 커플, 여자들 그룹, 비즈니스 상담 중으로 보이는 남자들. 장소를 롯폰기로 한다는 점만 신경 쓰느라 이 시간이라면 당연히 붐빈다는 생각은 미처 하지 못했다.

그렇다고 돌아갈 수는 없다. 상대도 이 찻집으로 올 테니까 가게 앞쪽에 서서 기다리는 수밖에 없었다. 자리를 잡지 못하고 가게 안에서 기다리는 사람들이 십여 명. 그룹으로는 대략 서너 팀으로 최소 30분 정도는 기다려야 할 것이다.

그녀는 가게 안에서 기다리는 쪽에 줄을 섰다. 15분이 지나고 7시가 됐지만, 하세노는 나타나지 않았다. 혹시 가게 밖에 있는 건가 싶어서 유리 너머로 교차로 주변을 살폈지만 그는 보이지 않는다.

그때 휴대전화에 수신 메시지가 있는 것을 알았다. 10분 전에 받은 것인데 가게가 소란스러워서 진동 소리를 듣지 못했다. 하세노가 사정상 늦는다는 건가 싶었지만, 생각해 보니 연락처는 교환하지 않았다. 메시지를 보낸 사람은 미네기시 에이타였다. 미네기시는 아빠의 회사 동료였다. 아마 동기거나 일 년 후배였을 터다. 아빠가 돌아가신 뒤 신세를 많이 졌지만 그녀는 별로 호감이 가지 않았다.

미네기시 씨가 나한테 무슨 일이시지?

제목은 '하세노에게 주의'다.

그녀의 마음속에 불안감의 먹구름이 뭉게뭉게 피어오른다. 예감이 불길했다.

　　오랜만이구나. 메일 주소는 네 엄마한테 물어서 알았다. 하
세노 신지를 만났다고 들었다. 나도 하세노가 갖고 있는 네 편
지 복사본을 봤단다. 그래서 네 신변에 위험이 닥치고 있다고
느껴 주의를 환기시키려고 메시지를 보낸다. 하세노를 조심해
라. 특히 등 뒤를 조심하거라.

　　사실 나는 네 아빠가 돌아가셨을 무렵, 하마터면 사고를 당
할 뻔했단다. 밤에 지하철역 플랫폼을 걸어가는데 누가 뒤에서
밀치더구나. 붐빌 시간대라서 정말 누가 민 건지 확신이 없어
서 그냥 넘어갔지만, 네 아빠가 그런 사고를 당한 뒤 불현듯 깨
달았다. 그리고 한 가지 더, 우리 회사 동료가 비슷한 일을 당
했었다. 그렇게 되니까, 혹시 나도, 하는 생각이 들더구나. 그래
서 네 엄마한테 사정을 얘기해서 뭔가 걸리는 일은 없는지 물
었다. 그랬더니 네 엄마가 "우연일 거다. 일 크게 만들지 마라"
라고 해서 수긍하고 그대로 15년이 흘렀다. 경찰에 신고하기에
는 증거가 부족했으니까.

　　얼마 전, 하세노한테 연락이 왔단다. 만나서 얘기를 하고 싶
다고. 그래서 만났는데 하세노의 태도가 어딘지 수상하더구나.
하세노는 수상한 자다. 부디 조심하거라.

몇 년 동안 얘기도 나눈 적 없는 미네기시가 일부러 메시지를

보낸 것을 보면 아주 심각한 상황이다. 물론 나쓰미는 이미 충분히 알고 있다. 의혹을 품으면서도 하세노를 만나 얘기를 하고 싶은 것이다. 미네기시가 당한 사고 얘기는 처음 들었지만 그녀도 경험했듯 누군가가 습격을 한 건지, 우연히 사람들 속에서 밀린 건지, 판단하기 쉽지 않았다.

그 뒤 30분을 더 기다렸지만 하세노는 나타나지 않았다. 대기 순번은 그녀 차례가 다 되었지만 포기하고 가게를 나왔다.

지하철역 근처에 사람들이 모여 있었다. 구급차와 경찰차가 한 대씩 멈춰있다. 뭔가 사고가 난 걸까. 궁금했지만 사람들이 많아서 보이지 않는다.

그때 누군가가 "싸움 났나 봐" 하는 소리가 들렸다. 그녀는 흥미를 잃고 그대로 지하철 계단을 내려갔다.

### 12

"밀었느니 안 밀었느니 하면서 두 사람이 실랑이하는 모습이 보였어요. 그중 한 사람이 이 사람을 때리고 도망쳤고요."

들것에 옮겨져 구급차에 실리는 것을 알았지만 아무 소리도 나오지 않았다. 쓰러졌을 때 뒤통수를 바닥에 세게 부딪혀서 의식이 몽롱하다.

"제 목소리 들리십니까?"

눈앞에서 경찰이 부른다. 들리는데 대답이 나오지 않는다.

알고 있어. 알고 있다고. 그런데 목소리가 안 나와.

"미네기시 에이타 씨, 맞습니까?"

면허증이 있어서 이름을 안 듯했다.

"이제 이송할 테니까 선생님 허가가 떨어지면 병원에서 들으세요."

뒤쪽 문이 위에서 밑으로 쿵 하니 닫히는 소리. 구급대원 한 사람이 지켜보는 가운데, 구급차가 병원으로 향하는 도중 의식을 잃었다.


## *13*


고토 나쓰미는 하세노 신지에게 경계심을 품고 있었기 때문에 전화번호나 메일 주소를 알려주지 않았다. 그의 명함은 받았지만 그녀는 마침 명함이 다 떨어졌다는 적당한 핑계로 명함을 주지 않았다.

그래서 편지 이외에 연락을 하려면 그의 회사에 전화를 거는 수밖에 없었다. 그런데 회사 번호였기 때문에 퇴근 시간이 지나면 연결이 안 된다. 이때만큼은 메일 주소 정도는 교환할 걸 그랬다고 후회했다. '왜 약속 장소에 나오지 않으셨어요?' 하고 간단히 보내면 바로 답신이 왔을까?

답답해하면서 집에 도착하고, 얼마 뒤 엄마한테서 전화가 왔다.

"지금 여기 시부야 병원이야. 그 사람이 사건에 휘말려서…."

"무슨 일인데요?"

"롯폰기에서 누군가와 싸웠나 봐. 그래서 얻어맞아 쓰러지면서 머리를 바닥에 찧은 것 같아."

직감적으로 롯폰기 지하철역 근처에서 본 그 사건이었다는 사실을 알아챘다.

"많이 다치셨어요?"

"뇌진탕만 있는 것 같은데 만약을 대비해 내일까지 입원이야."

"의식은요?"

"또렷해. 경찰이 와서 사정청취하고 갔어."

"범인은요? 짚이는 사람은 있으시대요?"

"모른대. 갑자기 모르는 남자가 때렸다나."

실랑이를 벌였다면 상대방 얼굴을 봤을 법도 한데 단지 말하기 싫은 걸까. 아니면 정말 모르는 걸까.

나쓰미는 엄마한테 롯폰기에서 조우한 사건 얘기는 하지 않았다. 그 일에 하세노 신지가 얽혀있다면 말해서는 안 될 것 같았고, 엄마한테 괜한 걱정을 끼치게 되기 때문이다.

"오늘은 병원에 계실 거예요?"

"괜찮아 보여서 이제 집에 가려고. 네 집에 가도 될까?"

엄마는 한 시간쯤 뒤에 나쓰미의 맨션에 도착했다. 완전히 초췌한 모습이었지만 딸의 얼굴을 보고 조금 기운을 차린 듯했다.

엄마의 재혼 상대는 미네기시 에이타였다. 나쓰미 아빠의 사후, 옛날 동료라며 집에 몇 번 찾아오다 보니 자연스럽게 교제로 발전한 것 같지만, 나쓰미가 대학에 들어갈 때까지 합치는 건 미루고 있었다.

나쓰미는 엄마를 미네기시한테 빼앗긴 기분이 들어서 미네기시의 맨션에는 가지 않았고, 그도 굳이 자신이 먼저 나쓰미한테 다가오려고도 하지 않았다. 그녀가 미네기시를 부를 때 '아버지'가 아니라 '미네기시 씨'인 것은 당연했고, 엄마와도 필요할 때 만나거나 전화하는 정도로 거리를 두고 있었다.

엄마가 나쓰미의 맨션에 온 것은 오랜만이었다. 엄마 명의라서 평소 같으면 집이 깨끗한지 확인할 텐데 오늘은 마음의 여유가 없어 보였다. 당찬 엄마가 몹시 동요한 모습은 아빠가 사고로 세상을 떠난 이후 처음 같다.

"큰 사고가 아니라서 다행이에요. 내일 퇴원하신다고요?"

"그렇긴 한데."

엄마는 근심스러운 얼굴을 하고 있다. "한 가지 걸리는 게 있어서 경찰에 신고할지 망설이고 있어. 근데 그 사람이 말하지 말라고 해서."

"혹시 그거…."

나쓰미는 직감적으로 알았다. "하세노 씨 얘기죠?"

엄마는 심각한 얼굴로 고개를 끄덕였다.

"응, 그래, 그 편지 쓴 사람. 엄마가 네가 받은 편지 얘기를 그 사람한테 했더니 자기도 예전에 그런 편지를 받은 적이 있다고 하더구나."

"같은 내용으로요?"

"응. 그 사람이 그때 하세노라는 사람 얘기를 해줬어. 예전 회사 직원인데 일도 제대로 못 하면서 자존심만 세가지고, 결국 그만뒀는데, 그 일로 회사 사람들을 원망했었다고."

"그 하세노라는 사람이 그 편지를 왜 썼는지 이제 알았어요."

나쓰미는 말했다. "아빠는 어쩌면 하세노 신지한테 살해됐을지도 몰라요. 취해서 떨어진 게 아니라 누가 등을 밀쳐서 살해된 거예요."

"설마."

"미네기시 씨 얘기가 사실이라면 그분도 하세노가 노렸을 수 있어요."

엄마는 크게 숨을 들이쉬더니 일어났다.

"급한 일이 생각났어. 갈게."

엄마는 자고 가라는 나쓰미의 권유를 뿌리치고 허둥지둥 돌아갔다. 어쩌면 미네기시가 입원한 병원에 돌아가는지도 모른다.


나쓰미는 미네기시의 사건과 관련해서 하세노 신지의 견해를 듣고 싶었다. 미네기시가 길에서 실랑이를 벌인 상대가 하세노라면 당연히 그의 변명을 들어야 하고, 미네기시가 그를 고소하지 않는 이상, 의붓딸 나쓰미가 대신 들어도 될 터다.

모든 일들이 하세노의 악의가 담긴 편지에서 기인한 것이다.

다음 날 나쓰미는 하세노의 명함에 적힌 전화번호로 전화를 걸어보았다.

하지만 전화를 받은 여자는 "하세노 씨는 외근 중인데요"라고
대답했다. 하는 수 없이 전화를 끊으려는데 여자가 물었다.

"저, 혹시 고토 나쓰미 씨 되세요?"

어떻게 나쓰미를 아는 걸까?

"그런데요" 하고 조심스럽게 대답하자 "아아, 다행이다. 하세노
씨가 혹시 고토 씨라는 여자분한테서 전화가 오면 전해달라고 해
서요. 지금 읽어드릴게요."

그대로 잠자코 있었더니 여자가 전언 내용을 나쓰미에게 읽어
줬다.

"어제는 죄송합니다. 일이 좀 생겨서 약속 시간에 가지 못했습
니다. 그래서 오늘 저녁 7시, 신주쿠 오와리야 서점 에스컬레이터
앞에서 만날 수 있을까요? 이 메시지가 전달되기를 바랍니다."

나쓰미는 여자한테 감사 인사를 하고 전화를 끊었다. 나쓰미가
전화했던 사실은 하세노에게 당연히 전해질 것이다.

## *14*

하세노 신지는 고토 나쓰미를 그대로 두면 안 된다고 생각했다.

그녀는 하세노가 쓴 편지의 수수께끼를 푼 뒤, 하세노에게 편
지를 써서 보냈다. 롯폰기에서 만나자는 일방적인 통지다. 이쪽
에서 거절하지 못하리라는 것을 알고 보낸 편지다. 이제는 입막

음이 필요한 상황이다. 이대로 있다간 파멸이었다. 젊을 때 홧김에 쓴 편지가 15년의 세월을 거쳐 부활해서 파문을 일으키고 있다. 고토 나쓰미의 편지는 미네기시도 읽고 싶어 할 것 같아서 그의 회사로 팩스를 보냈다. 그래서 미네기시가 롯폰기에 나타났다. 그가 편지의 의미를 안다는 증거였다.

저녁 7시, 오와리야 서점 앞. 그 에스컬레이터 주변은 누군가를 기다리는 사람들로 북적이고 있다. 그는 그 사람들 속에 들어가는 대신 도로 맞은편에서 상황을 지켜봤다.

하세노는 직장에서 권력을 이용한 괴롭힘으로 퇴사에 몰렸을 때 그와 엮인 세 남자를 증오했다. 분노의 에너지를 혼자 삭이기란 쉽지 않았다. 그 인간들에게 어떡하든 되갚아 주고 싶었다. 그들 뒤로 몰래 다가가서 분노의 철퇴를 가하는 내용의 편지를 보냈다.

그 편지는 걸작이었다. 언뜻 보면 퇴사 후 전하는 안부 인사 같지만 그 안에는 그의 분노를 담았다. 수신인은 고토 고이치로, 미네기시 에이타, 사카가미 세이조. 이렇게 세 사람이었다. 모두 똑같은 문장으로 편지를 보냈다.

모든 편지에 '고토 씨한테 감사 인사를 이제야 드립니다'라는 문장을 일부러 넣었다. 미네기시와 사카가미는 실수라고 생각하겠지만, 동시에 고토도 똑같은 편지를 받았다고 받아들일 것이다. 고토의 이름을 쓰지 않으면 성립하지 않는 편지였다.

그 편지에서 각 행의 첫 글자만 읽으면 '배후를 주의해. 죽어라

조(吊)'가 된다. 단어 선택과 어법 실수는 물론 고의다. '배계'로 시작해서 '조조'로 마친다. 언뜻 상식도 모르는 젊은이가 쓴 편지로 위장한 경고. 아니, 저주다. 별로 어려운 암호가 아니다. 눈치 빠른 사람이라면 곧장 편지의 의미를 알아챌 것이다.

편지를 읽고 그 장치를 알아챘을 때 등골이 오싹해질 수도 있다. 알아채도 좋고 몰라도 상관없다. 아무튼 하세노는 그 인간들에게 '저주'를 걸었다. '죽어라 빨리'라고.

그렇지만 사카가미 세이조가 죽을 줄은 정말 생각지도 못했다.

사카가미는 회식 후 오모테산도의 교차로 근처에서 자동차에 치였다. 비틀거리다가 도로로 나갔을 때 사고를 당한 모양이다. 하세노가 바라던 일이 현실로 일어나자 정작 편지를 쓴 장본인이 오히려 겁을 먹었다. 편지의 저주가 정말 효력을 발휘했다고 진짜로 믿었다.


신호가 바뀌고 사람들의 물결이 움직이기 시작했을 때 하세노는 생각을 멈췄다.

오와리야 서점의 에스컬레이터 앞을 주시한다.

있다. 고토 고이치로의 딸이.

하세노 신지는 걸음을 내딛기 시작한다. 그녀를 주의해야 한다. 그녀는 너무 많은 것을 알고 있다. 그러니….

## 15

고토 나쓰미는 오와리야 서점 앞에 서 있다. 하세노가 정말 올까. 그가 남긴 전언이지만 정말 나타나기 전까지는 불안했다.

횡단보도 신호가 파란색으로 바뀌었다. 양쪽 보도 위의 사람들이 움직이기 시작하고, 중간에서 서로 엉겼다. 부딪히는 사람이 없다는 게 신기할 정도다. 그 사람들 속에서 하세노 신지의 얼굴을 얼핏 본 듯했다.

조심해라. '배후를 주의해. 죽어라 빨리'라는 편지를 아빠한테 보낸 장본인. 직장 내 괴롭힘으로 퇴사하고 상사와 동료를 죽이고 싶을 정도로 증오하던 남자. 표면상 감사 인사와 사후 보고 편지 같지만, 거기에 숨겨놓은 악의는 대놓고 썼을 때보다 읽는 사람에게 훨씬 깊고 무겁게 전해진다. 만약 아빠가 그 편지를 15년 전에 읽었다면 어떻게 됐을까. 편지에 숨은 경고를 알아채고 등 뒤를 조심해 역 플랫폼에서 어이없이 떨어지는 일은 없지 않았을까. 그리고 엄마가 재혼하는 일도 없이 지금도 평범한 부모 자식 관계가 이어지지 않았을까.

사고사로 위장한 살인. 증거도 남기지 않고 한 인간을 세상에서 지운다. 그것을 아주 손쉽게 할 수 있는 것이다.

나쓰미는 더럭 겁이 났다. 주변에 이렇게 많은 사람들이 있기 때문에 섣부른 짓은 못 하겠지만, 혼잡함은 오히려 숨기에 좋다. 그 남자와 대치하는 것이 무서워졌다.

다리가 후들거린다. 도망치자. 일단 여기를 떠났다가 다시 오자.

파란 신호가 깜빡이기 시작하고, 횡단보도를 종종걸음으로 건너는 사람들이 늘어났다. 자, 사람들 속에 섞여 여기서 사라지자. 신호가 빨간색이 되는 순간, 전속력으로 건너가는 거야. 그렇게 생각하고 태세를 갖췄을 때 등에 뭔가가 닿았다. 누군가가 등을 민 것이다.

차도의 자동차가 움직이기 시작한다. 몸이 균형을 잃고 상체만 앞으로 나아간다. 그렇다. 수영장에 뛰어들 때처럼.

"안 돼" 하는 비명이 들린다. "부딪힌다" 하는 사람들의 목소리가 서로 겹친다. 요란한 자동차 경적 소리가 모든 소리를 감싼다.

도대체 이게 몇 번째야?

## *16*

사람들로 붐비는 틈을 이용해서 사고로 위장해 살인을 할 수 있다.

살짝 떠밀기만 해도 사람은 균형을 잃고 고꾸라진다. 거기에 전철이든 자동차든 달려오면 인생은 강제로 종료된다.

"네, 취했는지 비틀거리고 있었어요. 도와줄 틈도 없었습니다."

근처에서 목격자 증언만 나오면 완전범죄는 성립한다. 피해자는 가엾게도 '취해서 실수로 떨어졌다'가 된다. 불운한 사고사. 자동차가 달려오지 않았다면 단순히 넘어진 걸로 끝났을 텐데, 불과 일이 초 차이로 어마어마한 사고가 된다. 운전자한테는 불행. 나쁜 쪽은 통행인이라도 친 쪽은 자동차이기 때문에 책임은 대부분 운전자에게 돌아간다. 급제동을 걸었어야 했다, 순간 대응이 늦었다, 운동신경이 둔했다며 비난받는다.

그런데 고꾸라지던 나쓰미는 운 좋게도 자동차에 부딪히기 직전에 누군가가 팔을 잡아당겨 구해줬다.

간발의 차. 세이프. 그래도 자동차 경적은 계속 울린다. 간담이 서늘해진 운전자가 안도감의 반동으로 분노를 폭발시켜 있는 힘껏 경적을 울린다. "이 바보야. 똑바로 보고 다녀" 하고 소리치면서.

나쓰미는 등 뒤에서 누군가에게 안겨 인도로 되돌아갔다.

"다행이야."

여자 목소리였다. "널 잃으면 어떻게 살라고."

부드러운 가슴에 안긴 나쓰미를 그리운 냄새가 감싸 안는다. 엄마의 상냥한 미소가 보였다.

"엄마, 어떻게 된 거예요?"

"어떻게 되긴 뭐가 어떻게 돼."

호기심이 왕성한 구경꾼들이 두 사람 주변을 에워싼다. 엄마가 아무 일도 아니란 듯 손짓을 하자 다시 원래의 사람들 흐름으로 바뀐다.

엄마는 나쓰미를 오와리야 서점 에스컬레이터 뒤편으로 끌고 가서 똑바로 마주 섰다.

"하세노 신지 씨한테 이상한 편지를 받았어. 맨션 우편함에 직접 넣은 것 같은데, 내용이 이상해서 갑자기 막 불안해지잖아. 그래서 여기 와봤더니 네가 보여서 서둘러 다가가는데 빨간 신호에서 네가 차도로 넘어지려고 하잖아. 그래서 잡아당겼어."

"하세노 씨가 편지를요?"

"이거. 이상하지?"

엄마가 보여준 편지는 정말 이상했다.


　배계

　그간 안녕하셨습니까? 따님이 요즘 평

　범하지 않고 이상하지 않습니까? 싱글벙글 웃는가 싶으면

　인간이 바뀐 듯 금방 싸증을 냅니다. 또 사람들 앞에서

　미소 짓는 얼굴로 얌전한 척도 하고

　네버엔딩 자꾸만 의심하는 등

　기이합니다. 오와리야 서점, 오늘 저녁 7시. 딸이 위험. 꼭 오

　시기 바랍니다.

하세노 신지


엄마는 이제 막 퇴원한 미네기시한테 그 편지를 보여줬다고 한다. 엄마는 미네기시가 말리는데두 뿌리치고 오와리야 서점으로 온 것이다.

## 17

"그 범인 미네기시."

나쓰미는 편지 각 행의 앞 글자를 소리 내어 읽었다. 오와리야 서점 근처 찻집에 엄마와 같이 앉아있다.

"15년 전, 미네기시는 회사를 그만둔 하세노의 편지를 받고 그 암호를 알아챈 거야. 등 뒤에서 무슨 일을 당할까 봐 걱정하던 참에 동료 사카가미 세이조 씨가 사고를 당했어. 정말로 수상하다는 생각이 들었을 때 오히려 그걸 역으로 이용해서 하세노를 함정에 빠뜨리려고 한 거지. 증거는 없지만 네 아빠를 그렇게 만든건 미네기시일지도 몰라."

"설마."

"가능성은 있어. 네 아빠는 집에서 정말 폭군이었잖아. 기분이 안 좋아지면 태연하게 이 엄마를 때리는 일도 많았고. 너도 알 텐데. 미네기시가 우리 집에 한번 놀러 왔다가 그 상황을 목격한 적이 있어. 네 아빠가 잠시 자리를 비웠을 때 '괜찮으세요?' 하면서 동정하더구나. 그런 일이 있고 나서 엄마 고민을 들어주다가 서로 호의를 갖게 돼서."

"사랑에 빠졌다?"

"그래. 지금 생각하면 미네기시는 엄마를 동정해서 네 아빠가 없어지면 좋겠다고 생각했는지도 몰라. 그래서 하세노 씨의 편지를 역으로 이용했다면…."

"술에 취한 아빠를 플랫폼에서 밀었다, 사고로 위장해서?"

"하지만 증거가 없어."

"엄마는 그 사실을 알고 계셨어요?"

"몰랐어. 네가 하세노 씨가 보낸 포스트 캡슐 편지를 보여줬을 때 어쩌면, 하는 생각은 했어. 너한테는 아무 말 안 했지만 그 편지의 암호를 알았거든. '배후를 주의해. 죽어라'라고. 만약 네 아빠가 그 편지를 15년 전에 받았다면 하세노의 경고를 알아채고 등 뒤를 조심하지 않았을까."

"아빠가 돌아가시고 나서 엄마와 미네기시 씨, 대놓고 만나셨죠."

"엄마는 그 사정을 모르니까 네 아빠의 폭력에서 해방됐다고 안심했거든. 그래서 네가 대학에 들어가기를 기다렸다가 미네기시와 결혼한 거야."

"하지만 하세노 씨가 범인일 가능성도 있지 않아요?"

"만약 미네기시가 범인이 아니라면 하세노가 보낸 편지를 15년 전 시점에서 경찰에 제출했겠지. 그러지 않았다는 건 미네기시는 그게 공개되면 곤란한 사정이 있었던 게 아닐까 싶어."

"사카가미 세이조 씨는요? 그런 편지를 받았다면 사카가미 씨 유족들은 그 편지의 의미를 몰랐던 걸까요?"

"그 암호를 몰랐다면 그냥 문장이 엉망인 안부 편지잖니. 유족이 이상하다는 생각을 하지 않았다면 아마 버렸겠지."

"하긴."

"아까 널 구했을 때 바로 뒤에 미네기시가 보였어. 그 사람이 널 민 것 같았어. 엄마는 순간적으로 네 팔을 잡아당겼고. 그 사람은 엄마가 모두 알아챘다는 걸 알았을 거다."

엄마가 하세노한테 받은 편지를 미네기시한테 보여준 것은 미네기시를 신주쿠로 유인하려던 의도였을 것이다. 미네기시가 보는 앞에서 온몸을 바쳐 딸을 지킨다는 의사 표시를 하고 싶었던 것이다.

"만약 이 일이 세상에 알려지면, 엄마는 어떡하실 거예요?"

나쓰미의 물음에 엄마는 쓸쓸히 고개를 숙일 뿐이었다.

미네기시 에이타의 죽음은 신문에서 가볍게 언급했을 뿐이었
다. 오와리야 서점 앞에서 밤늦은 시각에 일어난 사고였기 때문
에 기사는 다음 날 석간 사회면에 조그맣게 실렸다.

야마노테선 모 역에서 비틀거리면서 걷던 회사원이 플랫폼에
서 떨어졌고, 마침 들어오던 전철에 치였다는 짧은 기사. 인사
사고로 전철이 몇 대 운행을 중지하고 지연됐다는, 종종 눈에 띄
는 기사. 떨어진 사람 이름이 신문에 실리는 일은 없었다.

15년 전에 일어난 인사 사고의 진상이 포스트 캡슐 편지가 되
어 죽은 사람에게 배달된다. 그 딸이 편지를 읽고 발신인을 접촉
한다. 그때부터 관계자들을 끌어들이면서 이야기가 커졌다.

하지만 세상 사람들은 그 이면에 여러 관계자들의 의도가 있었
다는 사실을 모른다. 또 관계자 자신도 15년의 세월이 지난 추락
사고의 진상이 무엇이었는지 확신을 갖지 못하고 있다.

하세노 신지와는 유감스럽게도 연락이 되지 않아서 그의 의견
을 듣지 못했다. 그는 나쓰미와 그녀의 엄마 교코, 미네기시를 오
와리야 서점 앞으로 불러내서 뭔가를 꾸미고 있던 게 아닌가 싶
다. 그런데 미네기시가 선수를 쳤고, 하세노는 직접 손쓸 필요가
없어졌기 때문에 그 자리를 떠났다. 편자는 그렇게 추측하고 있다.

Tokyo-Saitama-ken
april
18
2008

협박 편지

사타케 겐스케

우선 급한 대로 용건만 쓰겠다. 동봉한 편지를 읽어봐라.


사타케 겐스케 씨께

항상 저를 지명해 주셔서 감사드려요. 지난번 프러포즈 건은 너무 기뻐서 눈물이 났어요. 저 같은 사람을 봐주셔서 고마워요. 그때 말씀드렸는데 기억나세요?

저는 아버지 빚 때문에 이 가게에서 일하고 있어요. 그래서 여기를 그만두려면 그 빚을 갚아야 해요. 요즘 세상에 부모 빚 때문에 강제로 일한다는 게 의문이 드시겠지만, 현실에는 있답니다. 처음에 제 학비 때문에 아버지가 사채 등으로 빚을 지셨는데 그게 눈덩이처럼 불어난 거예요. 저한테도 일말의 책임이 있기 때문에 저는 그 돈을 갚을 의무가 있어요.

그래서 벌써 몇 년째 여기서 일하고 있죠. 하지만 이자도 있어서 원금은 좀처럼 줄어들지가 않고 있어요. 얼마나 돈이 필요하냐면, 우선 500만 엔이 필요해요. 겨우 그 정도라고 생각하실지도 모르지만 저한테는 거금이죠. 더구나 빠른 시일 안에 갚지 않으면 새끼손가락을 자른다고 협박받고 있어요. 가게 마스터 나리타 다케히사라는 남자는 잔인해요. 새끼손가락 같은 건 아무렇지 않게 생각하죠.

그래서 사타케 씨에게 부탁드려요. 저와 결혼하시려면 500만 엔을 갚아야 해요. 정말 갑작스럽지만 빌려주실 수 있을까요? 프러포즈 대답은 그다음에 할게요.

다카쿠라 유키코


사타케 씨. 유키코의 편지를 읽어봤나? 난 나리타라고 한다. 물론 빚은 500만 엔이 다는 아니지만 일단 그것만이라도 갚지 않으면 새끼손가락을 자를 줄 알아라.

그래서 26일 오후 5시 이케부쿠로 도자이백화점 옥상, 엘리베이터 앞에 500만 엔을 가지고 와라. 안 된다면 돈을 지불할 의시기 없다고 간주하고, 새끼손가락을 자른다.

이상

그 우편집배원은 배달물이 들어있는 가방을 들고, 우체국 우편
물류과 방에서 나갔다. 그때 우편물류과 담당자가 "이토 씨, 수고
하세요"라고 인사를 건넸다.

우편집배원은 차례로 담당 지역을 돌며 배달한 뒤 마지막으로
7층짜리 맨션 앞에 도착했다. 이곳이 끝나면 우체국에 돌아가서
자질구레한 일들을 처리하고, 하루 업무를 미감한다. 그 맨션은
모두 65가구가 살고 있다. 배달할 우편물은 대략 150통 전후이기
때문에 시간은 별로 안 걸릴 터였다.

그런데 우편집배원은 막판에 그날 업무를 완전히 그르치고 만
다. 우편집배원의 개인적인 사정이 아니라, 외부 누군가의 방해
때문이었다.

그 맨션은 출입구 옆에 세대별 우편함 공간이 있어서 우편집배
원 이외에 택배기사나 전단지 배포하는 사람 등이 들어와 관리실
을 포함해 66개의 우편함에 우편물을 넣게 되어있다. 그 밖에 대
형 배달물을 넣는 택배 보관함이 20개 정도 있는데 입주민은 카
드와 비밀번호를 입력함으로써 부재중에 배달된 물건을 꺼내는
구조였다.

다행히 그날 우편물은 대부분 편지봉투나 엽서였고, 통화등기
한 통과 속달 한 통만 직접 집으로 배달할 예정이었다. 이제 마지
막 업무를 시작하려고 가방에서 우편물을 꺼냈을 때 '사건'은 일

어났다.

그 우편집배원은 아주 꼼꼼해서 오배송이 없도록 우편물과 집 호수를 중얼거리며 확인하는 습관이 있다. "101호, 사타케 겐스케" 하고 중얼거리며 편지봉투 두 개를 101호 우편함에 넣으려는 순간, 갑자기 뒤에서 누군가가 가방을 낚아챘다.

우편물을 도둑맞는다. 순간적으로 우편집배원은 인식했지만, 방어 태세가 잡혀있지 않았기 때문에 균형을 잃고 뒤로 넘어졌 다. 뒤통수가 강철 택배 보관함에 심하게 부딪혀 의식이 몽롱해 졌다. 그래도 가방만은 지키려고 안간힘을 다해 끈을 잡았지만, 그 누군가의 힘은 인정사정없었다.

어디선가 "뭐야!" 하는 소리가 들렸다. 맨션 쪽 문이 열리고 한 남자가 우편함 공간으로 기세 좋게 뛰어 들어왔다. 그리자 우편 집배원의 어깨에 걸려있던 힘이 빠지고 습격했던 누군가가 등 뒤 의 문을 통해 밖으로 도망쳤다.

"괜찮으세요?"

목소리가 들리고 우편집배원을 안아 일으킨다.

"다치신 데는요?"

"괜찮습니다."

"저 자식, 우편물을 훔치려고 했나."

"아니도요. 통회등기도 있으니까."

우편집배원은 대답하면서 일어났다. 뒤통수를 부딪쳤지만 뇌 진탕을 일으킬 정도는 아니었다. 그리고 우편물도 무사하다. 한 통도 도둑맞지 않았다.

"감사합니다. 덕분에 무사했네요."

우편집배원은 도와준 남자에게 머리를 숙였다.

"경찰에 신고하시는 게 좋을 것 같군요. 범인 얼굴을 보셨습니까?"

"아뇨. 못 봤어요."

"저는 남자 뒷모습만 봤는데 젊어 보였어요. 제가 신고할까요?"

"아뇨. 도둑맞은 것도 없으니까, 배달 마치면 제가 신고할게요."

"그래요. 그럼 녀석이 아직 근처에 있는지 밖에 좀 보고 오겠습니다. 그사이에 배달하세요."

"알겠습니다."

남자가 습격한 범인을 찾으러 밖으로 나갔다. 그사이 우편집배원은 아무 일도 없던 양 우편물을 배달하기로 했다. 빨리 집에 가고 싶다. 오늘은 엄마 생신이다. 경찰에 신고하면 사정청취도 해야 돼서 시간이 걸린다. 가능한 한 빨리 세대별 우편함에 우편물들을 넣고, 그 친절한 남자가 돌아오기 전에 통화등기와 속달까지 배달을 마치고 싶다.

우편집배원은 마음이 급했다. 자, 빨리, 서둘러. 101호는 사타케 겐스케 씨…. 앗, 이건 속달이다. 직접 집으로 가져가야 했다. 속달과 서류를 먼저 배달한 뒤 다른 우편물들은 세대별 우편함에 넣기로 하자.

다행히 그 남자가 스토퍼로 문을 열어뒀기 때문에 곧장 안으로 들어갔다.

1층 101호는 통로 가장 안쪽이었다. 사타케 겐스케 씨.

우편집배원은 어지러워 비틀거리는 몸을 간신히 가누며 그 집 앞으로 가서 초인종을 눌렀다. 응답이 없다. 신문 보관함에 넣어두려고 생각했을 때 등 뒤로 인기척이 났다.

돌아보자 아까 그 남자였다.

"앗, 아까 그….."

출입구에서 도와준 그가 101호에 사는 사타케 겐스케인 모양이다.

"어랏. 괜찮아요? 그 자식, 발이 어찌나 빠른지 놓쳤어요."

"괜찮습니다. 여기 속달 왔네요. 사타케 겐스케 씨 되시죠?"

"네, 맞습니다."

안심한 순간 다리 힘이 빠지면서 그 자리에 주저앉을 뻔했다.

"정말 괜찮으세요?"

"다행히 도둑맞지 않았다고 생각하니까 긴장이 풀려서….."

"좀 쉬었다 가시죠?"

배달을 마친 뒤라면 괜찮지만 지금은 아직….

…..

## *3*

사타케 겐스케는 현관 신발장 위에 놓인 하얀 봉투를 보고 뭐지? 했다.

발신인 이름에 다카쿠라 유키코라고 쓰여있었다. 이름은 기억 나지만 벌써 오래전 일이다. 지난 몇 년 동안 그녀의 이름을 떠올린 적도 없었다.

봉투를 열고 편지를 꺼냈을 때 향수 냄새가 훅 풍겼다. 아내가 사용하는 향수와 같은 브랜드의 제품 같았다.

편지 내용은 놀람 그 자체였다. 500만 엔을 주지 않으면 그녀의 새끼손가락을 자른다고 한다. 차츰 기억이 떠올랐다. 그렇다. 사타케가 예전에 드나들었던 클럽에서 일하던 호스티스가 '유키코'로, 사타케가 아주 마음에 들어 했다. 아주 순수한 느낌의 여자로 왜 이 업계에서 일하는지 의문이었다. 사정을 물었더니 부모가 꽤 많은 빚을 져서 그것을 갚기 위해 일한다고 했다.

사타케는 가게를 한 번, 두 번 다니다 보니 그녀를 동정하게 됐고, 프러포즈를 한 듯한 기억이 있다. 나와 같이 살자고.

이 편지는 그 연장선상의 얘기 같지만 시간상 차이가 많이 난다. 그가 프러포즈한 것은 10년도 더 지난 일, 아니 15년은 된 것 같다.

봉투에 찍힌 소인은 전날 12시부터 18시, 접수국은 이케부쿠로. 기묘하게도 글씨체가 다르다. 편지는 두 사람이 썼고, 봉투의 글씨는 또 다른 사람 글씨 같다.

영문을 모르겠다. 그리고 왜 이제 와서 500만 엔이 필요할까. 15년이나 되는 시간 동안, 아무 소식도 없고 상관이 없었는데, 그녀는 왜 나한테 나리타 다케히사라는 남자를 통해서 협박장 비슷한 편지를 보내왔을까. 발신인을 유키코의 이름으로 한 것은 그 편이 사타케가 알기 쉽다고 생각했기 때문일까.

사타케는 15년 전에 결혼했다. 유키코에게 프러포즈까지 해놓고서 갑자기 결혼이 정해지고, 그 가게에 발길이 뜸해졌다. 그 후 유키코의 일은 망각의 저편에 있었다. 유키코의 성이 다케쿠라라는 사실도 지금에서야 알았다.

사타케는 당시에도 이 맨션 101호에 살았고, 결혼 후 때마침 매물로 나온 105호를 매입해서 사무실로 이용했다. 지금은 그곳에서 주식 데이트레이딩을 하며 생계를 꾸리고 있다.

평생 먹고살 정도의 돈을 벌어 유유자적하지만, 주식을 거래하는 동안은 컴퓨터 앞에 붙어있기 때문에 외출을 못 했다. 아내는 그만해도 되지 않느냐고 하지만 한번 빠지면 헤어나지 못하는 성격 탓에 끊지도 못하고 계속 거래하고 있었다. 그렇게 손해는 안 보고 운용 자금을 늘리고 있기 때문에 스스로도 어이가 없다.

500만 엔이라. 15년 전이라면 아마 내놓지 못할 액수지만, 지금은 여유롭게 줄 수 있다. 500만 엔이 아니라, 천만 엔도 마음대로 할 수 있다.

사타케는 유키코에 대한 기억을 더듬어 봤다. 밤에 가게에서만 만났는데, 당시 25세치고는 여성적인 매력이 있고 육감적인 미인이었던 것 같다.

500만 엔으로 도와달라?

여유는 있지만 공짜는 안 된다. 그녀와 직접 만나서 얘기할 필요가 있었다. 사타케와 아내는 연애결혼이었지만, 지금은 옛날만큼 서로 사랑하지는 않는다. 어떤 의미에서 권태기와 비슷해 만약 가능하다면 바람을 피워도 될 것 같은 기분이 들었다.

일단 그 몸값을 건네주기로 한 장소에 가보자. 물론 돈은 가져가지 말고 상대 얘기를 듣기만 한다. 협상 상대 나리타라는 사내는 성가실 것 같지만.


몸값 지불 날짜는 26일이라고만 했는데, 4월 26일로 받아들여야 할 것이다. 지정된 이케부쿠로 도자이백화점 옥상, 엘리베이터 타는 곳.

4월 하순의 오후 5시는 아직 밝지만 평일이라서 사람들은 적다. 옥상에는 반려동물 매장이 있다. 하지만 개나 고양이가 아니라 주로 수조에서 키우는 동물들이다. 열대어, 금붕어 같은 관상어, 도마뱀이나 뱀 등의 파충류까지 정말 다양하다. 옥외로 나가면 어린아이용 놀이기구가 있지만 해질 무렵이라서 가족들 모습도 없고 한산했다.

몸값을 주고받는 장소로 안성맞춤이었다. 약속 시간보다 15분 전에 도착했기 때문에 주변 상황을 머릿속에 잘 넣어두었다. 엘리베이터 앞에는 의자가 다섯 개 있었지만 앉아있는 사람은 없다. 그는 맨 끝자리에 앉아서 시간이 되기를 기다렸다.

5시가 됐지만 상대는 나타나지 않았다. 다섯 대의 엘리베이터는 줄줄이 도착하지만 내리는 사람들은 별로 없다.

　대리인을 보낸다는 말도 없었고, 시간은 5분, 10분 자꾸 지나간다. 30분만 더 기다려 보자. 사타케는 5시 40분에 자리에서 일어나 반려동물 매장과 놀이기구 타는 곳을 천천히 한 바퀴 돌았다. 다시 처음 있던 자리로 돌아왔지만 상대가 나타날 기미는 없었다. 엘리베이터 다섯 대가 모두 옥상에 올라오고, 그는 안을 확인한 뒤 마지막에 도착한 엘리베이터를 타고 1층으로 내려갔다.

　완전히 속았다는 생각에 기분은 최악이었지만 상대에게 갑자기 급한 일이 생겼을 수 있다는 생각도 들었다. 이 일에서 손을 떼기 전에 한 번 더 상대와 접촉하기로 했다.

　방법은 그녀에게 편지를 쓰는 것이다. 주소가 다 적혀있기 때문에 거기로 편지를 보낸 뒤 상대의 반응을 보는 방법도 괜찮다. 그다음에 장난인지 진심인지를 판단해야 한다. 그런 결론을 내렸기 때문에 그는 집에 도착하자마자 곧바로 편지를 써서 속달로 보냈다.

　닷새까지 기다려 본다. 더는 못 기다린다.


4


　다카쿠라 유기고는 수상한 편지를 받았다.

　물론 발신인의 이름은 알지만 15년이나 지난 일이라서 최근에는 떠올리는 일이 없었다.


협박 편지

편지가 속달로 도착한 사실에 뭔가가 좀 걸렸다. 평범한 하얀 봉투에 '다카쿠라 유키코 님'이라는 손 글씨. 수신인의 주소는 그녀가 3년 전까지 살던 곳이라 현주소로 전송되어 왔다. 그녀는 우체국에 주소 이전 서비스를 신청해서 매년 갱신하고 있기 때문에 옛날 주소로 도착한 우편물은 대부분 하루 늦게 배달된다. 이 편지 겉에는 '전송'을 나타내는 스탬프가 찍혀있고 소인 날짜의 이틀 뒤, 즉 오늘 그녀에게 도착했다.

급한 일일지도 모른다는 생각에 곧바로 봉투를 뜯어서 편지를 꺼냈다. 사무용 편지지가 한 장. 그리고 손 글씨.

갑작스러운 편지에 놀랐습니다. 놀랐다기보다 동요라는 표현이 정확한지도 모르겠군요.

사실 편지를 받기 전까지 까맣게 잊고 있었습니다. 그리고 15년 전에 제가 갔던 가게에 있던 '유키코'란 이름의 호스티스라는 사실이 떠올랐습니다. 몇 번 그곳을 갔었고 상당히 의기투합했던 기억이 납니다. 술자리에서 "결혼해 주세요"라고 말한 기억도 어렴풋이 떠오릅니다.

그런데 15년 전, 저는 결혼했고 그 가게에 더는 가지 않게 됐습니다. 그래서 당신과는 그걸로 끝이었습니다. 남녀 관계도 없었고요. 손을 잡고 가슴을 만지고 키스 정도는 했는지도 모르지만, 그건 어디까지나 손님과 호스티스 관계였고 그 프러포즈에 책임을 져야 한다는 생각은 안 듭니다.

서론이 길어졌군요. 당신을 감금했다는 나리타라는 사람이 협박장을 보내왔습니다. 당신 편지가 같이 있었기 때문에 당연히 당신도 알 겁니다. 편지에서 당신은 거기서 벗어나기 위해 500만 엔이 필요하다고 했습니다. 나리타라는 남자는 제가 돈을 안 주면 당신의 새끼손가락을 자른다고 협박하고 있습니다. 날짜와 시간까지 지정했기 때문에 4월 26일 오후 5시에 그곳으로 갔습니다. 물론 돈은 가져가지 않았고, 협박한 사람을 만나서 그 진의를 확인하려고 했을 뿐입니다.

그런데 약속 장소인 도자이백화점 옥상에는 아무도 나타나지 않았습니다. 솔직히 화가 나더군요. 편지를 믿고 나간 저도 어리석었지만.

그래서 묻습니다. 왜 이제 와 그런 편지를 보낸 겁니까? 더구나 속달로.

답신 기다리겠습니다.

사타케 겐스케

다카쿠라 유키코는 생각에 잠긴다. 도대체 이게 어떻게 된 걸까. 무슨 말인지 모르겠다.

이대로 내버려 둘까 하다가 부아가 치밀었다. 그렇다. 생각났다. 이 남자는 내 처지를 듣고 동정했다. 그런 척했던 건지도 모른다. 물론 목적은 내 몸이다.

그리고 자신감에 차있고 잘난 척하던 생각이 났다. 회사를 다니지만 주식으로 돈을 벌고 있다. 조만간 회사를 그만두고 주식으로 먹고살려고 한다나.

그렇다. 젊은 주제에 돈 씀씀이가 좋았다. 그래서 그가 결혼 이야기를 꺼냈을 때 마음이 흔들렸다.

나한테 그런 소리를 해놓고 바로 다른 여자와 결혼했다니, 최악의 남자다. 용서 못 한다.

## 5

다카쿠라 유키코의 답장은 사타케 겐스케가 편지를 보내고 닷새가 지나서 도착했다.

처음 받은 편지와 필체는 비슷한 걸로 봐서 분명 그녀가 직접 쓴 편지가 맞다. 갈겨 쓴 느낌이 드는 것은 화가 나서일까.

오랜만이에요. 갑자기 사타케 씨의 편지를 받고 놀랐다기보다는 당혹스럽네요. 왜 지금이죠? 왜 15년 전이 아니었을까요?

그 편지는 똑똑히 기억나네요. 절대 잊지 못할 충격적인 일이 일어나서 그 일은 지금도 제 인생에 어두운 그림자를 드리우고 있어요.

먼저 물어볼게요. 지금 장난치는 거 아닌가요? 저를 우습게 보고 있는 거 아닌가요?

하지만 편지를 몇 번을 다시 읽으면서 글 속에서 당신이 진지하다는 게 느껴져 대답하죠.

당신이 받은 그 편지는 틀림없이 제가 쓴 게 맞아요. 15년 전에 쓴 편지가 왜 이제야 배달됐는지 잘 이해가 가지 않네요. 무슨 착오가 있었든지. 아니면 당신이 착각한 건지.


15년 전, 전 부모님 빚을 갚기 위해 죽을힘을 다해 일했어요. 빨리 돈을 벌 수 있다는 이유로 돈을 빌려준 사람이 그 가게에서 일하라고 권했죠. 권했다기보다는 거의 반강제였다는 게 맞는지도 모르겠네요.

저는 가게의 사원 숙소에서 지냈어요. 숙소라고 해도 사실은 방 한 칸짜리 싸구려 아파트죠. 점심 넘어 일어나서 대충 때우고 밤에는 가게에서 일하고 밤중에나 돌아와서 잠만 자는 생활. 2층 침대가 놓인 좁은 방에 동료 세 명과 부대끼며 지냈어요.

당신이 손님으로 오게 되면서 우리가 친해졌을 거예요. 당신이 "가게를 빠져나오려면 얼마나 필요한데?"라고 묻기에 저는 "한 500만 엔 정도?" 하고 대답한 기억이 나네요.

어쩌면 이렇게 친절한 사람이 있을까. 그게 제 솔직한 심정이었어요.

"아무리 죽어라 일해도 이자밖에 안 돼요. 원금이 전혀 줄지 않는다니까."

"이런. 안됐네."

아주 오래전, 〈동정할 거면 돈을 달라〉라는 드라마에서 화제가 된 대사가 있었는데 저도 같은 마음이었어요. 하지만 당신 말은 드라마에서처럼 경박하지 않고 진지하게 느껴졌어요.

"하지만 500만 엔을 빌려달라고 하면 거절할 거죠? 다 그러니까."

500만 엔. 그것만으로도 거금이지만 제 빚은 500만 엔이 넘었어요. 하지만 가게 마스터 나리타가 당장 500만 엔이 있으면 숙소에서 나가도 된다고 했었어요. 그 말을 제가 무심코 흘린 거죠.

나리타는 가게에 고용된 마스터로 바텐더였는데, 카운터 너머로 당신과 제가 하는 얘기를 엿듣고 있었어요. 나리타가 저를 감금하고 당신에게 몸값을 요구한 거죠.

하지만 그 바람은 당신에게 전해지지 않았어요.

그 결과, 어떻게 됐을까요?

전 당신을 원망요. 당신 편지를 받고 15년 전 일이 떠올랐고, 속에서 분노와 분한 마음이 소용돌이치고 있어요.

당신은 지금 결혼해서 행복하게 사는 거 같군요. 15년 전에 결혼했다니까 딱 제가 돈을 빌려달라고 했던 때고요. 결혼해서 저를 완전히 잊었다니 인간적으로 완전 바닥이네요. 물론 당신과 육체관계는 없었지만 사람 마음을 가지고 놀았다는 게 비열하네요. 기대하게 만들었다가 절망의 나락으로 떨어뜨린다. 당신을 믿은 제가 어리석었어요.

제가 어떻게 됐는지 궁금하시죠?

저는 지금도 변함없이 빚을 갚지 못하고 똑같은 가게에서 거의 붙잡혀 있는 신세예요. 나이도 불혹(^^)이 됐고요. 당신 편지를 받고 하루하루 배신당한 옛날을 떠올리고 있어요. 이런 제 마음 이해되세요?

사타케 겐스케는 당혹스러웠다. 술자리에서 던졌던 프러포즈를 그녀는 진심으로 받아들였던 것이다. 처지를 듣고 동정하였고 몇 번 지명했다. 아마 그런 가게에서 일하기에는 너무 예쁘장한 여자였던 것 같다. 그는 주식에서 돈을 벌어 돈 쓰는 법을 제대로 모르다 보니 그 가게에서 호화판으로 신나게 놀았다.

협박장 안에 동봉돼 있던 다카쿠라 유키코의 편지가 15년 전에 쓰였다는 것은 그럭저럭 이해가 됐다. 그런데 그녀는 왜 지금 보내온 걸까. 일부러 보낸 걸까, 가게 마스터 나리타가 보낸 걸까, 아니면 단순히 우체국 실수일까. 아니다. 우체국 실수라고 생각하기는 어렵다. 아무리 그래도 15년이라는 공백은 너무 길고, 그동안 우편물류와 어딘가에 잘못 섞여 들어가 있었다는 것은 있을 수 없다.

괜히 답장을 썼다고 후회했지만 이미 엎질러진 물이다. 이 편지는 내버려 두고 자연스럽게 잊히게 하지.

편지는 책상 서랍에 처박아 뒀다.

## 6

"오호라, 뭘 그렇게 몰래 하고 있나 했더니 옛날 남자한테 편지 쓰고 있었구나. 어디 이리 내놔봐."

다카쿠라 유키코는 사타케 겐스케한테 받은 편지를 마지못해 그에게 건넨다.

"오호, 이제 와 다시 편지를 보내왔군그래. 이 자식, 아직도 너한테 마음이 있는 거 아냐?"

"화 안 나?"

"그야 화나지. 너도 그렇지?"

"으음, 뭐."

"생각해 보면 열 받지?"

"그렇긴 해."

"생각할수록 열 받네. 이 자식, 아직도 벌이가 꽤 쏠쏠한 모양인데?"

"그러게."

"이 기회에 우리도 좀 보여줄까?"

"뭘?"

"녀석한테 본때를 보여주는 거지."

"이상한 생각 하지 마."

"새끼손가락이 왜 이렇게 됐는데. 야, 빨리 편지 써."

## 7

황금연휴가 끝나고 사타케 겐스케에게 다카쿠라 유키코의 편지가 도착했다.

'당신이 편지를 보내놓고 제 답장은 무시하나요?'

첫인사도 없이 느닷없이 그렇게 시작하는 걸 보면 꽤 화가 난 듯하다. 사타케 겐스케는 괜히 벌집을 쑤셔 여왕벌을 밖으로 끌어낸 기분이 들어서 우울해졌다. 아무래도 자연스럽게 잊히는 건 무리 같다.

당신이 편지를 보내놓고 제 답장은 무시하나요?

당신이 원래 그런 사람이었던 게 생각났어요. 결혼 얘기를 꺼내서 실컷 기대하게 만들어 놓고 손바닥 뒤집는 듯한 태도. 저한테 프러포즈하기가 무섭게 바로 다른 여자한테 프러포즈를 하다니. 그 여자가 지금 아내인 거네요.

당시 저는 강제로 나리타의 여자가 됐어요. 나리타는 제가 프러포즈 받은 걸 카운터 안에서 듣고 저한테 억지로 편지를 쓰게 했죠. 언제까지 500만 엔을 내놓지 않으면 새끼손가락을 자른다고.

저는 그 협박에 못 이겨 울면서 편지를 썼고요. 이 마음이 당신에게 전해지기를 바라면서.

그런데, 그런데… 당신은 아무것도 해주지 않았어요. 그리고 이번에도 또 무시하고요. 지금 전 분노로 온몸이 부들부들 떨리고 있어요.

그때 일을 쓸게요. 당신이 500만 엔을 주지 않아서 전 새끼손가락을 잃었어요.

정말이에요. 동봉한 비닐에 뼈가 들어있어요. 그날 당신이 안 나타나자 그 사람이 화가 나서 자른 제 새끼손가락이에요.

물론 손가락을 자른 그도 증오스럽지만 요구에 응하지 않은 당신을 더 증오해요. 저를 버렸으니까요.

당신을 증오해요. 죽을 때까지. 경찰한테는 아무 말 말아주세요. 말하면 어떻게 될까요. 나리타가 폭주해서 당신한테 무슨 짓을 할지도 몰라요.

사타케 겐스케는 온몸이 떨렸다.

편지에 동봉했다기에 확인을 하자 작은 지퍼백 비닐이 있었다. 조심조심 꺼냈더니 바짝 마른 새끼손가락 뼈 같은 것이 들어있었다. 고양이나 개 등의 동물 뼈는 아니다. 분명히 인간의 손가락 같다. 이것이 15년 전 유키코의 새끼손가락인가.

편지에서 광기가 뿜어져 나오고 있었다.

그는 차마 비닐에서 뼈를 꺼낼 용기가 없어서 쓰레기통에 내던졌다. 그런데 비닐봉지는 목표물에서 벗어나 쓰레기통 밖의 책상 밑에 떨어졌다. 다시 주울 용기는 없었다.

이건 벌집을 쑤신 정도가 아니었다. 판도라의 상자를 열었다. 처음 편지를 받았을 때 괜한 의문을 품는 대신 그대로 파기하지 않은 것이 후회됐다. 단순히 착오로 배달된 편지니까.

겁은 나지만 이대로 방치한다. 달리 뾰족한 수는 없었다. 어떻게 할지 다른 묘안이 전혀 떠오르지 않으니까.

## 8

오후 5시가 넘어서 사타케 마유미는 역을 나와 집을 향해 걸어가고 있었다. 역 앞 상점가 아케이드를 빠져나가 막 주택가로 들어갔을 때 뒤에서 누군가가 불렀다.

"실례지만, 사타케 겐스케 씨 부인 되세요?"

돌아보자 그녀 또래의 여자가 서있었다. 하얀 정장 차림. 화장이 진하고 향수 냄새가 풍긴다. 첫인상은 수완 좋은 영업 사원 느낌.

"네, 그런데요."

수상했기에 그녀는 경계 태세를 취했다.

"잠깐 얘기 좀 하고 싶은데요."

"무슨 일인데요? 영업하시려는 거면 제가 좀 바빠서요."

"댁의 남편 일이에요. 바람피우고 있어요."

"그게 왜요?"

마유미는 걸음을 멈추고 상대를 봤다. 여자는 양손에 흰 장갑을 끼고 있었다. 이마에 땀이 맺혀있는데도 불구하고.

"근처 찻집에서 얘기 좀 했으면 하는데."

"남편 바람 얘기라면, 전 별로 신경 안 써요. 한두 번도 아니고."

마유미는 이제 상대가 물러날 거라는 생각에 다시 걸음을 옮겼다. 하지만 여자는 마유미 옆에 나란히 따라붙는다.

"잠깐이면 돼요."

두 사람은 마침 찻집 앞을 지나고 있었고, 마유미는 가게 간판을 보자 갑자기 목이 말랐다.

"그럼 잠깐 들어갈까요?"

"고마워요."

그 가게는 마유미가 자주 들르는 곳으로 마스터와도 낯이 익었다. 두 사람은 창가 자리에 마주 앉았다. 여자가 흰 장갑을 낀 두 손을 테이블 위에 내려놓는다.

"겨울도 아닌데 왜 장갑을 끼고 있을까 궁금해하는 얼굴이네요."

여자가 마유미의 시선을 알아채고 마치 속마음을 읽은 듯 물었다.

"미안해요. 일부러 보려고 한 건 아닌데."

"아니에요. 다 궁금해하죠."

여자는 풋 하고 웃는다. 주문한 커피가 나오자 그녀는 왼손으로 커피 잔을 들었다.

"사실은 저, 왼손 새끼손가락이 없어요. 봐요."

장갑 새끼손가락 부분이 쳐진다. 그녀가 입김을 불자 장갑의 그 부분은 힘없이 흔들렸다.

"야쿠자가 책임을 지거나 조직에서 빠질 때 손가락을 자르잖아요. 그거하고 같아요. 이쪽 손만 장갑을 끼면 이상하니까 오른손도 끼는 거고. 하긴 어차피 다 이상하게 보이겠구나."

여자는 킬킬 웃었다. 어느새 말투도 편해졌다.

"그게 제 남편과 무슨 상관이죠?"

마유미는 여자가 이야기를 속 시원하게 털어놓지 않자 점점 짜증이 올라왔다.

"난 호스티스. 이래 봬도 꽤 인기가 있었지."

그 말에 상대를 다시 보자, 화장이나 옷차림에서 왠지 물장사 분위기가 감돈다.

"제 남편하고는요?"

"예전 단골손님. 젊은데 벌이가 좋은지 고급 샴페인을 먹고 우리한테 통 크게 쏘고 그랬어. 주식으로 돈을 번다는 말을 듣고 납득이 갔지."

"그게 그쪽 새끼손가락하고 무슨 상관이죠?"

"난 이 세계에서 발을 빼고 싶었어. 근데 빚이 있어서 그걸 갚아야 그만둘 수 있었고."

여자는 마유미의 질문에 답하지 않고 하고 싶은 대로 이야기한다.

"그 사람은 그런 나를 동정했어. 좋아한다고도 했고. 결혼하자고도 했어. 주식을 해서 여유 자금이 있다고 하기에 내가 얼마나

**협박 편지**

기대했는데."

"남편이 빚을 갚아준다고?"

"그러면 좋겠다고 생각했어."

"남편이 갚아줬어요?"

"아니. 하지만 발을 빼려면 우선 500만 엔이 필요했는데, 아마 내주지 않을까 내심 기대했어."

여자는 마유미의 얼굴을 가만히 응시했다.

"빚을 대신 갚아준다는 건 단순히 그쪽 바람인 거잖아요. 그 사람이 그러지 않아도 그쪽에서 이렇다 저렇다 할 이유는 없어요. 그쪽은 남편과 남녀 관계가 있었어요?"

"아니, 없었어."

"그럼 하는 수 없잖아요."

"그 사람 말이야. 나한테 프러포즈를 해놓고 바로 결혼했어."

여자는 새끼손가락이 없는 왼손으로 마유미를 가리켰다. "당신과 말이지. 한껏 기대하게 만들어 놓고 다른 여자와 결혼이나 하고. 난 갑자기 사다리가 치워진 느낌이었어. 그 기분 알아?"

"잠깐만. 그거 15년 전 얘기잖아요."

"그러니까, 내가 하는 말도 그때 얘기. 이 새끼손가락을 잃은 게 말이지."

"하지만 이상하잖아요. 그렇다고 왜 새끼손가락을 잘라요? 빚을 못 갚으면 가게에서 그대로 일하면 되잖아요."

마유미는 화가 치밀었다. 왜 이런 얘기를 듣고 있어야 할까.

"문제는 지금부터야. 나와 당신 남편의 대화를 들은 인간이 있어서 나를 감금했어. 그 인간은 당신 남편한테 몸값을 요구해야겠다고 생각한 거야."

"그게 500만 엔?"

"이제 말귀를 좀 알아듣네. 그 인간이 협박해서 난 당신 남편한테 편지를 썼어. 500만 엔을 갚지 않으면 손가락을 잘린다고."

"남편이 응했어요?"

여자는 고개를 가로저었다.

"감감무소식. 당신 남편한테 500만 엔은 푼돈이었겠지만 나한테는 줄 수 없던 거지. 하긴 그래. 신혼의 단꿈에 빠져있었으니까."

그리고 여자는 집게손가락으로 마유미를 가리켰다.

"그래서 그쪽 손가락이 잘렸다?"

"응. 빚 대신에."

"근데 그 얘기가 사실이라고 해도 왜 이제 와 다시 들춰내는 거죠?"

"들춰낸 건 당신 남편이야."

"도대체 무슨 말인지."

마유미의 말에 여자는 핸드백에서 봉투를 꺼냈다.

"이게 당신 남편이 나한테 보낸 편지. 얼마 전에 협박장을 받았다고 말도 안 되는 소리를 해대는데 어찌나 열 받던지. 읽어봐."

마유미는 여자가 준 편지를 읽었다. 내용을 파악하기 위해 한 번 더 읽었다.

협박 편지

"근데 이 얘기를 왜 저한테 하는데요? 제 남편한테 직접 따지면 되는 문제인데."

"그 사람이 얼마나 박정한 사람인지 당신이 알았으면 싶어서."

"그게 다는 아닐 텐데요."

"역시 눈치가 빨라."

여자는 마유미한데 가까이 와보라고 친한 척 손짓을 했다. "비밀 얘기가 있어."

여자의 얘기는 도저히 받아들일 수 없는 내용이었다.

"그만하시죠. 제가 그쪽 말을 들을 거라고 생각해요?"

"쉿, 조용. 밖에서 차가 기다리고 있어."

"이만 가볼게요."

마유미는 발끈해 자리에서 일어나 가게를 나갔다. 분노로 머릿속이 패닉 상태였기 때문에 맨션으로 향하는 그녀의 뒤를 자동차가 뒤따른다는 사실을 알아채지 못했다.

해 지는 저녁 무렵. 길에 사람들은 없다.


## 9


105호에서 101호로 돌아왔을 때 사타케 겐스케는 위화감을 느꼈다.

저녁 7시가 넘은 시각. 평소라면 아내가 있을 터인데 인기척이 없다. 저녁 식사를 준비하느라 음식 냄새도 날 텐데.

휴대전화에도 아무 연락이 없었고 식탁 위에 쪽지도 없다. 아내 휴대전화에 전화를 걸지만 받지 않고 음성사서함으로 바뀌었다.

"지금 집인데. 어디야?"

녹음을 남긴 뒤 만약을 위해 메시지도 보낸다. 어른이라서 걱정할 필요는 없다고 생각하지만 이상한 편지가 날아왔기 때문에 조금은 예민해져도 될 듯싶다. 이제 조만간 연락이 올 것이다.

배가 고파서 냉장고를 열어보지만 아무것도 준비되어 있지 않았다. 아내는 회사 야근으로 늦을 때에도 '냉장고 밀폐용기에 먹을 거 해놨으니까 레인지에 데워 먹어', '오늘은 외식하고 와' 같은 메시지를 보냈었다.

그래서 오늘은 뭔가 이상하다. 꼼꼼한 아내한테는 드문 일이다. 다만 꼼꼼한 걸로는 사타케가 아내보다 한 수 위인지도 모른다. 그가 이것저것 주문하는 것을 평소 아내는 싫어했다.

"혹시…."

불현듯 안 좋은 생각이 떠올랐다. 아내는 경제력도 있다. 사타케와 사는 게 싫증 나서 집을 나간 게 아닐까.

생각해 보면 부부답게 대화를 나눈 지도 오래됐다. 아침과 밤, 식사 때 자리는 함께하지만 그는 텔레비전이나 신문 경제면을 보고 있을 뿐 별로 대화하는 시간이 없었다. 아내는 그게 마음에 안 들었을 수 있다.

최근 나눈 대화를 떠올려 본다. 그렇다. 약 보름 전에 아내가 이 맨션을 떠나서 어딘가에 집을 짓자는 얘기를 꺼냈다.

"싫어, 난 여기가 좋아. 작긴 해도 내 딜링 룸도 있고."

"이 근처면 돼. 자기는 거기서 105호로 출근하면 되잖아."

"이 근처는 비싸."

"자기 수입이면 괜찮은 데 있을 거야. 꼭 신축이 아니어도 돼. 옛날에 지은 것도 되니까."

분명 자금력은 있다. 하지만 지금 사는 맨션이 편해서 동의하지 않았다.

"자긴 정말 구두쇠라니까. 다 쓰고 죽지도 못할 만큼 가지고 있으면서 뭐 하려고 그래?"

"당신과는 인생관이 다르니까."

사타케가 비아냥거리자 아내는 화가 나서 방으로 들어갔고 이야기는 끝났다. 조금 마음에 걸리긴 했지만 아내도 금방 풀릴 거라고 낙관적으로 생각했다.

짚이는 건 그 정도였다.

저녁 8시가 되어 아내한테서 휴대전화로 메시지가 왔다.

가출보다 더 심한 말이 쓰여있었다.

집에 가다가 납치됐어. 지금 감금됐고. 경찰에 신고하지 마. 감금한 사람이 몸값으로 천만 엔을 달래. 아마 이따 전화가 갈 거야. 천만 엔 준비해 줘. 만약 준비 못 한다면 새끼손가락을 자른대.

직감적으로 알았다. 이건 장난이 아니다. 아내의 휴대전화로 보냈기 때문이다. 누군가가 아내의 휴대전화를 주워서 보냈을 수도 있지만 그 가능성은 낮다. '새끼손가락을 자른다'는 말이 다카쿠라 유키코의 일을 떠올리게 했다. 협박 수법이 15년 전과 비슷하다. 설마 싶지만 그 여자가 이 일에 얽혀있지는 않겠지.

천만 엔은 거금이지만 절대 준비 못 할 금액은 아니었다. 다만 아내의 몸값으로 내놓는 데 저항감이 들었다. 아내의 상황을 모르는 척하고 천만 엔을 지킬 것인가, 천만 엔으로 아내의 목숨을 구할 것인가.

잠깐, 내가 지금 무슨 생각을 하는 거지. 소중한 아내가 납치당했다는데 아내를 모르는 척할 수도 있다는 생각을 하다니.

거의 밤 9시가 다 되었을 무렵 휴대전화가 울렸다.

발신자가 아내였기 때문에 "마유미" 하고 불렀는데 낮은 남자 목소리가 돌아왔다.

"당신 아내 전화로 걸고 있다. 단도직입적으로 말한다. 지금 당신 아내를 데리고 있다. 몸값으로 천만 엔을 가져와라. 만약 못 한다면 아내의 새끼손가락을 잘라서 보내주겠다. 지난번에 유키코의 손가락을 보낸 것처럼 말이지."

"네가 마유미를 납치한 놈이냐?"

"마음대로 생각해."

"유키코뿐 아니라 아내의 몸값도 요구하겠다는 거냐?"

"왜 이렇게 잔말이 많아. 천만 엔이다. 경찰에 신고하지 마라. 만약 신고했다간 가차 없이 네 아내 손가락을 자를 테니."

"제발 그것만은 안 돼."

"천만 엔이다."

"그렇게 큰돈을! 시간을 좀 줘."

"3일 기다리마. 1초라도 넘기면 안 된다."

"한 가지 조건이 있어. 아내가 감금됐다는 증거를 보여줘."

"알았다. 기다려."

전화가 툭 끊겼다.

## *10*

"의심이 많은 친구야."

남자는 휴대전화를 테이블 위에 내려놓았다.

"어떻게 하지?"

유키코가 물었다.

"단순히 인질 사진만으로는 부족해. 오늘 신문을 들고 찍게 해. 날짜가 있으면 믿겠지. 편의점에서 신문 좀 사 와."

"잘될까?"

## 11

메시지가 온 것은 전화가 끊긴 지 한 시간쯤 지나서였다.

이번에도 마유미 전화로 보냈고, 사진이 첨부되어 있었다. 비즈니스호텔로 보이는 방에서 마유미는 양손이 끈으로 묶여있다. 마유미는 부자연스러운 두 손을 가슴께로 올려서 오늘자 조간신문을 들고 있었다. 사타케 집에도 똑같은 조간신문이 있기 때문에 틀림없다. 합성 사진일 리가 없었다.

신문 1면, 국회 답변에서 초조한 기색의 총리 얼굴에 빨간 유성펜으로 '제발 살려줘'라고 쓰여있었다. 진짜 마유미의 필체다.

이제는 아내가 납치된 사실을 믿을 수밖에 없다.

사무실 금고에 현금 5천만 엔이 들어있다.

천만 엔은 여유 자금이기 때문에 줘버려도 괜찮지만 그런 쓰레기 같은 자식한테 돈을 주는 것에는 거부감이 들었다.

마유미의 휴대전화로 사타케 겐스케가 메시지를 보냈다.

사진은 확인했다. 돈은 준비할 테니 시간과 장소를 정해라 그리고 현금을 받으면 틀림없이 아내를 돌려준다는 보증을 해라.

"15년 전에도 그렇게 돈을 줬으면 손가락을 잃지 않았을 텐데."

남자는 혀를 차면서 말했다. "천만 엔이라는 금액은 참 절묘해. 5천만 엔이라면 분명 거절할 거야. 그리고 금액이 크면 눈에 띄어. 은행에서 확인할 테니. 이런 인간들은 금고에 어느 정도 돈을 넣어두니까 천만 엔은 별로 어려울 게 없어."

사타케 마유미의 사진은 비즈니스호텔 방에서 찍었다. 몸값을 준 다음 경찰에 신고할 수도 있기 때문에 장소를 특정하지 못하게 적당한 호텔을 미리 물색해 뒀었다. 만약 경찰이 들이닥쳐도 그때쯤이면 호텔을 떠난 뒤다.

"그리고 녀석이 가지고 오는 돈은 세금 신고도 제대로 안 됐을 거고. 몸값 일을 들키면 세무서에서 가만있지 않을 테니 아마 말 안 할 거야."

"당신은 그런 쪽으로 머리가 잘 돈다니까."

다카쿠라 유키코가 말했다.

"나도 빚이 있는데, 이것저것 생각하게 되지."

그러더니 남자는 진지한 얼굴을 했다. "자, 그럼, 돈 받는 장소는 그 도자이백화점 옥상으로 하자."

## 13

몸값을 주고받는 장소는 이케부쿠로의 도자이백화점 옥상 엘리베이터 앞이었다.

이번 토요일 오후 5시.

돈은 500만 엔씩 봉투 두 개에 나눠 담아 가지고 올 것.

네 아내는 틀림없이 돌려보내지만 그 보증은 못 한다. 믿는 수밖에 없다. 그게 싫으면 없던 얘기로 한다.

이상

사타케 겐스케는 은행 띠지가 둘러진 백만 엔 다발을 다섯 개씩 종이로 싸서 봉투 두 개에 나눠 담았다. 다카쿠라 유키코의 편지에 괜히 반응했다는 후회가 지금의 솔직한 심정이었다.

그냥 내버려 둘 걸 그랬다. 괜한 일에 참견해서 아내 목숨을 위험에 빠지게 했으니까.

아내와의 첫 만남은 15년 전으로 거슬러 올라간다. 그는 당시에도 지금과 같은 맨션에 살았지만 이 근방은 치한과 절도범이 출몰하기로 유명했다. 어느 날 저녁, 그는 괴한에게 습격을 당하던 여자를 구했다. 그 여자가 마유미였다.

처음 그녀를 봤을 때 귀엽다고 생각했다. 순간 그는 사랑에 빠졌다. 그 인연으로 교제하게 됐고 프러포즈했다. 그리고 두 사람은 만난 지 몇 달 되지 않아서 결혼했다.

그래서 다카쿠라 유키코를 잊은 건 어쩔 수 없다. 무슨 착오가 생겨 협박장은 사타케한테 배달되지 않았고, 유키코는 새끼손가락을 잘렸다. 그 일은 안타깝지만 유키코에게 프러포즈한 일은 술김에 던진 농담 같은 거라는 생각이다. 손님들이 가게 호스티스를 꾀는 건 흔한 일이다.

한편 최근 아내와의 관계를 돌이켜 본다. 열렬한 연애를 한 15년 전과 달리 지금은 꽤 식지 않았나. 사타케 자신도 개인 사무실에 틀어박혀서 거래만 할 뿐, 가정을 돌아보는 일은 없었다. 아이는 성가셔서 꼭 있어야 한다는 생각은 없다. 하지만 아내는 어떨까. 아이를 원하지 않았을까.

이번 납치를 계기로 다시 아내와의 관계를 회복하는 편이 좋을 듯싶다. 그런 의미에서 아내의 납치는 그의 눈을 뜨게 하는 효과를 가져왔다.

현금이 든 봉투를 두 개 들고 101호로 돌아온다. 아내가 없는 집이 새삼 쓸쓸했다. 그에게 아내는 공기와도 같은 존재였다. 아내가 없어져서 비로소 그 고마움을 알았다.

잠깐. 아직 아내를 잃지 않았다. 지금은 돈과 교환해서 아내를 무사히 돌아오게 하는 데 최선을 다할 뿐이다. 그는 아내의 휴대전화에 메시지를 보냈다.

'돈은 준비됐다. 당일 누구한테 줄지 알려달라' 하고.

약속은 사흘 뒤였다.

## *14*

몸값을 주기 전날 밤—

마유미에게서 메시지가 왔다.

호텔에서 도망쳤어. 도와줘. 지금 이케부쿠로역 동쪽 출입구의 역 앞 파출소 근처야. 여기면 그 사람들도 가까이 오지 못할 거야.

파출소에 뛰어 들어가면 좋으련만, 그러지 않는 데는 무슨 이유가 있을 것이다. 하지만 일단 잘됐다. 안도감이 온몸에 퍼진다. 그는 답신을 보냈다.

'꼼짝 말고 거기 있어. 당장 갈게' 하고.

근처 역까지 달려가면서 아내가 장소를 잘 택했다고 생각했다. 파출소 앞이면 나쁜 짓을 하려는 인간들도 섣불리 접근하지 못할 것이다. 무슨 일이 생기면 파출소 경찰한테 도움을 청하면 될 테니까.

사타케가 이케부쿠로에 도착한 시간은 메시지를 받고 40분이 지난 뒤였다. 그런데 동쪽 출입구 파출소 주변에 아내의 모습은 보이지 않는다. 한 경찰은 경찰서 밖에서 나이가 지긋한 남자한테 길을 가르쳐 주고 있고, 다른 한 명은 안에서 전화 통화 중이었다.

동쪽 출입구의 파출소는 거기뿐이었다. 파출소 앞을 몇 차례 오가면서 아내가 어디에도 없다는 것을 확인한다. 로터리 근처를 훑어봐도 아내는 보이지 않았다.

만약을 위해서 서쪽 출입구의 파출소 근처도 가봤다. 역시 아내가 없는 것을 확인한 뒤 다시 동쪽 출입구 앞 파출소로 돌아온다.

어쩌면 아내는 그대로 집으로 갔을 수 있다. 아니면 그들한테 다시 붙잡힌 걸까. 휴대전화를 확인했지만 아내한테서 온 메시지는 없다. 그는 일단 파출소 앞에서 30분을 기다렸지만 아무 일도 없었기 때문에 포기하고 집으로 돌아가기로 했다.

집에 오자 아내로부터 메시지가 왔다. 정확히 말하면 아내의 휴대전화를 사용한 범인의 메시지다.

> 유감이다. 아내는 무사히 도로 데리고 왔다. 돈은 처음 약속대로.

아내가 도망쳤다고 해서 사타케를 들뜨게 한 다음, 다시 절망의 나락으로 떨어뜨린다. 그것이 녀석들의 노림수였는지도 모른다. 아내는 내내 감금된 상태인 것이다.

## 15

몸값을 주고받는 날―.

그 인물은 약속 시간까지 남자 화장실에 숨어있었다.

사타케 겐스케가 손잡이가 달린 종이봉투에 돈을 넣어서 가지고 온다. 봉투 두 개에 각각 500만 엔씩 넣기로 했다. 약속을 지키지 않으면 아내의 새끼손가락을 자른다고 협박했기 때문에 내키지 않더라도 틀림없이 돈을 가지고 올 터다.

사타케는 인질과 교환할 수 있을지 예민해져 있기 때문에 약속 시간 직전이 아니라 몇 분쯤 여유를 가지고 올 터다. 그래서 그 전에 화장실 칸에 숨어서 대기한다.

사타케를 기다린다. 가만히 기다린다.

## *16*

사타케 겐스케가 도자이백화점에 도착한 것은 약속 시간보다 15분 이른 시간이었다. 엘리베이터를 타고 옥상까지 올라간다.

드나드는 사람들은 그럭저럭 있지만 옥상 엘리베이터 앞에 사타케가 만나야 하는 상대로 보이는 사람은 없었다. 벤치에 앉아서 대기한다. 종이봉투 두 개는 다리 사이에 끼워서 내려놓았다.

5분이 지나고 10분이 지났다. 기다리는 사람은 아직 오지 않는다. 누가 올까. 다카쿠라 유키코일까, 아니면 그녀를 뒤에서 조종하는 나리타라는 남자일까. 유키코와는 15년 만이기 때문에 얼굴이 많이 변했을 터다. 남자 쪽은 전혀 얼굴을 모른다. 상대는 사타케가 오기를 기다리고 있기 때문에 현재 그가 압도적으로 불리했다.

가슴이 몹시 쿵쾅거린다. 약속 시간까지 앞으로 5분. 긴장한 나머지 하체에 쑤시는 듯한 날카로운 통증이 일고 화장실이 급해졌나. 사리글 뜨고 싶지는 않지만 지금 가가 약속 시간 전에 돌아올 수 있다.

비어있는 화장실 칸으로 들어가 볼일을 봤다. 봉투를 들고 그대로 문을 열었더니 눈앞에 여자가 서있었다. 눈이 마주치고 그는 자신이 실수로 여성용 화장실에 들어왔다고 생각했다. 아주 도수 높은 안경을 낀 여자가 날카로운 목소리로 비명을 지른다.

"꺄악—."

"자, 잠깐. 오해예요. 아내가 있는 줄 알고 들어온 겁니다."

순간적으로 튀어나온 변명이지만 자신이 생각해도 거짓말 티가 난다. 그는 허둥지둥 도망쳤다. 완전 패닉 상태가 돼서 아무 생각도 나지 않았다. 다리가 꼬여서 고꾸라졌다. 그대로 일어나서 화장실 밖으로 나갔더니 비명 소리에 뛰어온 경비원이 사타케의 팔을 잡았다.

"잡았다."

그러더니 경비원은 화장실 표시를 보고 고개를 갸웃했다. "어랏, 남자 화장실인데."

사타케도 표시를 돌아본다. 그가 들어간 곳은 남자 화장실이었다. 잘못 들어온 사람은 그 여자가 아닌가.

"네, 저는 남자 화장실에 들어갔는데 어떤 여자가 저를 보고 비명을 지른 겁니다. 저는 제가 잘못 들어간 줄 알고 당황했고요."

그는 화가 치밀었지만 이내 얼굴이 창백해졌다. 현금을 담은 종이봉투가 없다.

시끄러운 소리에 사람들이 모여들었지만 경비원이 "아무것도 아닙니다" 하고 설명하자 썰물 빠지듯 사라졌다. 시각은 오후 5시 10분. 엘리베이터 앞에는 사타케만 홀로 멍하니 서있을 뿐이었다.

젠장, 그 여자는 어디로 간 거야. 다시 화장실로 돌아가서 들여다보지만 아무도 없다. 경비원에게 몸값을 도둑맞았다고 얘기할 수도 없는 노릇이었다. 왜 경찰에 신고하지 않았냐고 추궁당할 게 빤하기 때문이다.

## 17

남자가 여자 화장실에 들어가면 틀림없이 문제가 된다. 악의 없이 실수로 들어갔어도 입구에서 주의를 받는다. 우연히 입구에 아무도 없어서 더 안으로 들어가면 칸에서 나오던 여자가 보고 더 소란스러워진다. 남자는 '치한'이라는 소리를 듣거나 여자의 비명 소리에 당황하고 아무리 부정해도 의심의 눈초리를 피하지 못한다. 몹쓸 목적으로 화장실 칸에 몰래 들어가서 불법촬영 카메라를 장착하려는 못된 인간들과 동일한 수준으로 취급받는다.

그런데 반대의 경우는 어떨까. 남자 화장실에 여자가 들어가도 "죄송해요. 잘못 들어왔어요"라고 하면 남자들은 대부분 웃어넘긴다. 백화점이나 역의 여자 화장실에 줄이 길게 늘어서 있을 때 참지 못한 중년 여성이 간혹 빈 남자 화장실에 뛰어 들어가는 일도 있다. 남자 화장실에 있는 남자가 "엄청 급했나 보네"라고 쓴웃음 지으면서 끝날 이야기다.

이번 경우는 전자의 사례가 악용됐다고 봐야 한다. 남자 화장실인데 여자가 소리를 지르면 남자는 여자 화장실에 들어갔다고 착각해서 패닉 상태가 된다. 범인은 비명을 질러 혼란스러운 틈에 사타케가 가지고 온 종이봉투를 들고 사라졌다.

## 18

그날 밤, 마유미는 돌아왔지만 완전히 초췌해 보였다.

사타케는 우선 그녀의 양손을 확인한다. 새끼손가락은 무사했고 다친 곳도 없어 보였다. 손에는 핸드백만 들고 있었다. 차림은 납치된 날 출근했을 때 그대로였다.

"무사해서 다행이야. 녀석들이 순순히 풀어줬어?"

그가 물어도 그녀는 한숨만 쉴 뿐이다. 몸값 대신에 풀어줬다고 해석하면 될 듯싶다. 그렇다면 돈 봉투를 들고 간 사람은 다카쿠라 유키코라고 생각하면 될까. 15년이나 만나지 않았기 때문에 중년 여성이 도수 높은 안경을 쓰고 변장하면 사타케가 알아볼 리가 없었다.

"일단 씻고 쉬어. 밥은?"

마유미는 말없이 고개를 끄덕이며 욕실로 갔다. 20분쯤 지나서 머리를 감고 나오더니 다시 한숨을 내쉬었다.

"이제 괜찮아. 걱정 끼쳐서 미안해."

"무슨 일이 있었는지 얘기해 줄래?"

"지금은 그럴 기분이 아니야. 오늘은 좀 쉬고 싶어. 미안하지만 얘기는 그다음에."

"경찰에 신고하는 게 나을까?"

"그건 안 돼. 문제가 아직 남았어."

"무슨 뜻이야?"

"곧 알게 돼."

마유미는 쓸쓸한 미소를 보이며 자기 방으로 들어갔다.

이튿날, 부피가 다소 큰 소포가 속달로 도착했다. 발신인의 이름은 없었지만 분명히 다카쿠라 유키코가 보낸 것이다.

상자를 열었더니 하얀 종이 꾸러미가 두 개. 낯이 익었다. 돈을 되돌려 보낸 걸까. 말도 안 된다는 생각을 하며 꾸러미를 열었더니 하얀 종이 다발이 나왔다. 다른 한 개도 똑같았다.

사무용 봉투가 있어서 그 안에 든 편지를 꺼냈다.

당신이 도자이백화점에 가져온 종이봉투를 받았어요. 남자 화장실에 있던 사람은 저예요. 당신을 놀라게 해서 소란스러워진 틈에 가지고 갈 계획이었는데 기대 이상으로 성공적이었어요.

하지만 그다음이 문제였어요. 완전히 속았어요. 당신을 믿은 제가 어리석었어요. 돌아가서 봉투를 열어봤더니 돈다발이라고 생각한 것은 그냥 하얀 종이 다발이었어요.

정말 모욕적이에요.

그 답례로 절단한 손가락을 보내요. 500만 엔 상당이죠.

협박 편지

동봉한 비닐봉지에 피로 물든 손가락이 들어있으니까 확인
해 보세요.

배신당한 불쌍한 여자

뭔가가 휴지로 싸여있어서 꺼냈더니 작은 비닐봉지에 거무튀
튀한 살 조각이 들어있었다. 첫 번째 관절에서 절단된 것이었다.

어제 집에 돌아온 마유키는 손가락이 아무렇지 않았는데 이것
은 도대체 누구 것일까. 여자 손가락치고는 굵은 느낌이 드는데.

살 조각이 내뿜은 불쾌한 냄새가 온 방 안에 감돌았다.


*19*


**'직업 불명의 남자, 지인에게 절단한 손가락을 보내다'**

… 경시청 네리마서는 자신의 손가락을 절단해서 지인에게 보낸 혐의로
도시마구 이케부쿠로3, 직업 불명의 나리타 다케히사(45)를 체포했다.

… 조사에 따르면 지인에게 돈을 빌려달라고 했다가 거절당하자 화풀이
로 자신의 오른쪽 새끼손가락을 절단해 보냈다고 한다. 용의자 나리타는
폭력단 사무실을 드나들었는데 도박으로 빚이 늘어났다. 변제일이 되
자 그 책임을 진 것으로 보인다. … 용의자 나리타는 15년 전에도 같은
이유로 왼쪽 새끼손가락을 절단했고, 그 뼈도 동일 인물에게 보냈다고
한다. …

## 20

사타케 겐스케는 아내가 납치당한 일은 경찰에 애기하지 않았
지만 '괴롭힘이 있었다'면서 절단된 새끼손가락을 경찰에 제출했
고, 그 지문으로 전과가 있는 나리타 다케히사를 색출해 체포에
이르렀다.

나리타 다케히사는 다카쿠라 유키코의 내연남으로 협박과 절도
죄 등으로 몇 차례 체포된 전과가 있다. 15년 전 협박 건으로 손가
락을 절단한 것은 유키코가 아니라 나리타였다. 가지고 있다가 뼈
만 남은 손가락을 다카쿠라 유키코의 것이라면서 보냈다.

납치 건은 물론 나리타와 다카쿠라 유키코가 주도했지만 경찰
에 자백할 수는 없었다. 왜냐하면 납치는 새끼손가락을 보내는 정
도의 괴롭힘과는 비교가 안 될 정도로 중대한 죄이기 때문이다.

아내 마유미는 기운을 되찾았다. 회사는 황금연휴를 끼워서 쌓
여있던 유급 휴가를 썼기 때문에 문제없었다. 사타케는 무엇보다
아내가 무사해서 좋았지만 여전히 뭔가 개운하지 않다. 의문이
속 시원하게 풀리지 않은 것이다.

왜 나리타 다케히사의 협박장이 15년 후에 배달됐을까. 우체국
이 그런 실수를 할까?

아내에게도 애기했지만 돌아온 대답은 아주 단수하다.

"우체국 실수라기보다는 어딘가에 섞여있다가 이제야 나온 게
아닐까 싶은데."

"하지만 내가 받은 편지는 소인 날짜가 최근이야."

"그러니까, 우연히 발견한 우체국 직원이 친절한 마음에 봉투에 넣어서 보냈다거나…."

의외로 정말 그랬을 수도 있다. 아내는 다른 가능성도 지적했다.

"아니면 다카쿠라 유키코가 잊어버리고 있다가 이제야 보냈다거나."

"시치미 떼고?"

"동거하던 나리타한테 미안해서."

"그것도 좀 이상한데."

"으음. 진상은 오리무중이네."

마지막에 두 사람은 웃었지만 왠지 그 소리는 공허하게 울렸다. 아무튼 몸값으로 준비한 천만 엔의 행방을 아직도 모르니까.

결과적으로 아내가 무사히 돌아왔기 때문에 이걸로 잘됐다고 해야 하는지도 모르지만, 그 현금을 이름도 얼굴도 모르는 누군가가 주워 갔다면 정말 화가 날 일이다. 아니면 다카쿠라 유키코가 약삭빠르게 가져가고 대신 하얀 종이 다발을 보낸 걸까.

일종의 눈먼 돈이기 때문에 잃어버려도 아무렇지 않지만 왠지 기분이 썩 좋지는 않다.

## *21*

사타케 마유미는 천만 엔을 은행 대여금고에 보관해 두고 있다.

이건 15년이나 남편과 함께한 삶이라고 할지, 일종의 보수와 같다는 생각이다.

남편과 다카쿠라 유키코가 주고받은 편지는 몰래 전부 훔쳐봤다. 다카쿠라 유키코가 길에서 그녀를 불러 세웠고, 얘기를 나누다가 '거짓 유괴'를 모의했다. 보수는 똑같이 나눈다. 마유미는 이케부쿠로의 비즈니스호텔에 내내 머물렀고, 다카쿠라 유키코와 정보를 공유하면서 자유롭게 행동했다. 사진 촬영과 주고받은 메시지도 모두 미팅 때 얘기했던 대로 했다.

마유미는 몸값을 거래하기 전날, 휴대전화로 '납치범한테서 도망쳤다'고 거짓 메시지를 보내서 남편을 이케부쿠로의 파출소 앞으로 불러냈다. 남편이 집을 비운 사이 마유미는 몰래 맨션에 돌아가서 현금 천만 엔을 종이 다발과 바꿔치기했다.

다카쿠라 유키코가 그날 백화점 옥상에서 가지고 사라진 것이 그 가짜 천만 엔이다.

유키코는 마유미의 남편한테 속았다고 믿고 있다.

"남편한테 종이 다발 정도의 존재밖에 안 되다니 참 불쌍하기도 하지. 그 사람, 처음부터 돈을 줄 생각이 없었으니까."

전화 통화를 하면서 비아냥거렸다.

"저도 남편이 저를 그 정도로밖에 생각하지 않아서 충격이었어요."

마유미는 한탄하는 척했다. 유키코도 15년 전에 자기 손가락을 잘랐다고 해놓고 실제로는 빚을 갚지 못한 책임을 지고 폭력단에게 잘린 내연남의 손가락이었으니 비겼다. 장갑을 끼어서 새끼손가락이 없는 것처럼 위장하다니 보통 여자가 아니다.

"그쪽 남편은 이번에도 빚을 갚지 못해 그 책임을 지고 손가락을 잘랐어요. 그걸 뭐 하러 보내서 붙잡혀요. 그 점만은 동정해요. 그쪽 남편은 두 번이나 새끼손가락을 자르게 돼서 안됐어."

그리고 마유미는 덧붙였다. "납치 건을 얘기하면 경범죄가 아니라 훨씬 무거워지니까 그 일은 비밀 지켜요."

양측 모두 암묵적 양해로 이 건은 정리됐다.

이번 건은 15년 전 편지가 '포스트 캡슐' 비닐에 싸여있지 않은 유일한 사례다.

단지 기획자의 실수였을 가능성 때문에 자세한 건 밝히지 않지만 앞의 세 건과 비교해 늦게 배달된 협박장이 일으킨 파문은 훨씬 컸다. 사타케 겐스케가 '포스트 캡슐'이라는 사실을 알았다면 편지를 쓰레기통에 버렸을 테고 더 이상 아무 전개도 없이 그대로 끝났을 터다.

그 수수께끼의 풀이는 마지막 해결 편에서.

수상작 없음

다케무라 에이고 님

전략

귀하의 무궁한 발전과 번영을 기원합니다.

귀하께서 응모하신 《수상작 없음》이 엄정한 심사 결과, '소설 류세이 신인상' 수상작으로 선정됐기에 알려드립니다. 편집부 내에서는 야유와 반전이 가득 찬 작품이라며 그야말로 칭찬이 쏟아졌습니다.

그래서 출판을 위해 편집부와 미팅이 필요한데, 일방적이지만 날짜와 장소를 다음과 같이 정하고자 합니다.

4월 10일, 오후 2시. 당사 응접실.

덧붙여 이 신인상은 상금이 없습니다. 서점에서 얼마나 판매되느냐에 달려있다는 점을 다시 한번 알려드립니다. 그날 혹시 일정이 곤란하시면 편집부로 연락 바랍니다.

다시 한번 축하드립니다.

그리고 당사 규정에 따라 미팅 당일까지 연락이 없으면 이
작품은 저희와 인연이 없던 걸로 생각하겠습니다.
이만 줄입니다.
총총

,

그 편지는 아들 에이고 앞으로 온 것이었다.

다케무라 기이치로는 사무용 봉투를 싼 비닐 봉투를 보며 고개
를 갸웃했다. 비닐 겉면에는 유성 펜으로 '포스트 캡슐'이라는 말
과 함께 '**이 편지는 15년 전, 15년 뒤의 당신에게 배달하기 위해
서 포스트 캡슐에 넣어진 겁니다. 15년이라는 세월의 무게를 느
껴보세요**'라고 적혀 있었다.

발신인에는 류세이 출판사라는 이름과 연락처가 인쇄되어 있
었다. 그도 아는 출판사 이름이다. 그리 크지는 않지만 신흥 중견
문학출판사라는 이미지로 베스트셀러도 몇 권 냈을 터다. 그 류
세이 출판사에서 왜 아들한테 편지를 보냈을까.

그는 비닐을 벗겨 봉투를 열었다. 회사 편지지에 '수상 통지' 안
내가 인쇄되어 있다. 제목 부분에는 손 글씨로 '수상작 없음'이라
고 되어있었다.

아마 아들이 쓴 《수상작 없음》이라는 소설이 신인상을 탔다는 말인 모양이다.

그런데 커다란 의문이 생긴다. 왜 이 통지가 '포스트 캡슐'로 배달됐느냐는 점이다. 다케무라도 포스트 캡슐의 존재는 알고 있다. 옛날 어느 만국박람회 사무국에서 편지를 보내면 15년 뒤에 상대에게 배달해 주는 기획을 한 적이 있었다. 받는 사람은 15년 뒤의 자신이나 부모, 자식일 수 있다. 이미 돌아가신 조부모로부터 편지를 받거나 15년 사이에 교통사고로 죽은 아들로부터 편지를 받는 등 희비가 엇갈린 내용이 잡지 등에 소개되어 꽤나 화제가 됐었다.

도대체 왜 중요한 수상 통지를 포스트 캡슐로 보냈을까. 아무리 생각해도 이해가 안 간다고 할지, 도대체 이유를 모르겠다. 출판사의 장난일까, 아니면 단순한 착오인가. 장난이라면 전혀 웃기지 않고 잘못 짚어도 한참을 잘못 짚었다.

소인을 확인하자 분명히 15년 전 3월 22일로 신주쿠 우체국에서 접수했다.

그러더니 배 속부터 부아가 끓어올랐다. 만약 이 통지를 보통 우편으로 받았다면 아들의 운명은 크게 바뀌지 않았을까. 지금은 15년이 지난 5월이다.

그 당시의 기억들이 되살아났다.


15년 전, 아들 에이고는 스물다섯 살이었다. 취업 활동으로 출판사를 여러 곳 지원했지만 전부 떨어졌다. 그러자 소설가가 되어 자신을 떨어뜨린 출판사 인간들한테 되갚아 주겠다면서 대학 졸업 후 소설을 쓰기 시작했다.

"당신이 너무 오냐오냐해서 저렇게 된 거야."

다케무라는 자립하지 않는 아들 문제로 아내 미요코를 비난했다.

"사돈 남 말 하긴. 허구한 날 꿈같은 소리만 하니까 저 애가 그렇게 된 거잖아."

다케무라는 원래 소설가를 지망했다. 사립고교 국어 교사를 하면서 소설 신인상에 여러 차례 응모했지만 응모하는 족족 떨어졌다. 아내는 그런 남편이 아들한테 나쁜 영향을 주었다고 오히려 비난했다.

"언젠가 상을 타서 너희 모두 편하게 해준다는 게 입버릇이었으니까. 아, 지금도 그런가. 이루지도 못할 꿈을 좇아서."

아내의 독설. 거의 정신적 학대 수준이지만 사실이라서 그는 반박하지 못했다.

"자기가 훌륭한 점은 정년까지 교직을 그만두지 않았다는 것. 그거 하나는 정말 고마워."

아내의 비아냥거림 같은 칭찬. 아내도 원래 소설가를 지망했다. 소녀 소설을 응모해서 죄다 떨어졌다. 두 사람은 소설 동아리에서 알게 되어 결혼했지만 서로 처지가 비슷한 사람들이라서 부딪치는지도 모른다.

아들 에이고가 그런 부모를 반면교사로 보고 자라면 현실적일

줄 알았는데 전혀 아니었다. 오히려 부모를 능가하는 몽상가가
되었다.

아들은 일찌감치 취직을 포기하고 집에 기생하면서 소설 쓰는
데 몰두했다. 아들의 놀라운 점은 무시무시하게 빨리 쓴다는 것
이다. 속도만큼은 인기 작가 못지않아서 줄줄이 소설을 써댔다.
질보다 양으로 '아무리 총질이 서툴러도 많이 쏘다 보면 한 번쯤
맞을 줄' 알았지만 그런 일은 없었다. 쏜 총알은 모두 단단한 벽,
아니 1차 예선이라는 얄팍한 벽에 부딪쳤다가 튕겨 나왔다.

그는 '이제 좀 현실을 깨달으면 좋으련만' 하면서도 막상 아들
을 보면 측은한 마음에 좀처럼 입이 떨어지지 않았다. 아들은 유
리 멘탈이라서 조금이라도 화를 내거나 비아냥거리면 풀이 죽어
서 회복하는 데 시간이 걸린다.

다케무라는 그동안 아들이 상처받지 않게 말을 골라가며 조심
했다. 금 간 항아리 다루듯 조심한 일이 아들을 더 약하게 만들었
다고 지금은 반성한다.


그렇기 때문에 당시 방에 틀어박혀 소설 쓰는 데 몰두한 아들
이 이 '소설 류세이 신인상' 결과를 알았다면 어떻게 되었을까.

아들은 불행히도 그 사실을 몰랐기 때문에 그렇게 됐던 것이
다. 이 편지를 15년 전에 읽었다면….

다시 분노가 치밀었다.

부모로서 할 수 있는 일은 딱 한 가지였다.

## 2

"편집장님, 전화 왔어요."

편집부의 다가와 리코가 미간을 찌푸린 얼굴로 수화기를 든 채 불렀다.

"누구?"

사카타 가즈야는 두꺼운 원고에서 시선을 뗀다.

"다케무라 기이치로 씨라는 분이에요. 예전 수상작과 관련해서 궁금하신 게 있대요."

처음 듣는 이름이었다. 단순한 문의 전화인가.

"문의 전화면 알아서 해."

"무조건 편집장님 좀 바꿔달라고 막무가내예요."

다가와는 어깨를 들썩이며 속수무책이라는 의미의 행동을 한다. 그러면서 왼쪽 눈을 장난스럽게 찡긋했다. 그녀는 사장 연줄로 입사한 스물다섯 살의 여성 편집자라서 대하기가 좀 조심스럽다. 그렇다고 일을 못하냐 하면 그럭저럭 능력도 있고 미모도 뛰어나서 다른 사원들의 평판도 아주 좋았다.

"이리 돌려."

사카타가 수화기를 집어 들자 남자치고는 새된 목소리가 울렸다. 숨 가쁘듯 조급한 말투에서 까다로운 상대라는 예감이 들었다.

"소설 류세이 신인상에 대해 궁금한 게 있으시다고요?"

"네네, 그거요. 우리 아들이 수상했는데 어떻게 할지 몰라서….”

“아드님 성함은요?”

“다케무라 에이고입니다.”

“본명입니까, 필명입니까? 작품 제목을 말씀해 주세요.”

“본명인데 필명도 쓰고 있을 겁니다. 제목은《수상작 없음》이
고요.”

그 이름은 물론 남을 깔보는 듯한 제목도 기억에 없었다. 올해
수상작은 이미 결정됐고, 사카타가 출판을 위해 직접 초교를 읽
고 있던 참이었다. 제목은《불가사의한 오후》, 작가 이름은 미도
리카와 유리, 스물여덟 살의 여성이다. 이미 본인을 만났기 때문
에 남자가 여자 이름을 쓰고 있지 않다는 것은 알고 있다.

“저기, 올해 수상자는 아니군요. 언제 수상입니까?”

사카타는 옆에 있던 ‘소설 류세이 신인상’ 파일을 꺼내서 만약
을 위해 제1회부터 올해의 제10회까지 수상작과 후보작 일람을
재빨리 훑어본다. 어디에도 ‘다케무라 에이고’라는 이름은 없었다.

“15년 전입니다.”

“이상하네요. 이 상은 10년 전에 시작했습니다만.”

“이보세요, 그래도 여기 이렇게 수상 통지서가 버젓이 있다니
까.”

상대가 버럭 화를 냈다. “직접 얼굴 보고 말해야겠소. 증거로
그 통지서도 가지고 있으니까.”

성가신 상대다.

"알겠습니다. 그럼 수고스러우시겠지만 저희 회사까지 와주시 겠습니까?"

"지금 댁의 회사 앞이오."

사카타는 놀라서 창가로 다가갔다. 손가락으로 블라인드를 살 짝 벌려보자 건물 앞에 60, 70대로 보이는 백발의 마른 남자가 서 서 사카타가 있는 3층을 올려다보고 있었다. 시선이 마주쳐서 사 카타는 허둥지둥 블라인드에서 손을 뗐다. 조금 정도가 아니라, 꽤나 만만치 않은 상대 같다.

"알겠습니다. 그럼 3층까지 올라오시죠."

엘리베이터 앞에서 기다리자 1분도 채 되지 않아서 남자가 나 타났다.

"갑자기 쳐들어와서 죄송합니다."

조금 전과는 완전 딴판으로 말투도 공손하고 연신 굽실거린다. 사카타는 남자를 응접실 겸 자료실로 안내하고 명함을 교환한다. 상대의 명함에는 '소설가(스토리텔러) 다케무라 기이치로'라고 쓰 여있었다. 설마 이 남자, 소설을 내고 싶어서 기발한 잔꾀를 부리 는 걸까. 가끔 그런 **뻔뻔한** 인간들이 있다.

"먼저 그 통지서라는 걸 보여주시겠습니까?"

남자가 내민 종이는 분명히 '소설 류세이 신인상' 수상 통지서 였다. 날짜는 15년 전이다.

"저희가 보낸 게 맞군요."

"인정하시는 겁니까?"

수상작 없음

"네, 그런데 왜 이걸 이제야…."

상대의 의도가 파악되지 않아서 조금씩 떠보기로 한다.

"실은 이게 어제 받은 겁니다."

"15년 전의 우편물을 어제요? 무슨 말씀이신지 전혀 모르겠습니다만."

"다시 말해 이런 겁니다."

다케무라 기이치로는 검정 합성피혁 소재의 비즈니스 백에서 비닐 같은 것을 꺼내 펼쳤다. 사카타는 비닐에 씌진 글자를 읽었다.

**'이 편지는 15년 전, 15년 뒤의 당신에게 배달하기 위해서 포스트 캡슐에 넣어진 겁니다. 15년이라는 세월의 무게를 느껴보세요.'**

"포스트 캡슐?"

사카타는 더더욱 이해가 가지 않았다.

"그러니까, 15년 전 3월 말에 이 회사에서 보낸 수상 통지서가 포스트 캡슐에 들어가 있다가 어제 겨우 배달됐다는 겁니다. 도저히 이해할 수가 없어요."

"아니, 저희 회사에서는 중요한 수상 통지를 그처럼 기획용 우체통에 넣지 않습니다. 뭔가 착각하시는 거 아닙니까?"

상대가 하는 말은 도저히 믿기지 않았다.

"그럼 편집장님은 내가 일부러 그런 말을 하면서 여기까지 쫓아왔다는 겁니까?"

"글쎄요, 그건 잘 모르겠습니다."

"수상 안내를 보면 미팅 날까지 연락이 없으면 무효가 된다고 쓰여있는데, 처음부터 포스트 캡슐에 넣으면 마감 날까지는 어림 없는 소리지. 그쪽에서 의도적으로 그런 게 아닌가 싶은데."

상대방 얼굴이 험상궂어졌다.

"아뇨, 오히려 번거로운 일이죠. 그래도 수상작인데 그렇게 어둠에 파묻는 일은 하지 않습니다. 그럴 이유도 없고요."

"게다가 한 가지 모순이 있어요."

사카타는 허점이 드러나지 않게 경계 태세를 갖췄다.

"뭡니까?"

"댁네 신인상을 찾아봤는데 올해로 10년째였어요. 일 년에 한 번 모집한다면 15년 전에 응모한 우리 아들의 수상은 계산이 맞지 않아."

"아아, 그건 말이죠."

역시 그걸 걸고넘어지는구나. "실은 제1회 이전에는 특별히 마감을 정하지 않고 좋은 원고가 있으면 상을 주는 방식이었습니다."

"그럼 우리 아들은 그쪽이었다는 건가."

"그렇습니다."

"혹시 에이고를 기억합니까?"

15년 전 일이지만 얘기를 하면서 점점 기억이 떠올랐다. 원고를 가지고 온 사람은 그야말로 자신감 없어 보이고 미덥지 못한 인상의 젊은이였다.

"생각났습니다. 여기저기 신인상에 많이 응모했던 것 같더군요."

"그래요. 죄다 1차 예선도 통과 못 해 자신감을 잃고 있었어요."

수상작 없음

다케무라 기이치로는 순간 당장이라도 울음이 터질 듯한 얼굴을 했다. "그래서 이 소설 류세이 신인상 수상을 알았다면 그 애가 죽는 일은 없었을 거요."

사카타는 예기치 못한 말에 할 말을 잃었다.

"실례지만 아드님은 이제 세상에….”

"그래요, 미래를 비관해서. 절망 끝에 스스로 목숨줄을 놓았어요."

자신의 실력을 받아들이고 빨리 소설을 포기하라고 말하는 것은 잔인하지만, 그렇게라도 하지 않으면 깨닫지 못하는 사람들이 많이 있다. 다케무라 에이고는 그런 부류 중 한 명이었다. 그런데 자살을 하다니….

"다케무라 씨, 포스트 캡슐 건은 저희와 무관합니다. 통지서를 보낸 건 맞지만 포스트 캡슐에 넣지는 않았습니다. 그 점은 믿어 주셨으면 합니다."

사카타는 강하게 주장했다. 실제로 그런 적은 없기 때문에 당당한 태도를 유지했다.

"아, 네, 그래요. 편집장님 성의는 알았어요. 감사합니다. 아들은 운이 없었다고밖에요."

상대가 더는 추궁하지 않았기 때문에 사카타는 안심했다.

"저희가 할 수 있는 일이 있다면 뭐든 말씀해 주십시오."

"감사합니다. 그럼 한 가지 부탁이 있는데, 지난 소설 류세이 신인상 게재 호를 볼 수 있을까요? 그리고 아들의 원고도 혹시 보관하고 계시면 보고 싶은데요."

"알겠습니다. 여긴 자료실을 겸하고 있으니 게재 호를 알려드리죠. 그리고 오래된 원고는 지하 보관실에 뒀기 때문에 남아있는지는 잘 모르지만, 한번 찾아보겠습니다."

사카타가 다케무라에게 편의를 봐준 것은 그 아들의 죽음을 동정했기 때문이었다. 통지서를 보낼 때 발생한 실수가 편집부 책임은 아니더라도 괜히 문제를 더 키우고 싶지 않았다.

## 3

다케무라 기이치로는 응접실 겸 자료실에서 지난 《소설 류세이》 잡지를 살펴보고 있었다.

사실 메이저 잡지는 아니라서 다케무라도 잘 몰랐는데 과거 수상자들을 살펴보면 그럭저럭 활약하는 사람들도 있다. 신문 광고에서 본 기억이 있는 작가들도 여럿 있었다.

《소설 류세이》는 10년 전 1월에 창간되었다. 그때부터 신인상을 모집해서 6월호에 발표했다. 모집 개시부터 발표까지 시간이 별로 없었기 때문에 응모 수는 80편으로 적다. 제1회 수상자는 오야마 슌사쿠, 수상 작품은 《신인상 살인 사건》. 당시 서른 살이었으니까 아들과 동년배일 터다. 그런데 처음 본 이름이었다. 수상 후 훌쩍 피지 못하고 슬그머니 사라졌는지도 모른다.

다케무라도 소설을 응모한 경험이 있기 때문에 업계에 대해 조금은 알고 있다. 수상을 해도 그대로 사라지는 작가는 헤아릴 수 없이 많다. 그런 사람들은 신인상 수상이 목표라서 상을 탄 다음 진이 빠진다. 오히려 수상을 놓친 사람들 중에서 크게 성공하는 경우가 있다. 요까짓 것 하는 정신으로 기어오르는 것이다.

다케무라는 10년간의 신인상 게재 호를 빼내서 이름과 작품명, 그리고 심사위원의 심사평을 스마트폰에 기록했다.

그때 젊은 여성 편집자가 차를 가지고 왔다. 사원증에 다가와 리코라고 쓰여있다.

"좀 도와드릴까요?"

"아아, 아까 편집장님께 얘기했는데, 아들의 원고를 찾고 있어요. 보관실에 있을지도 모른다고 하던데."

"아, 들었습니다. 괜찮으시면 안내해 드릴까요?"

"고맙습니다. 부탁해요."

다가와 리코의 안내를 받아 3층에서 지하 1층으로 내려간다. 5층짜리 건물 전체가 류세이 출판사 소유로, 지하는 창고와 사원 휴게실 같았다. 엘리베이터 앞에 '편집 자료 보관실'이라고 문패가 붙은 방이 있었다.

"여기예요."

그녀는 열쇠로 문을 열어서 벽 안쪽의 스위치를 눌렀다. "먼지가 좀 많지만, 들어가세요."

보관실에는 철제 수납 선반이 줄지어 있는데 바닥에서 천장까지 상자가 꽉 차 있었다.

"여기에 응모작들이 보관되어 있어요."

"일 년에 얼마나 응모합니까?"

"150에서 200편 정도 될 거예요. 예선에서 떨어진 것까지 모두 보관되어 있어요. 상자에 해당 연도가 쓰여있고요."

"우리 아들이 응모한 건 15년 전이니까, 으음, 어디쯤이려나?"

"가장 안쪽이요. 원고가 너무 많아져서 제1회보다 이전 것은 조만간 폐기처분 하려던 참이었어요."

"그럼 때를 잘 맞춰 왔군요."

"그렇다고 할 수 있죠."

다케무라는 남몰래 안도의 한숨을 내쉬었다.

"전 다른 일이 있어서요, 편하게 보세요. 다 살펴보시면 내선 전화로 3번을 눌러주시고요."

"알겠습니다. 가능한 한 빨리 찾도록 하죠."

보관실에 홀로 남겨진 다케무라는 방대한 양의 원고를 보고 한숨을 내쉬었다. 중견 문학출판사 신인상이지만 수상작을 포함해서 대량의 응모작들이 보관되어 있다. 발표될 일도 없이 그저 보관만 된 시체 더미. 소각장 앞에 쌓여있지만 불태워지지도 않고 이도저도 아닌 상태로 남아있다. 실로 처참한 광경이다. 이러면 응모한 사람들도 차라리 폐기되는 편이 고마울지도 모른다.

제1회보다 이전 원고는 상자 아래쪽에 깔려있어서 꺼내는 것도 일이있다. 찌그러진 상자에는 집착 먼지 변색된 테이프가 붙어있는데, 테이프를 뜯고 뚜껑을 열자 먼지가 확 날렸다.

'학대받은 원고'들이 와르르 나타난다. 지금은 대부분 프린터로 출력한 원고지만 당시는 육필 원고가 아직 20퍼센트 정도 끼어있었다. 나란히 놓고 읽으면 출력한 원고가 훨씬 읽기 쉬워서 심사할 때 유리할 듯싶다.

아들 에이고의 원고는 어디 있을까. 편집장 말로는 예전에는 완성도가 좋은 작품에 개별적으로 상을 줬다고 한다. 에이고의 작품은 그중 하나였던 듯한데 통지서에 답신을 하지 않았기 때문에 상 자체가 무효로 처리됐다.

해당되는 상자는 다섯 개가 있었다. 원고가 난잡하게 들어있어서, 정식으로 공모상이 된 제1회 이후와는 노골적으로 취급이 다른 티가 난다. 다케무라는 힘겹게 상자 다섯 개를 살펴봤지만 아들의 응모작은 보이지 않았다. 원고 앞에 빨간 펜으로 '수상 레벨', '상업성 없음' 같은 평가로 보이는 글자가 쓰인 점이 눈길을 끌었다. 제1회보다 이전 방식으로 '수상 레벨' 작품이 책이 되었을 수도 있었다. 아들의 작품은 결국 어디에도 없었다.

하는 수 없이 내선으로 다 끝났다고 연락하려고 했을 때 불현듯 '제1회'라고 써진 상자에 눈길이 갔다. 그때의 수상자는 아마 오야마 슌사쿠로, 제목은 《신인상 살인 사건》. 왠지 아들의 작품 제목과 비슷한 점이 걸렸다.

참고 삼아 읽어보고 싶다. 이 신인상 수준을 알기 위해서라도 읽어볼 필요가 있을 것도 같다.

제1회 신인상 응모작 상자는 세 개로, 다행히 꺼내기 수월했다. 가장 위에 놓은 상자를 내려서 열어보자 바로 수상작과 후보작

네 편이 나왔다. 모집 요강을 보자 매수는 350매부터 500매였다. 이곳에서 읽을 시간은 없기 때문에 집으로 가져가서 읽어보고 싶었다.

가지고 온 가방에 다섯 작품을 넣고 상자를 원래대로 돌려놨을 때 문이 열리고 편집장과 다가와 리코가 들어왔다.

"찾으셨습니까?"

"아뇨, 아쉽게도 없었어요. 번거롭게 해드려 죄송합니다."

"그렇군요. 편집부로서는 조금 책임감을 느꼈습니다. 또 뭔가 생각나시면 연락 주십시오."

따지고 싶은 일은 한두 개가 아니었지만 제1회의 다섯 작품을 몰래 가져간다는 죄책감 때문에 번거롭게 해서 미안하다는 말만 했다. 원고를 빌려 보고 싶다고 해도 분명 거절당할 테니.

그래서 클레임은 플러스마이너스 제로로 하기로 했다.

*4*

"대체 왜 포스트 캡슐이 나오는지 도통 이해가 가지 않아."

편집장 사카타 가즈야는 다가와 리코에게 말했다.

"편집 기획, 그런 거 아니에요?"

"아니, 전혀. 당시는 모집이 아니라 좋은 건 책으로 만들자는 생각이라서 15년 후에 편지가 배달되게 하는 건 있을 수 없어."

"아까 그분이 거짓말을 하셨을 가능성은요?"

수상작 없음

"그런 것 같지 않으니까 이상하다는 거야. 서로 득 될 게 없잖아."

"그분 아드님은 기억하세요?"

"15년 전 일이라 잘은 안 나지만 문학청년이라는 느낌이었나. 원고를 가지고 와서 꼭 좀 읽어달라고 했어."

"그 원고는 어떻게 하셨어요?"

"그게 말이지. 잘 기억이 나지 않는단 말이야."

"작품 수준은 어땠어요?"

다가와 리코가 흥미를 보였다. "상은 무효가 됐지만 만약 완성도가 좋으면 지금 우리가 출간해도 재미있지 않을까 싶어서요."

"아니, 그만두는 게 좋을 거야. 기껏 아버님이 마음 접고 돌아가셨는데 잘못 대응하면 골치 아픈 클레이머가 돼."

"제 생각에는요, 지금 출판 불황으로 우리 영업 성적도 좋지 않잖아요, 뭔가 새로운 기획이 있으면 해봐도 재미있지 않을까 싶은데요?"

"그 의욕은 인정할게. 하지만 우리 문학 노선은 축소 쪽으로 가고 있어. 사장의 오케이가 떨어져야 기획이 통과돼."

"저, 그 원고 찾아볼게요."

"하지만 맡은 일은 한다는 조건이다."

"걱정 마세요."

하지만 그녀가 아무리 찾아도 다케무라 에이고의 원고는 없었다. 편집장에게 물었더니 옛날 원고는 제1회 이후의 응모작과 달라서 관리가 허술해 분실됐을 가능성도 있다고 했다.

# 5

다케무라 기이치로가 류세이 출판사를 나와 집에 도착한 시간은 오후 5시가 넘어서였다. 냉장고에 남은 재료로 적당히 먹을 것을 만들었지만, 원고가 궁금해서 식욕이 사라졌다. 저녁은 미루고 당장 읽어볼까.

다케무라는 그 보관실에서 무단으로 가져온 원고를 서재 책상에 모두 늘어놓았다. 수상작을 포함해서 다섯 편을 읽으면 상의 수준을 알 수 있고, 아들의 작품도 어느 정도인지 짐작이 갈 것이다.

다섯 편의 장르는 추리물이 두 편, 괴기물과 연애물, 시대물이 각각 한 편씩이었다. 응모 요강을 살펴보면 길이는 각각 350매에서 500매. 다섯 편을 합쳐서 2천 매는 될 듯하다. 그 엄청난 분량에 질렸지만 그렇다고 그만둘 수는 없었다.

손으로 쓴 원고가 두 편, 프린터로 출력한 원고가 두 편, 굳이 원고지로 인쇄한 것이 한 편. 후보작들을 훑어본 뒤 수상작 오야마 슌사쿠의 작품은 마지막에 읽기로 했다.

당연히 프린터로 출력한 원고가 읽기 편하지만, 그 세 편 모두 내용은 평범해서 재미가 없었다. 이 수준으로 출판하면 독자들로부터 "돈 두로 내놔" 하는 비난이 쇄도할 것이다. 오히려 손으로 쓴 작품 하나가 글자에서 힘이 느껴져 독자에게 강하게 호소한다. 손으로 쓴 응모자는 자신의 글씨에 자신감이 있는 듯했다.

수상작 없음

대충이긴 해도 역시 후보작 네 편을 다 읽었을 때에는 자정이 넘어서 지칠 대로 지쳐있었다. 작품이 재미있으면 이러지 않았을 것이다. 남은 한 편은 수상작 《신인상 살인 사건》으로, 손으로 쓴 원고였다.

의자 등에 기대고 눈을 감는다. 수상작은 머리가 개운할 때 읽어야 하는데 잠이 온다.

그때 어디선가 쿵 하는 소리가 들렸다. 방금 읽은 원고가 괴기물로 제목이 《뒤돌아보지 마라》였다. 문장 수준이 낮아서 상업 출판에 적합하지 않다고 생각했지만, 손 글씨에서 으스스함이 전해졌다.

또 소리가 났다. 집 안에 누군가가 있다.

다케무라는 일어나 방에서 나간다. 오랫동안 앉아있어서 허리가 아프고 어깨가 뻐근했다. 기지개를 켜면서 부엌으로 가자 부스럭거리는 소리가 난다.

도둑? 설마.

새카만 어둠 속, 냉장고가 열려있고 그 불빛이 한 인물의 얼굴을 비추고 있다.

"당신, 괜찮아?"

돌아본 사람은 아내 미요코였다.

"어머, 여보. 배가 고파서 거기 있던 음식 먹었어."

"괜찮아. 난 식욕이 없어서 나중에 먹으려고 했던 거야."

아내는 15년 전부터 심신이 좋지 않아서 병원에 다니고 있다.

강한 항불안제를 복용하기 때문에 항상 비틀거리고 누워있는 일이 많았다. 약 부작용이니 좀 줄이라고 해도 전혀 들으려고 하지 않는다.

집안일도 손을 놔서 다케무라가 장을 봐다가 요리도 하고 청소도 하는 등 거의 모든 살림을 도맡아 하고 있었다.

"커피나 마실까."

"뭔가 찾아보는 거야?"

"뭐, 그냥. 소설 좀 보느라고."

"흐음. 소설 좋지. 나도 써볼까."

"그래, 좋지."

내내 벽을 쌓고 지내는 아내가 소설에 도전하는 것은 바람직한 일이다.

"나한테 뭔가 숨기는 거 있지?"

아내가 다케무라의 얼굴을 응시하고 있다.

"응? 무슨 말이야?"

"에이고 일이야?"

"아, 그래. 좀 흥미롭게 됐어. 나중에 얘기할게."

"어머, 그래. 기대할게."

미요코는 집요하게 추궁하지 않고 부엌에서 나갔다. 다케무라는 진한 커피로 몸을 각성시킨 뒤 마지막 신인상 수상 작품을 읽기로 했다.

수상작은 육필 원고로 500매 정도의 분량이었다. 그런데 다른 네 편과 달리 읽기 시작하자마자 작품 속에 빠져들었다. 다 읽었을 때는 새벽 5시가 다 된 시간으로 밖에는 동이 트고 있었다.

과연 수상할 만한 작품이다. 소설가를 지망하는 한 남자가 신인상에 응모하려던 원고를 도둑맞는 이야기다. 주인공과 원고를 훔친 남자의 속고 속이는 줄다리기, 쫓는 자와 쫓기는 자의 심리를 교대로 그리는 박진감 있는 서스펜스 소설이었다. 그해부터 제1회라고 불리게 된 상이었기 때문에 편집부로서는 역작을 기대했을 텐데, 과연 그 수준에 미쳐있었다. 아니, 그 이상의 완성도다.

수상작과 후보작 네 편의 수준은 차이가 많이 났다. 만약 이 작품이 없었다면 그때 심사 결과는 '수상작 없음'이 되었을 수 있다.

수상작 없음?

다케무라는 아들의 소설 제목이 《수상작 없음》이었던 사실이 떠올랐다. 아들의 작품이 남아있으면 비교할 수 있었을 것이다.

단순히 책을 읽는 것과 달리 원고를 읽는 행위는 몹시 지치는 작업이었다. 육필 원고는 물론, 출력했더라도 역시 읽기 쉽지 않다. 다케무라는 머리를 너무 많이 써서 침대에 눕자마자 바로 곯아떨어졌다.

눈을 떴을 때는 점심시간이 지나있었다. 여전히 졸렸고 식욕이 전혀 없다.

우선 진한 커피에 토스트 한 장을 목구멍에 흘려 넘기다시피 먹은 뒤 오늘 할 일을 정했다. 아들의 원고를 찾아야 한다.

아들은 추리소설을 써서 여기저기에 응모했었다. 자세히는 모르지만 아마 단편을 포함하면 적어도 50편 가까이 되지 않을까.

원래 출판사들은 신인상에 응모한 원고는 돌려주지 않는다는 규정이 있지만, 응모자는 대부분 컴퓨터 등에 저장해 놔서 반환되지 않아도 불편하지 않다. 다른 상에 동시에 똑같은 원고를 보내는 이중 투고는 금지되어 있지만, 저장해 놓은 원고를 손봐서 다른 상에 응모하는 것은 상관없다.

그런데 15년 전 아들은 손 글씨를 고집했다. 원고를 복사하거나 베껴놓지 않은 이상, 일단 응모하면 수중에는 없을 터다.

그래서 그는 별 기대 없이 아들 방을 찾아보기로 했다.

15년 전에 시간이 멈춘 방이다. 책상 위에는 사전과 필기도구가 가지런히 놓여있다. 꼼꼼한 성격을 보여주는 듯하다.

아들이 남긴 원고가 있을까. 책상 서랍을 전부 열어보지만 필기구 등 잡동사니 정도만 있다.

아들을 떠올리면 가슴이 아파서 지난 15년간 이 방을 들여다보는 일 자체를 피해왔다. 아들 성격에 원고를 어딘가에 보관하고 있을 터다. 그런데 의외로 금방 찾았다.

캐비닛 위에 상자가 두 개 놓여있었다. 아니나 다를까 원고가 들어있었다.

다케무라의 목에서 "오오" 하는 소리가 흘러나온다. 자세히 살펴보니 모두 복사본이었다. 응모한 원고는 돌아오지 않기 때문에 복사본으로 보관한 듯하다.

작품별로 끈으로 묶어뒀고 첫머리에 소설상 이름과 응모한 해가 일일이 적혀있다.

어쩌면 류세이 출판사에 응모한 원고도 남아있지 않을까 싶었는데 정말로 있었다. 철해놓은 원고를 하나씩 꺼내서 장편과 단편 수를 세었더니 장편이 열다섯 편, 단편이 스물여덟 편으로 총 마흔세 편이었다. 그 안에 《수상작 없음》 복사본이 있었다.

심장이 쿵쾅거렸다. 수상 통지서는 이미 무효기 됐지만 작품 완성도가 좋으면 복사본을 육필 원고로 해서 편집부와 교섭할 수도 있지 않을까. 아버지로서 아들을 보살피지 못했다는 자책감이 다케무라를 강하게 밀어붙이고 있다.

일단 읽어보자.


그런데 읽기 시작하자마자 당혹감이 밀려왔다. 당혹감은 점점 분노로 바뀌었다.

"이게 뭐야."

그는 아내에게 들리지 않게 목소리를 낮춰 으르렁거렸다. "대체 이게 어떻게 된 거야. 무슨 일이 있던 거지?"

프롤로그를 읽었을 때 기시감을 느꼈다. 최근 비슷한 것을 읽은 적이 있다. 확인하기 위해 계속 읽었고, 의혹은 확신으로 바뀌었다.

아들이 쓴 《수상작 없음》은 '소설 류세이 신인상' 제1회 수상작

《신인상 살인 사건》과 거의 흡사했다. 세세한 표현에 약간 차이가 있을 뿐 스토리는 같았다. 저자 오야마 슌사쿠는 아들 에이고의 소설을 그대로 베껴서 신인상에 응모한 듯했다.

"어떻게 이런 일이."

당장 류세이 출판사에 연락하자. 집 전화면 아내에게 들릴 우려가 있기 때문에 아들 방에서 휴대전화로 걸려고 했다.

하지만 바로 생각을 접었다. 왜냐하면 다케무라는 오야마 슌사쿠의 원고를 무단으로 가지고 나왔기 때문이다. 그 사실을 출판사가 알면 문제가 커진다. 아무리 내용이 비슷하다고 해도 출판사에서 관리하는 물건을 멋대로 가지고 나왔다면 절도와 다를 게 없다. 도작(盜作)도 일종의 절도, 다케무라의 행위도 절도. 경찰이 엮이게 되면 불리한 건 다케무라다. 게다가 복사본이 아들 에이고 본인이 쓴 거라고 증명하지 못할 가능성도 높았다.

그럼 어떻게 해야 할까.

원고를 가지고 나온 사실을 밝히지 않고 출판사에 몰래 가져다 놓는 방법이 나을 수 있다. 다케무라는 이제 어떻게 행동할지 필사적으로 생각했다.

이내 한 가지 방법이 떠올랐다.

"일단 부딪쳐 보는 수밖에. 에이고의 명예를 회복하기 위해서라도."

수상작 없음

## 6

류세이 출판사의 다가와 리코는 다케무라 기이치로의 전화를 받았다. 편집장 사카타 가즈야에게 돌리려고 하자 상대는 "아니, 괜찮아요" 하고 용건을 꺼냈다.

"한 번 더 자료실에 갔으면 하는데."

"찾아보고 싶은 게 있으세요?"

"오야마 슌사쿠 씨 수상작입니다. 회사에 책이 있으면 보여주셨으면 해서요."

"그건 도서관에 가시면 있을 텐데요."

"아니, 그게 이상하더군요. 검색해 봐도 안 보여요. 그리고 고서 쪽으로도 찾아봤지만 역시 없어요. 그렇다면 귀사에는 현물이 있지 않을까 싶어서요."

말투는 유달리 공손하지만 이쪽에서 어떻게 대응하느냐에 따라 지난번처럼 감정이 격해질 우려가 있다. 실수하지 않게 조심해야 했다.

"자료 열람은 편집장님 허가가 필요해서요. 제가 마음대로 결정할 수가 없어요."

다가와 리코는 상대를 기다리게 한 뒤 편집장에게 얘기했다.

"그렇게 해. 거절하면 성가셔질 것 같으니까 하고 싶은 대로 하시게 해."

편집장 승인이 떨어졌기 때문에 그녀가 언제든 오라고 하자

"실은 이미 회사 현관에 와있는데"라는 응답이 돌아왔다. 상대는 지난번과 똑같이 처음부터 쳐들어올 작정이었다.

그녀는 1층에 내려가서 안내 센터 앞에 서있던 다케무라를 응접실 겸 자료실로 안내했다.

"수상작은 여기 있는 거죠?"

"네, 있을 거예요. 이쪽 선반이 저희 회사 간행물이고요."

다케무라는 그녀가 가리킨 한 모퉁이를 재빨리 훑어보더니 고개를 저었다.

"아아, 역시 없어."

"무슨 말씀이세요?"

"그러니까, 제1회 오야마 슌사쿠 소설이 여기에 없다고."

다가와 리코는 다케무라가 가리키는 곳을 봤다. 제2회부터 제9회까지의 신인상 수상작품 및 간행된 일부 후보작이 발행순으로 꽂혀있지만, 정말로 제1회 작품은 없었다.

"이상하네요."

"여기서 일한 지 얼마나 됐죠?"

"3년차요."

"그럼 자세한 사정은 모를 수도 있죠. 하는 수 없네. 편집장님을 불러주세요."

그녀는 편집부로 돌아가서 시카타에게 사정을 이야기했다.

"할 수 없지. 내가 가서 설명하는 수밖에."

## 7

다가와 리코가 방에서 나간 뒤, 다케무라 기이치로는 보관실에서 무단으로 가지고 나갔던 오야마 슌사쿠의 오리지널 원고를 신인상 선반에 자연스럽게 꽂아뒀다. 이미 복사는 해뒀다. 이제 절도 건은 없던 일이 된다고 멋대로 판단했다.

5분 정도 지나서 다가와 리코가 편집장 사카타와 함께 돌아왔다.

"제1회 수상작이 없다는 거 말입니다만."

사카타는 망설이는 얼굴이다.

"아무리 찾아도 안 보이는데."

"그건 말이죠. 출판이 안 됐거든요."

"뭐, 뭐요? 그 이유가 뭡니까?"

"본인이 원했습니다. 수상을 반려하고 싶다고."

"무슨 사정이 있었나요?"

"개인적인 이유라고만 할 뿐 자세한 건 말하지 않았습니다."

"그럼 왜 수상을 취소하지 않고, 그대로 제1회 수상작으로 했죠?"

"다른 후보작들의 완성도가 너무 나쁘기도 했고. 기껏 제1회를 수상작 없음으로 하는 것도 좀 주저돼서 이름만 실었습니다."

"그랬으면 꽤 화제가 됐을 텐데."

"저희 회사는 크지도 않고 당시는 지명도가 낮았던 덕도 있었다고 봅니다. 그리고 이런 공모 기획에 익숙지 않아서 홍보도 잘

안 됐고요. 대대적으로 홍보를 할 여력이 없던 것도 세상에 알려지지 않은 이유 중 하나죠. 실례지만 다케무라 씨는 언제 이걸 아셨습니까?"

"여기 와서 지난 잡지들을 보고 처음 알았어요."

"그래요, 일반적인 관심은 그런 겁니다. 소설가를 지망하는 사람 말고는 모른다고 봐야죠. 바꿔 말하면, 저희는 첫 실패를 스스로 인정하고 두 번째부터는 제대로 하자고 생각했어요. 영구 결번이라는 표현도 맞지는 않지만 저희는 제1회를 그런 느낌으로 인식하고 있습니다."

다케무라는 알 듯 모를 듯 적당히 둘러댄 설명이라는 느낌이 들었지만 굳이 지적하지 않았다.

"그래서 제2회부터는 제대로 실적을 남겨서 유망한 작가를 많이 배출했습니다. 오야마 슌사쿠 일은 교훈이라고나 할까요. 납득이 가지 않으신다면 죄송합니다. 솔직히 저희도 구차한 변명이라는 생각입니다."

"알겠습니다. 잘 알았어요."

다케무라는 말했다. "그런데 그 오야마 슌사쿠 씨인가 하는 사람은 그 뒤로 책을 내고 있습니까?"

"아뇨, 내지 않고 있을 겁니다."

"왜죠?"

"실력 때문이겠죠. 한 번으로 끝나는 작가는 세상에 널렸습니다. 두 번째부터 쓰지 못합니다."

"편집장님은 오야마 씨 작품을 보셨습니까?"

"읽었습니다. 당연히."

"어땠나요?"

"꽤 재미있었습니다. 내보고 싶었던 작품이에요."

"그런데 왜 오야마 씨는 자진해서 취소를 했을까."

다케무라는 그 대답이 보인 듯했다. 작가 오야마가 그 완성도 높은 작품을 스스로 묻어버릴 이유는 하나밖에 없다.

도작이다. 그것밖에 없다.

누구 작품을 베꼈을까. 물론 아들 에이고의 것이다. 실제로 에이고의 작품이 5년이나 먼저 써졌으니까.

"오야마 슌사쿠 씨의 연락처를 아십니까?"

"10년 전 주소는 압니다. 아직 거기 사는지는 모르지만."

"괜찮습니다. 가르쳐 주십시오."

확실한 증거를 잡기 전까지 저자세로 있어야 한다. 다케무라는 이 수상에는 뭔가 내막이 있다고 확신하게 됐다.

## 8

"저분, 오야마 씨를 만나러 가실까요?"

다가와 리코가 물었다.

"아마도."

"오야마 씨가 상을 고사한 이유 말인데요, 개인적인 이유라는 게 뭐예요?"

"까놓고 말해 돈 문제지. 외부인한테 어떻게 그런 소리를 하겠어. 더구나 저렇게 성가신 사람한테."

"아하. 하지만 오야마 씨가 만약 저분한테 진짜 이유를 말하면 문제가 안 될까요?"

"그 사람, 이제 거기 없을 거야. 적어도 작가는 포기했어. 여기서 못 내는데 다른 데라고 되겠어?"

"돈 문제라면 구체적으로는 인세를 더 달라, 그런 거예요?"

"내 입으로 자세히 말하기는 뭐하지만, 돈을 낸다, 못 낸다로 옥신각신했어. 우리도 다 먹고살자고 하는 건데. 대충 그런 거라고 생각해 줘. 이 일은 어른들 사정이 있는 거야. 상부 사람들만 아는 사정이 말이지."

편집장이 마지막에 얼버무렸기 때문에 그녀는 혼자 생각할 수밖에 없었다.

무슨 문제가 일어났고 편집부는 오야마에게 그 보상을 하라고 한 걸까. 자세한 사정은 모르는 입사 3년차의 그녀가 할 수 있는 추측은 그 정도였다.

편집장이 응접실 겸 자료실을 나가자, 그녀는 다케무라가 보던 선반을 쳐다봤다. 제2회부터 제9회까지 책들이 꽂혀있다. 제1회가 빠진 것은 분명 이상했다.

그때 제2회 수상작 안쪽으로 종이 뭉치가 보였다. 무슨 자료일까. 그보다 전부터 이런 것이 있었는지 기억에 없었다.

수상작 없음

꺼내보았더니 무슨 원고 같았다.

제목은 《신인상 살인 사건》. 작가 이름은 오야마 슌사쿠.

이건 제1회 신인상 원고가 아닌가. 그녀는 편집장에게 사정을 묻기 전에 읽어보기로 했다.

그녀는 일하는 틈틈이 그리고 휴식 시간을 이용해 읽기 시작했는데 순식간에 스토리에 빠져들었다. 그날은 일찌감치 일을 마치고 집에 가서 마저 읽었다.

과연 수상작에 어울리는 완성도였다. 하지만 왜 이 작품에 금전 문제가 생겨서 수상자 오야마 슌사쿠가 수상을 반려했을까. 대체 어른들 사정이라는 게 뭘까. 편집장은 뭘 숨기는 걸까.

## 9

다케무라 기이치로는 류세이 출판사를 방문한 다음 날에 오야마 슌사쿠의 주소지를 찾아갔다.

그곳은 도시마구 히가시나가사키의 좁은 뒷골목에 있는, 요즘 시대에 보기 드문 오래된 목조 아파트였다. 지은 지 60, 70년은 된 듯했는데, 10년 전에도 외관은 별로 다르지 않았을 것이다. 오야마 슌사쿠의 생활상이 어딘지 모르게 엿보였다.

설마 아직도 살고 있지는 않을 거라는 생각으로 102호 문패를 보는데, 서툰 글씨로 '오야마'라는 종이가 붙어 있었다. 전기 미터기가 꿈쩍도 하지 않고 있는 걸로 봐서 오야마가 이사 간 뒤 새로 들어오는 사람이 없어 방치됐을 가능성도 있었다. 다케무라는 별기대 없이 초인종을 눌렀다.

잠시 기다렸지만 응답이 없었다. 잠시 외출했다기보다는 이사 갔을 가능성이 높다고 생각했을 때, 갑자기 습기 머금은 썩은 내가 감돌았다. 으악, 안에서 누가 홀로 죽어있는 걸까. 정말 골치 아픈 상황을 마주하게 됐다. 괜히 왔다고 후회하면서 다시 확인하자 문이 조금 열려있고 안에서 누군가가 밖을 내다보는 모습이 보였다.

"누구세요?"

"오야마 씨 되세요?"

"그런데요, 누구시죠?"

"다케무라 기이치로라고 합니다. 오야마 씨는 소설 류세이 신인상 제1회 수상자 되시죠? 그 일로 여쭤볼 게 있어서 왔습니다."

다케무라의 이름을 듣고 상대가 흠칫 놀란 듯했다. 다박수염이 그의 얼굴을 덮고 있었다. 머리도 어깨까지 길게 자라있다.

"전 할 말이 없어요."

집 안에서 풍기는 냄새가 구역질이 올라올 정도로 심했다.

"잠시 안에서 얘기해도 될까요?"

다케무라는 문틈으로 오른쪽 다리를 쑥 밀어 넣었다.

"지금 들고 계신 빵은 준다면 생각해 보죠. 며칠째 아무것도 못 먹어서요."

남자의 시선이 다케무라가 손에 들고 있는 편의점 봉지에 꽂혀

있다. 조금 전에 편의점에서 산 빵 포장지가 봉지를 통해 비쳤다. 이 남자, 생활고를 겪고 있다.

"알겠습니다. 드리죠. 그 대신에."

문이 열리고 다케무라는 어두컴컴한 집으로 들어갔다. 실내는 쓰레기로 넘친다. 생활 쓰레기, 음식물 쓰레기 등 잡다한 것들이 뒤섞여서 복잡 미묘한 냄새를 풍기고 있다. 쥐 사체가 끼어 있어도 이상하지 않을 정도다.

"전기가 끊겨서."

맨 끝 방 커튼 사이로 외부 빛이 들어오고 있다. 그 방은 책과 휴지가 어질러져 있고 그 좁은 틈새에 이부자리가 펼쳐져 있다. 바닥 위에는 작동하는지도 의심스러운 구식 워드프로세서가 놓여있다.

"대접할 건 없지만."

오야마가 기름에 찌든 납작한 방석 위에 앉으라고 손짓을 하자, 다케무라는 하는 수 없이 앉았다. 이 남자는 지금도 이런 방에서 소설을 쓰는 데 몰두하는 걸까. 다케무라가 점심으로 먹으려고 산 멜론 빵과 주스를 주자, 오야마는 다케무라의 시선은 전혀 개의치 않고 게걸스럽게 먹었다. 그리고 이럭저럭 정신이 들었는지 비로소 다케무라의 얼굴을 쳐다봤다.

"다케무라 에이고의 아버님 되십니까?"

"역시 우리 아들을 아는군요. 어떻게 알죠?"

"같은 소설 동아리에 있었습니다."

아하, 이제 알 것 같았다. 역시 다케무라가 상상한 전개가 되는 걸까.

"그 동아리는 어떤 활동을 했죠?"

"소설을 쓰고, 서로 읽어보고, 감상을 얘기해 주는 겁니다. 인원은 열둘, 열셋 정도 됐습니다."

"얼마나 오래 했죠?"

다케무라는 경찰 취조를 하듯 묻고 있었다.

"오륙 년 정도 될 겁니다."

"오야마 씨는《수상작 없음》이라는 소설을 알아요?"

"네, 압니다. 에이고가 읽으라고 줬으니까."

역시 그랬구나. 지금은 세계 나가는 편이 좋을 듯싶다.

"아들이 그 작품을 소설 류세이 신인상에 응모한 건 당연히 알고 있죠?"

"그럼요."

"그 일을 어떻게 생각했죠?"

"잘되면 좋겠다고 생각했습니다. 하지만 출판사에서 아무 연락이 없어서 상당히 실망한 것 같았고요."

여기서 그 포스트 캡슐이 엮이는 건가.

"다시 말해 출판사에서 연락이 없어 우리 아들이 충격을 받았다는 건가?"

"그렇습니다. 난 이제 끝났어. 아무도 날 인정해 주지 않아. 게다가 돈도 없다고 했던 기억이 납니다."

"그 뒤, 아들을 만난 적은?"

"없습니다. 동아리에서 에이고가 자살했다는 소문이 났고, 아아, 역시 그렇게 됐구나, 생각했습니다."

"오야마 씨는 아들을 동정한 거네?"

"그야 당연하죠. 상을 위해 같이 노력한 동지니까요."

"하지만 우리 아들을 배신했잖아."

"엣, 무슨 말씀이신지?"

생활고에 찌든 남자가 경계하듯 되물었다.

"우리 아들이 쓴 소설이 신인상을 받은 건 알았나?"

"아뇨."

"그게 말이지, 받았단 말이야."

다케무라는 소설 류세이 신인상 수상 통지서를 꺼내서 오야마에게 보여줬다.

"엣. 그게 수상했다고요?"

오야마가 믿기지 않는다는 얼굴을 했다. 다케무라는 포스트 캡슐 일부터 출판사를 방문한 일까지 간단하게 설명했다.

"제1회 수상자는 자네지? 난 그 책을 자료실에서 찾았는데 그것만 없었어. 책으로 만들어지지 않았어. 자네가 고사했다던데?"

"그렇습니다."

"금전 면에서 타협이 안 됐다고?"

"간단히 말씀드리면, 그렇습니다."

"하지만 그게 아니지 않나? 난 그 회사 창고에 있는 상자에서 자네의 육필 원고를 찾아냈거든."

"무슨 문제라도?"

"문제, 아주 큰 문제가 있지."

다케무라는 가지고 온 오야마 슌사쿠의 《신인상 살인 사건》 원고의 복사본을 가방에서 꺼냈다.

"이거, 읽어봤어. 우리 아들이 쓴 《수상작 없음》과 스토리와 트릭이 거의 같았어. 등장인물의 이름과 문체는 달라. 하지만 소설 전개라고 하나, 근본적인 부분은 완전히 똑같아. 도작이라고 해도 될 정도야."

다케무라가 단숨에 쏟아내자, 오야마는 체념한 듯 고개를 떨어뜨렸다.

"죄송합니다. 들키지 않을 줄 알았습니다. 에이고가 죽은 걸 알고 그걸 써먹을 방법이 없을까 생각해서 저 나름대로 스토리를 떠올려 써갔어요. 이야기가 비슷해지는 건 자주 있는 일이니까 출판사는 모를 거라고 생각해서."

"다른 동료들은 몰랐나?"

"에이고의 소설은 저만 읽었을 겁니다."

아아, 드디어 알아냈다. 다케무라는 고양되는 기분을 억누르기 힘들었다.

"결과적으로 자네가 싱을 고사하길 잘했다고 생각해. 금전적 이유 때문이었다지만, 만약 이게 책으로 나왔다면 더 곤란해지지 않았을까."

"네, 맞습니다. 고소하셔도 할 말 없습니다."

오야마가 완전히 풀 죽은 모습을 보고 다케무라는 말했다.

"아니, 책이 나오지 않았으니까 자네를 탓할 생각은 없네. 자네도 양심이 있었고, 이 일로 죽은 우리 아들이 자네를 비난하는 일은 없을 거야."

"그렇게 말씀해 주셔서 감사합니다."

오야마가 고개를 푹 숙인 채 움직이지 않는 모습을 보고, 다케무라는 자리에서 일어났다.

"고맙네. 아들 죽음의 수수께끼가 풀려서 부모로서는 마음이 좀 가벼워진 기분이야. 그래서 류세이 출판사에서는 얼마를 요구했나?"

"200만 엔입니다. 도저히 제가 낼 수 있는 금액이 아니었습니다."

"알았어. 출판사에 가봐야겠네."

"저기, 하지만⋯."

오야마가 무슨 말을 하려고 했지만 다케무라는 무시하고 그 집에서 나왔다. 이제 류세이 출판사에 가서 편집장과 담판을 지을 생각이었다. 그는 아들의 명예를 회복하기 위해 커다란 한 가지 수를 생각하고 있었다.

자신이 당사자의 아버지라는 점을 제외해도 소설 응모에 관한 부정을 못 본 척할 수는 없었다.

## 10

'소설 류세이 신인상' 수상작 중 제1회 자리만 비어있었는데, 제2회 작품 안쪽으로 그 원고를 쑤셔 넣을 사람은 다케무라 기이치로밖에 없었다.

다가와 리코가 편집장한테 물었더니 그런 걸 자료실에 함부로 꽂아놓을 리가 없다고 단번에 부정했다. 그리고 그녀는 보관실 상자를 조사해 보고 《신인상 살인 사건》의 육필 원고가 없다는 사실을 확인했다. 거기를 찾아본 사람은 다케무라였다. 틀림없이 그는 상자에서 원고를 빼낸 뒤 다시 자료실 수상작들 속에 《신인상 살인 사건》만 몰래 넣어둔 것이다.

다케무라가 오야마 슌사쿠를 찾아가서 본인을 만났는지는 모르지만, 조만간 편집부를 찾아올 터였다.

아나나 다를까, 그날 저녁 다케무라가 찾아왔다.

"놀라운 걸 알았어요. 귀사가 무너질 정도로 쇼킹한 사실입니다."

자료실 응접용 소파에는 다케무라 기이치로와 편집부의 두 사람이 마주 앉아 있었다.

"방금 오야마 슌사쿠를 만나고 오는 길입니다. 놀라운 사실을 알았이요."

"무슨 말씀이십니까?" 편집장 사카타가 묻는다.

"귀사가 오야마 씨의 작품을 묻어버린 사건이죠. 그건 도작이었던 게 아닌가요? 출판하기 전에 알아서 급히 취소한 거였어."

"아아, 아셨습니까?"

사카타는 부정하지 않았다.

"당신들한테 좋지 않은 진실이었어. 그래서 오야마 씨한테 200만 엔이라는 손해배상 청구를 했던 거고."

"아니, 그건 손해배상이 아니라⋯."

사카타는 고개를 저으면서 부정하지만 다케무라는 말을 이어 나갔다.

"가난한 작가 지망생이 무슨 수로 200만 엔을 내놓겠어. 그래서 당신들은 오야마 씨를 버렸어."

"정확히 말하면 버린 게 아닙니다. 실력이 없어서 사라지는 건 당연한 결과인 거죠."

"오야마 씨가 실력이 없다는 건 동감이야."

다케무라는 자리에서 일어나 신인상 수상작이 꽂혀있는 선반 앞에 선다. "어제 여기에 원고를 꽂아뒀는데, 찾았나 보네."

"역시 다케무라 씨였군요."

다가와 리코가 말했다.

"미안하지만 어떤 건지 궁금해서."

다케무라는 소파에 앉더니 가방에서 원고지 다발을 꺼냈다. "이건, 우리 아들이 쓴 원고 복사본. 제목은 《수상작 없음》. 아버지인 내가 말하기는 뭐하지만, 제법 완성도가 높은 작품이야. 사실 아들 방을 좀 살펴보다가 이걸 찾아냈어요. 그리고 오야마 슌사쿠 씨가 쓴 《신인상 살인 사건》과 비교했더니 스토리 전개, 트릭이 아주 비슷하다는 걸 알았어. 다른 거라곤 등장인물 이름과 세세한 말투 정도고. 좀 전에 오야마 씨를 만났더니 아들 작품을 표절한 걸 인정했어요."

"그러셨습니까."

"편집장님은 우리 아들 작품을 읽었죠?"

"네, 읽었습니다. 당시는 평직원이었지만."

"오야마 씨 원고를 읽고 비슷하다는 걸 몰랐나? 알았으면 후보에서 제외시켰을 텐데."

"그때는 허용 범위라고 생각했습니다. 등장인물의 이름이 바뀌었고, 글자 하나, 구절 하나까지 같은 건 아니니까요. 하지만 출판이 가까워지면서 불안해졌습니다. 다만 심사 결과를 잡지에 발표했기 때문에 '작가 사정에 따른 취소'로 하기로 했습니다. 시끄러워질까 봐 작품명만 기록에 남겼습니다. 궁여지책이죠."

"아하, 그래서 출판을 그만둔 거군."

"그렇게 생각해 주셔도 상관없습니다. 이제 막 문학을 시작한 작은 출판사여서 다행히 거의 화제가 되지 않았습니다."

"하지만 지금은 중견 출판사로 위세가 있고?"

"네, 덕분에요. 실패를 겪었기에 오늘이 있다고 생각합니다."

편집장은 끝까지 겸허한 태도를 유지했다.

"그래서 한 가지 부탁이 있는데."

드디어 올 것이 왔다. 여기서 실수를 보여서는 안 된다. 사카타는 상대가 눈치채지 못하게 다가와 리코에게 살짝 눈짓을 보냈다. 그녀는 자기만 믿으라는 듯 입가에 미소를 지었다.

*"*

"우리 아들은 스스로 목숨을 끊었어요. 작가로 살 자신감이 없어진 거겠지. 미래를 비관해 작가 생명을 강제로 종료시켰어."

다케무라 기이치로의 눈시울이 뜨거워졌다. "그런 아들을 기쁘게 해주기 위해 한 가지 생각이 떠올랐어요. 이걸 보세요."

다케무라는 류세이 출판사가 보낸 수상 통지서를 테이블에 펼쳤다.

"무슨 착오가 있었는지는 모르지만, 포스트 캡슐에 넣은 건 당신들 실수요. 오야마 씨는 우리 아들이 통지가 오지 않은 사실을 비관해 목숨을 끊은 게 아니냐고 했어요. 내 생각도 그렇고. 잘 들어요, 당신들은 그 실수를 보상해 줄 책임이 있어."

편집장의 눈에 불안감이 스치고 지나간다.

"이 통지서를 받은 건 바로 얼마 전이야. 받은 입장에서는 이 통지가 유효하다고 주장하고 싶어."

"그게 무슨 말씀이신지?"

"이 통지서에 쓰여있듯 수상은 유효하다고 말하고 싶은 거요."

"구체적으로 말씀하시면?"

"책을 내고 싶어. 아들 책을 말이지."

됐다, 하고 싶은 말은 했다. 이제 출판사가 어떻게 나올까. 다케무라는 차분히 상대방의 반응을 기다렸다.

"그럼 편집부 입장에서 말씀드립니다. 선생님은 저희 보관실에서 원고를 무단으로 가지고 나가셨죠?"

"그건 내용을 확인하기 위해서야. 원고는 돌려줬잖소."

"이유를 막론하고, 저희는 선생님이 하신 행동을 절도로 고소할 수 있습니다. 다른 후보작 네 편은 아직 돌려받지 못했고요. 포스트 캡슐 건도 확실한 증거가 있는지 의문이 듭니다. 조금 전에 우체국에 확인했더니, 그런 기획은 지금은 하고 있지 않다는 답변을 받았습니다. 포스트 캡슐 건은 저희 측에서는 사실무근으로 당당하게 맞설 생각입니다. 15년 전에 수상 통지서를 보낸 것은 사실이지만, 시간이 너무 많이 지났습니다. 시효가 끝났다고 해도 좋을 정도로 긴 시간이죠."

다케무라는 딱딱한 편집장의 태도에 공포감을 느꼈다. 원고를 훔친 것은 내용을 확인하기 위해서라고 해도 잘못했다는 사실을 인정하지 않을 수 없었다. 그리고 포스트 캡슐 일도 우체국에서 부정하면 법정에서 다퉈도 분명 패소한다. 당신이 멋대로 만든 거잖아, 하고 말하면 반론하지 못한다. 통지서를 포장했던 비닐봉투에 쓰인 글도 누가 썼는지도 모르는 손 글씨였다.

"그리고 오야마 슌사쿠 씨가 도작을 인정한 건 저희도 알고 있습니다. 따라서 저희는 선생님께 한 가지 제안을 드리고자 합니다."

편집장이 몸을 내밀며 무슨 말을 하려고 했기 때문에 다케무라도 그쪽으로 고개를 내밀었다.

"선생님을 고소하지 않는 대신, 저희는 선생님의 편의를 도모하
겠습니다. 여기 있는 다가와가 도와드릴 테니 안심하셔도 됩니다."

편집장은 제안을 이어갔다.

"잘하면 선생님의 아드님이 작가로 데뷔할 수 있을 것 같은데,
어떻습니까? 이렇게 근사한 제안을 뿌리치는 건 아깝지 않나요?"

분명히 매력적인 제안이었다. 아들 에이고가 들으면 펄쩍 뛰며
기뻐했을 것이다. 펄쩍 뛸 수 있으면 말이지만.


## 12


혹독한 현실을 들이댐으로써 성가신 상대를 입 다물게 한다.
다케무라 기이치로가 돌아간 뒤, 사카타 가즈야는 한 방 먹였다
는 얼굴을 했다.

"역시 편집장님이세요."

다가와 리코는 박수를 짝짝짝 쳤다.

"어때? 내가 다시 보이지? 그저 배 나온 중년이 아니야."

사카타 가즈야는 웃으면서 말했다. "요즘 출판이 불황이라서
우리도 정말 죽을 맛이야. 그런 사람을 적극적으로 끌어들이면
영업 실적은 올라가. 그 사람도 기뻐하고, 우리 회사도 기뻐해.
양쪽에서 기뻐하는 일은 흔치 않아."

"15년 전에 다케무라 에이고의 작품을 수상작으로 정했을 때

말인데요, 편집장님은 정말 재미있으셨어요?"

"응, 재미있었어. 원작자와 도작자 간의 속고 속이는 줄다리기가 참신하고 서스펜스로 가득해서 그대로 책으로 만들면 꽤 팔리지 않을까 생각했어. 그래서 바로 수상 통지서를 보냈던 거고."

"그런데 답신이 없어서 이상하다고 생각하지 않으셨어요?"

"정신없이 바빠서 완전히 잊고 있었어. 수개월이 지나서야 생각난 거야. 그때는 이제 와 본인한테 확인할 것까지 없다는 생각이 들었어. 그리고 그 작품의 중대한 결함을 깨달았거든."

"오야마 슌사쿠가 쓴 《신인상 살인 사건》은 어떠셨어요?"

"오야마 씨 건은 교묘하게 얼버무려서 처음에는 몰랐어. 뭔가 좀 위화감은 들었지만 기념비적인 제1회 수상자를 내지 않을 수 없었거든. 다른 후보작의 완성도가 워낙 떨어져서 오야마 씨가 수상하지 않으면 수상작이 없었을 거야. 그 뒤 도작인 걸 알아채고 본인한테 따졌더니 인정했고. 손해가 발생한다고 협박해서 이 일은 비밀에 부치기로 했고 보상도 요구하지 않기로 했어."

"하지만 책이 나오지 않았으니까 결국 우리도 손해를 안 본 거고요?"

"그렇게 된 거지."

"그럼 다케무라 에이고 씨의 《수상작 없음》은 작업을 진행해도 되는 거죠?"

"전부 일임할게. 우리 회사의 새로운 프로젝트야. 원점으로 돌아왔네. 부디 열심히 해주게나."

편집장은 기분이 좋았다. "부수나 세심한 부분은 그쪽과 잘 상의해서 결정해 줘. 자네한테 달렸으니까."

"알겠습니다."

2년 동안 편집 일을 옆에서 돕기만 했던 그녀가 처음으로 큰일을 맡게 되었다. 이 사업은 출판 불황이라는 큰 파도에 휩쓸려 가는 우리 회사의 구원 투수가 된다는 마음으로 임하고 싶었다.

## *13*

그리고 석 달 뒤, 마침내 책이 완성됐다.

완성된 책의 띠지에는 이렇게 쓰여있다.

'일본 추리소설계의 주목받는 샛별, 다케무라 에이고. 당당한 데뷔작.

도둑맞은 원고를 둘러싼 쫓고 쫓기는 서스펜스극.

마지막 반전에 독자들은 경악한다.'

다케무라 기이치로의 자랑스러운 아들 에이고의 첫 장편소설이다. 책의 만듦새는 빈말로도 근사하다고 못 하지만, 신인 입장에서 불평할 수는 없다.

오늘 아침에 도착한 상자는 모두 다섯 개. 그 안에는 《수상작 없음》이 꽉 차있었다. 그는 이제 상자를 열어서 한 권씩 꺼내 아들 방의 벽 한 면에 쌓고 있었다.

그야말로 장관이었다. 기이치로 자신도 원래 작가를 지망했던 사람인지라 그 기쁨은 훨씬 더 크다. 정신적으로 문제가 있는 아내도 이 책 출판을 기뻐했고, 요즘은 기분이 좋아 외출까지 하게 됐다. 다케무라는 아내가 이대로 호전되기를 바란다.

이 책 덕분에 집안도 밝아졌다. 아직 문제가 한 가지 남았지만 어쩌면 잘 풀릴지도 모른다.

이제 곧 편집자 다가와 리코가 계약서를 가지고 올 시간이었다. 응접실이 아니라 에이고의 방에서 만날 생각이다.

오후 2시 정각. 초인종이 울렸다.

"여보, 류세이 출판사의 다가와 씨가 오셨어."

아내의 밝은 목소리가 들린다.

"알았어. 여기로 안내해."

복도를 걷는 소리. 이윽고 똑똑 노크 소리.

"들어오세요" 하고 대답하자, 문이 열리고 다가와 리코가 들어왔다.

"어머나. 정말 장관이에요."

그녀의 첫마디였다. 벽을 장식하는 《수상작 없음》이 그녀를 감동시킨 듯하다.

"미치 흰데 예술치럼 보여요."

"오오, 마음에 드셨나 보군."

그녀는 고개를 끄덕였다.

"다케무라 씨도 마음에 들어 하셔서 저희도 정말 기쁩니다. 그럼 바로….."

다케무라는 그녀에게 의자를 권했다.

"계약서죠?"

"사무적이라 죄송해요. 이 일은 빨리 처리하죠."

"그럽시다. 그게 좋겠어요."

## 14

다가와 리코는 등줄기가 오싹했다.

"정말 장관이네요"라고 말하긴 했지만 뭔가 기분이 꺼림칙하다. 벽 쪽에 쌓인 대량의 《수상작 없음》이 원인 같았다. 계약을 마치고 한시라도 빨리 여기서 벗어나고 싶었다.

15년 전, 류세이 출판사는 자비 출판 전문 회사였다. 소설가를 지망하는 사람들의 원고를 받아서 그럭저럭 읽을 만한 작품에는 '소설 류세이 신인상'을 줘서 '소설 류세이 신인상 수상작'이라고 찍힌 띠지를 책에 둘렀다.

다케무라 에이고의 《수상작 없음》은 그 자비 출판 시대의 수상작 중 하나다. 그래서 인세는 없고 완성되는 대로 자비 출판 제작비를 받기로 되어있었다. 수상 통지서 문장(앞부분 참조)을 주의 깊게 읽으면 이 상에는 상금이 없고 매출 인세도 없는 자비 출판이라는 사실을 알 수 있다. 작가는 서점에 직접 책을 가져가고 판매 부수에 따라서 자비 출판에 든 비용이 얼마나 회수될지 결정되어 일희일비하게 된다.

그런데 수상을 통지했는데도 다케무라 에이고로부터 답신이 없기 때문에 이 출판 건은 흐지부지되었다.

그 뒤 회사는 자비 출판에서 상업 출판으로 전환했고, 그 기념비적인 제1회 소설 류세이 신인상 수상작이 오야마 슌사쿠가 응모한 《신인상 살인 사건》이었다.

도작이라는 게 밝혀져서 실패했지만 제2회부터는 괜찮게 팔렸고 베스트셀러 작가가 된 사람도 두 명 정도 나왔다.

다케무라 기이치로는 계약서를 읽는 데 상당한 시간을 들였다. 그녀는 다케무라가 빨리 도장을 찍어주기를 기다리고 있다.

"계약서는 이걸로 된 것 같군. 편집자님께는 신세 많았어요. 정말 감사합니다."

다케무라는 만족스럽게 고개를 끄덕이더니 계약서에 도장을 찍었다.

그녀는 200만 엔이 찍힌 영수증을 건넸다.

"어제 200만 엔 입금 확인했어요. 감사합니다."

자비 출판 대금이다. 인쇄한 책은 전부 300권. 이 방에 있는 책들이다. 책은 일반에게는 유통시키지 않는다는 게 약속이다. 그래서 비매품 취급으로 정가는 찍혀있지 않다.

애당초 다케무라 에이고의 《수상작 없음》 자체가 기성 추리작가의 《도작의 론도》라는 작품의 도작이었다(이 책의 작가 오리하라

이치의 소설 《도착의 론도(倒錯のロンド)》를 이용한 말장난—옮긴이). 등장인물의 이름은 바꿨지만, 숙독하면 스토리 전개나 트릭이 같다는 사실을 누구나 알아챌 터였다. 오야마 슌사쿠의 《신인상 살인 사건》은 그 도작의 도작이다.

"이 책들은 판매용이 아니니까, 모쪼록 잘 부탁합니다."

"아아, 알아요. 친척과 지인들한테만 나눠줄 거요."

다케무라는 조금 거슬린다는 듯 말했다. "하지만 덕분에 집안이 밝아졌어요. 아내의 병세도 호전됐고, 내 정신 상태도 좋아졌어. 병원에 다니는 것보다 훨씬 잘됐어. 200만 엔이라는 대금은 절대 비싸다고 생각하지 않아요. 치료비라고 생각하면 말이지."

"그렇게 말씀해 주시니 책을 만든 입장에서 정말 기쁘네요."

출판 불황 속에서도 책을 내고 싶어 하는 사람은 많이 존재한다. 류세이 출판사도 그 원점으로 돌아가서 자비 출판 부문을 부활시켰다. 기념비적인 제1호가 다케무라 에이고가 쓴 《수상작 없음》이었다.

"근데 한 가지 해결되지 않은 게 있어요. 그것만 해결되면 더할 나위가 없는데."

다케무라 기이치로는 갑자기 자리에서 일어나더니 그 방의 벽장문을 별안간 홱 열었다. 그러자 안에서 수염이 덥수룩한 남자가 구르다시피 나왔다. 벽장 안에서 두 사람의 대화를 엿듣고 있던 모양이다.

"에이고, 언제까지 거기 있을 거냐. 네 소설이 이렇게 꽂혀 있잖아. 소설 류세이 신인상을 수상한 《수상작 없음》이 말이야."

남자는 비틀비틀 나와서 일어났다. 오랫동안 세탁하지 않은 더러워진 트레이너에 큼지막한 바지. 불쾌한 체취가 리코에게까지 흘러와서 그녀는 구역질이 올라오려 했다. 남자는 이제 막 완성된 책에 뺨을 비비며 기뻐했다. "오오, 오오, 내 책" 하고 기묘한 소리를 내고 있다.

"아드님이 살아있었어요?"

"아, 그게, 죽은 건 작가 생명이고. 15년 전, 녀석은 작가 생명이 끊겼다고 생각해서 이 벽장에 들어가 틀어박혀 지냈어. 하지만 이렇게 책을 내면 아마노이와토(일본 신화에 나오는 바위 굴—옮긴이) 전설처럼 밖으로 나오지 않을까 싶어서 말이지. 나도 어쩔 수 없는 부모다 보니. 완전 대성공이야. 편집자님한테는 정말 고맙게 생각해요. 200만 엔은 정말 싼 거야."

다케무라가 호탕하게 웃고 있는데 다가와 리코는 자리에서 일어났다. 공포로 온몸에 소름이 돋았다. 봐서는 안 되는 한 집안의 비밀, 공포의 심연을 엿보고 다리가 얼어붙어 있었다.

"이만 가볼게요. 감사합니다."

그녀는 도망치다시피 다케무라의 집을 나왔다. 영업 면에서는 이겼지만 도저히 승리에 도취될 기분이 아니었다.

이번 사례는 통지서를 보낸 쪽과 받은 쪽 모두, 어떤 의미에서 해피엔딩이 아니었을까.

출판사는 클레이머 같은 성가신 남자가 만족할 만한 해결책을 제시해서 이익을 얻었고, 의뢰인도 아들이 은둔형 외톨이의 생활에서 벗어나 사회 복귀의 출발선에 섰으니까.

편자로서는 에기치 못한 쓴웃음을 부르는 결말이었다.

Tokyo-Saitama-ken
april
18
2008

기다리는 사람

오지 않다

다마이 가나에에게

건강하게 잘 지내고 있니?

네가 집을 나간 뒤 이 할미는 하루하루가 얼마나 따분하고 쓸쓸한지 모르겠구나. 너도 알겠지만, 이 할미는 최근 들어 갑자기 건망증이 심해졌단다. 조금 전에 한 일을 잊고, 약속도 잊고, 실패의 연속이다. 하루에가 "어머님, 그건 치매예요. 남한테 폐를 끼치니까 자꾸 밖에 다니지 마세요"라는 말을 귀에 못이 박히게 하는구나.

하지만 기분 전환을 위해서는 역시 밖에 나가고 싶다. 그래서 어느 날 마음먹고 산책을 나갔다가 길을 잃었지 뭐니. 내가 어디에 있는지 모르겠는 거야. 우왕좌왕하는 사이에 날은 저물고. 그러는데 "시내에 거주하는 다마이 시게코 씨가 행방불명됐습니다" 하는 경찰 방송이 나왔고, 그게 이 할미라는 걸 알아서 근처에 있던 편의점에 뛰어 들어갔단다.

　경찰한테 보호되어 무사히 집에 돌아간 것까지는 좋은데 하루에한테 실컷 혼나고 할미는 싹싹 빌었다. 목욕하는데 하루에가 료타한테 "저 할망구, 행방불명돼 어디 가서 뒈졌으면 좋았을 텐데" 하는 소리가 들려서 어찌나 우울해지던지.

　할미가 아직 정신이 또렷할 때 이 집에서 나가고 싶다. 조만간 도쿄로 가려고 한다. 돌아오는 금요일 오후 6시. 우에노역 중앙 개표구 근처에서 볼 수 있을까?

　불쌍한 할미를 구해주렴. 부탁하마.

다마이 시게코

'

(다마이 가나에)


　오후 6시가 넘은 시각. 다마이 가나에가 맨션 1층 우편함을 들여다보자, 우체국에서 부재중 통지가 와있었다. '부재중이라서 우편물을 8번 택배 보관함에 넣었습니다'라는 메시지다. 발신인이 서적 판매회사인 걸 보니 인터넷으로 주문한 책이 도착한 것이다.

　가나에가 택배 보관함이 있는 통로로 가는데 30대 정도의 여자가 비닐에 싸인 봉투를 세대별 우편함에 집어넣는 모습이 보였다. 그 우편함은 가나에의 집 호수였다.

"엇, 왜 그러세요?"

가나에가 말을 걸자, 여자가 깜짝 놀라서 "저희 집에 잘못 들어 있어서요" 하고 대답했다.

"어머, 감사합니다."

여자는 가나에를 제대로 쳐다보지도 않고 "아니에요" 하면서 부끄러운 듯 중얼거리더니 허둥지둥 밖으로 나갔다. 어느 맨션이나 비슷하겠지만 세대별 우편함은 밖에서 넣은 것을 맨션 내에서 꺼내는 구조로 되어있다. 가나에는 택배 보관함에서 물건을 찾은 뒤 다시 자기 호수의 세대별 우편함에서 편지를 꺼냈다.

얇은 비닐에 싸인 그 편지. 다마에 가나에는 발신인을 보고 깜짝 놀랐다. 할머니가 보낸 편지였기 때문이다.

가출하다시피 본가를 뛰쳐나온 지 17년이 되지만 한 번도 돌아간 적 없고, 편지를 주고받은 적도 없다. 그래도 그녀를 귀여워해준 할머니만은 걱정이 됐다. 지금 살아계시면 아흔 살을 훌쩍 넘었을 터다.

그녀는 집에 들어가서 비닐을 뜯고 편지봉투를 꺼냈다. 가위가 얼른 눈에 띄지 않아서 손으로 편지봉투를 찢어 조급한 마음으로 편지를 끄집어낸다.

편지를 읽고 또 읽었다. 읽을 때마다 할머니가 불쌍해서 눈물이 흘렀다. 그런데 무엇보다 할머니가 건강하신 사실이 놀라웠다. 편지는 할머니가 도쿄로 오는데 우에노역에서 만나고 싶다는 내용이었다. 돌아오는 금요일은 이틀 뒤다. 회사는 오후 5시에 끝나기 때문에 근처 신주쿠역에서 서둘러 가면 6시는 어떡하든 맞출 수 있을 것 같다.

그러고는 마음이 진정되지 않아 회사에서 일을 하면서도 계속 안절부절못했다.


이틀 뒤, 야근 없이 정각에 일이 끝났다. 그녀는 신주쿠에 본사가 있는 식품 업체 총무부에서 근무했다. 옷을 갈아입고 신주쿠역에 도착한 시간이 5시 28분. 야마노테선의 바깥쪽 노선을 타고 우에노에 도착한 시각이 거의 6시 정각이었다.

만약 할머니를 만나면 오늘은 그녀 집에서 머물게 할 생각이었다. 쌓인 이야기가 많아서 도저히 하룻밤으로는 부족할 듯하다.

3번선 홈 계단을 뛰다시피 내려가서 1층 중앙 개표구를 나선 시각이 6시 2분 지나서였다. 할머니는 개표구 밖에서 틀림없이 불안한 마음으로 있을 것이다. 퇴근하는 사람들과 관광객들로 붐벼서 도저히 사람을 찾을 수 있는 상황은 아니었지만, 아흔이 넘은 할머니라면 움직임도 느릿해서 오히려 눈에 띄지 않을까 싶었다.

가나에는 눈을 동그랗게 뜨고 개표구 주변을 둘러봤다. 그리고 누군가를 기다리는 얼굴의 사람들에게도 시선을 보내지만 고령자의 모습은 보이지 않는다. 할머니가 그녀를 찾아 넓은 홀을 우왕좌왕하는 것은 아닌가 싶어서 그녀는 홀 안을 이리저리 돌아다니기 시작했다. 자동 발권기, 홀 쪽의 도시락 가게와 빵 가게, 선물 매장 등도 들여다본다.

없다. 어디에도 없다.

다시 개표구로 돌아가서 드나드는 사람들을 유심히 봤다. 6시 반이 되어도 할머니의 모습은 보이지 않았다. 약속은 했지만 몸이 안 좋아서 단념했는지도 모른다. 아니면 편지에 썼듯이 잘 잊어버려서 약속 자체를 잊었을 가능성도 있다.

7시가 되어도 상황은 똑같았다. 역 구내에 경찰 대기소가 있어서 안을 들여다봤지만, 당황한 모습의 노인이 있는 것 같지도 않다. 만약을 위해 경찰에게 물어보지만 "아뇨, 안 오셨습니다" 하는 대답이 돌아왔다. 그녀는 할머니가 길을 잃었을 가능성이 있다면서 만약 할머니가 오면 전화를 부탁한다고 경찰에게 명함을 주었다.

그녀는 할머니가 무슨 사고를 당했다기보다 '약속' 자체를 잊어버린 쪽에 무게를 뒀다.

집에 돌아가서 다시 봉투를 확인해 보고 깜짝 놀랐다. 왜냐하면 우표에는 15년 전의 3월 22일 소인이 찍혀있던 것이다.

## *2*

(15년 전)


다마이 시게코는 약속한 금요일 오후 6시에 우에노역 중앙 개표구 근처에 서있었다.

그 편지는 무사히 가나에한테 도착했을까. 아직도 거기에 살고 있을까. 오로지 그 걱정뿐이었다.

2년 전 손녀 가나에가 집을 나갔다. 그 애는 삐걱거리는 집안이 싫어서 뛰쳐나갔을 것이다. 유달리 더 귀여워했던 손녀였기에 가나에의 가출은 시게코에게 충격이었다. 고민이 있으면 할머니한테 털어놨으면 좋았을 텐데. 세심하게 살피지 못했다며 후회한다.

가나에는 집을 나간 뒤 편지 한 통 보내지 않았다. 며느리 하루에는 "걱정 끼치려고 가출한 거예요. 내버려 둬요"라고 말했다.

그래서 시게코도 그런 거겠지, 곧 돌아오겠지, 하고 처음에는 낙관적이었다. 그런데 2년이 지나도 소식이 없는 것은 왜 그런 걸까.

그렇게 답답해하고 있을 때 시게코는 우연히 가나에의 주소를 알았다. 그날은 하루에가 외출을 하고, 그녀는 거실을 청소하고 있었다. 청소기에 모인 쓰레기를 비우려고 하는데 우연히 쓰레기통 안에 있던 뭔가가 눈에 들어왔다. 하얀 봉투가 아무렇게나 버려져 있었다. 그런데 수신인이 시게코처럼 보였다. 집어서 확인했더니 분명히 그녀 앞으로 온 것이다. 편지를 버릴 사람은 하루에밖에 없다. 발신인은 가나에였다.

시게코에게 온 편지는 봉투도 뜯지 않고 그대로 버려져 있었다. 하루에한테는 의붓딸이기 때문에 정이 없어도 하는 수 없다. 하지만 손녀가 할머니에게 보낸 편지를 뜯지도 않고 멋대로 버리다니 해도 너무한다.

시게코는 봉투를 뜯어서 편지를 읽었다.

할머니, 아무 말도 안 하고 집을 나가서 죄송해요. 집이 싫어
져서 충동적으로 도쿄로 왔어요. 고생도 많았지만 지금은 신주
쿠에서 일하고 있어요. 사실 좋아하는 사람이 생겨서 그 사람
과 같이 살고 있어요. 전 행복해요. 이 일은 하루에 씨와 료타
한테는 비밀이에요. 또 편지 쓸게요. 할머니, 오래오래 건강하
세요.

손녀에 대한 맹목적인 사랑이 미칠 듯 되살아났다. 만나고 싶
다, 당장이라도 만나고 싶다.

그건 그렇고 이 편지를 보지 못했다면 그녀는 손녀의 편지를
영원히 몰랐을 것이다. 하루에한테 한 소리 하고 싶지만 "어머,
광고 편지와 착각하고 버렸나 봐요. 몰랐어요. 죄송해요" 정도로
사과하고 흐지부지 넘어갈 것이다. 하루에를 계속 비난하면 그보
다 몇 배는 더 심한 욕설이 되돌아온다.

이 일은 할머니와 손녀의 비밀로 해두자. 그녀는 한시라도 빨리
손녀를 만나고 싶은 마음에 편지를 썼다. 그쪽 형편은 생각도 하
지 않고 멋대로 보내는 게 되지만 가나에는 화내지 않을 것이다.

가나에가 집을 나갔을 무렵 다마이네 가족 구성은 시게코, 아
들 다로의 후처 하루에, 손녀 가나에와 손자 료타까지 네 식구였
다. 다로의 첫 번째 아내가 병으로 세상을 뜬 뒤 후처로 하루에가

들어왔고 손자 료타가 태어났다. 문제는 그다음이었다. 다로가 7년 전 심근경색으로 갑자기 죽었다.

그 뒤 가족 간에 삐걱거리기 시작했다. 기가 센 하루에는 간호사로 일해서 나름의 수입이 있었다. 그래서 순식간에 집안 실권을 장악했다. 당연히 전처 자식 가나에가 거기에 반발했고 두 사람은 충돌했다. 시게코가 그런 두 사람을 달래면 좋았을 텐데 그녀는 현실을 외면하고 취미인 하이쿠(일본 고유의 단시―옮긴이) 짓기에 몰두했다.

가나에의 입장에서는 계모와 배 다른 남동생, 집안 사정에 무관심한 할머니한테 절망했을 것이다. 그리고 2년 전에 편지도 남기지 않고 말없이 집을 뛰쳐나갔다.

\*

저녁 7시가 되어도 가나에는 나타나지 않았다. 그리고 시게코는 두 시간가량을 더 우에노역 개표구 근처에서 계속 기다렸다.

역시 편지가 가지 않은 걸까, 아니면 시간이 없어 못 나온 걸까. 가나에가 편지에 전화번호라도 써줬으면 좋았을 텐데, 하고 원망했다.

그녀는 그날 도쿄에서 머문다는 생각은 하지 않았기 때문에 10시 넘어 다카사키선 하행 열차를 타고 마에바시에 있는 집으로 돌아갔다.

"이렇게 늦게까지 어딜 싸돌아다닌 거야, 노망난 할망구야."

거의 한밤중이 다 되어 집에 들어가자, 하루에의 폭언이 쏟아진 것은 두말할 것도 없다. 최근 들어 하루에는 말투도 거칠어졌다.

"어라, 무슨 불만 있어? 그 얼굴에 다 쓰여있는데?"

그 말에 시게코 안의 뭔가가 툭 끊겼다. 나이가 들어감에 따라 자꾸 잊게 되는데, 안 좋은 일만큼은 절대 잊히지 않는다.


## 3

(다마이 가나에)


15년 전 편지가 왜 이제야 도착했을까.

도대체 영문을 모르겠다. 15년 전이라면 가나에는 스물두 살, 할머니 시게코는 일흔여덟 살 정도였을 터다. 할머니가 계모한테 '할망구'라는 소리를 듣는 모습이 떠올라 눈물이 펑펑 쏟아졌다.

가나에는 계모뿐 아니라 남동생 료타와도 사이가 나빴다. 계모는 정신적으로 학대하고, 료타는 폭력을 휘둘렀다. 그런 인간들한테서 한시라도 빨리 벗어나고 싶었지만 할머니를 놔두고 가는 건 괴로웠다.

가나에가 집을 나오고 2년 후, 즉 15년 전 도쿄 생활이 안정되면서 딱 한 번 할머니에게 편지를 썼지만 답장은 없었다. 할머니는 이제 나 같은 건 아무래도 상관없어한다고 판단하고 오히려 홀가분해졌다. 그런데 할머니가 그녀에게 SOS 편지를 보냈던 것이다. 약속 장소에서 계속 기다렸을 할머니가 생각나서 눈물이 더 쏟아졌다. 아무리 몰랐다고는 해도 할머니한테 죄송한 마음이 들어 어쩔 줄 몰랐다.

그건 그렇고 왜 이 편지가 이제야 배달됐을까. 아무리 실수라고 해도 너무한다. 처음 편지를 받았을 때 비닐에 싸여있던 사실이 떠올랐다. 거기에 뭔가 적혀있던 것 같지만 할머니 편지에 마음이 빼앗겨 그대로 버렸다. 그걸 어디에 뒀더라.

그렇다. 부엌 쓰레기통이다. 연소 쓰레기 수거일 전이었기 때문에 종이 쓰레기는 아직 그대로 있었다. 쓰레기통을 뒤져서 바로 찾아냈다.

거기에는 이런 글이 쓰여있었다.

**'이 편지는 15년 전, 15년 뒤의 당신에게 배달하기 위해서 포스트 캡슐에 넣어진 겁니다. 15년이라는 세월의 무게를 느껴보세요.'**

더 이해가 안 되었다.

"이게 뭔 소리야?"

왜 할머니가 보낸 편지가 '포스트 캡슐'에 들어가서 15년 뒤에 배달됐을까. 포스트 캡슐에 대해서는 신문 같은 데서 읽은 기억이 있어 어떤 기획인지는 대충 알고 있다.

왜 할머니는 약속 날짜를 적은 긴급한 편지를 포스트 캡슐로 보냈을까. 편지에서 할머니가 최근 치매 징후가 있다고 했는데 속달로 보내려다가 그만 실수로 포스트 캡슐에 넣은 걸까.

치매로 판단력이 떨어졌다고 하는 것이 가장 납득이 가는 답이다. 하지만 약속 장소에 손녀가 온다고 믿고 계속 기다렸을 할머니의 모습이 다시 떠올라서 가슴이 아팠다.

친모는 가나에가 세 살 때 병으로 세상을 뜨고, 2년 뒤 아버지가 후처로 맞이한 사람이 하루에였다. 아버지가 살아계실 때는 아무 문제 없었다. 그런데 가나에가 막 고등학교에 들어갔을 무렵, 아버지가 근무 중에 심근경색으로 갑자기 돌아가셨다.

가나에 입장에서는 계모 하루에한테 다마이 집안을 송두리째 빼앗긴 기분이었다. 실제로 기가 세고 억척스러운 하루에와 성격이 맞을 리도 없었다. 할머니 시게코는 그때부터 조금씩 건망증이 생겨서 별로 의지가 못 되었다. 여섯 살 어린 이복동생 료타는 엄마가 오냐오냐하고 키운 탓인지, 버릇없이 자라더니 불량 그룹과 어울리며 집에서 폭력을 휘둘렀다.

있을 곳이 없어진 가나에는 그 고장 전문대를 졸업한 뒤 거의 가출하다시피 집을 나왔다. 어차피 서로 부딪치고 있던 탓에 가나에가 집을 나갔다고 계모와 동생이 뭐라고 할 일은 없을 테고, 그쪽 입장에서는 눈엣가시이던 딸, 누나가 사라져서 속 시원했을 것이다. 누이 좋고 매부 좋고다. 단지 할머니한테 아무 말도 하지 않고 나온 것이 조금 미안했다.

그래서 도쿄에서 자리 잡고 마음에 조금 여유가 생긴 2년 뒤, 할머니한테 편지로 소식을 알렸다. 그런데 15년 뒤에 도착한 할머니의 편지를 읽고 할머니가 가나에의 부재를 아주 쓸쓸해했다는 사실을 알았다.

"죄송해요, 할머니."

할머니 마음을 헤아리지 못한 자신이 한심하다.

"아니, 잠깐."

5년 전에 이혼하고 지금은 혼자 사는 집에서 가나에는 갑자기 큰 목소리를 냈다.

마지막에 할머니를 본 것이 17년 전. 지금 살아계시다면 아흔 세 살이다. 지금은 치매가 더 진행됐다고 생각해야 한다.

아니다. 이미 돌아가셨을 가능성이 더 높지 않을까.

할머니가 어떻게 되셨는지 한시라도 빨리 알아야 했다. 가나에는 당장 할머니에게 편지를 썼다.


할머니, 잘 지내셨어요?

오랫동안 연락 못 드려 죄송해요. 지금 전 도쿄에서 일하고 있어요.

오래전에 할머니가 저를 만나러 우에노역에 오셨던 걸 얼마 전에야 알았어요. 편지가 포스트 캡슐이라는 데에 들어있었어요. 할머니가 어쩌다 거기에 편지를 넣으셨는지는 모르겠지만, 이제야 배달됐어요.

그때 우에노역에 나가지 못해서 너무너무 아쉬워요.

할머니, 여전히 건강하시죠? 답장 기다릴게요.


일단 이 정도로 간단하게 썼다.

만약 할머니가 이 세상에 없다면 계모나 동생이 이 편지를 읽을 것이다. 어디 사는지 알게 하고 싶지는 않지만 하는 수 없었다.


## 4


다마이 료타는 수상한 편지를 받았다.

17년 전에 집을 나간 뒤 한 번도 돌아온 적이 없는 이복 누나의 편지였다. 어머니와 사이가 나쁘고, 료타와도 성격이 안 맞아서 항상 싸우기만 하던 빌어먹을 년이다.

까맣게 잊고 있었는데 왜 이제 와 편지를 보낸 걸까. 더구나 할머니 앞으로.

물론 할머니는 치매가 진행되고 있기 때문에 맘대로 꺼내 읽어도 괜찮다. 그렇게 생각하고 편지를 읽었다.

"얼씨구, 할머니를 배신해 놓고 이제 와서 뭐 하자는 거야?"

분명 유산이 목적이다. 할머니는 돈이 많기 때문에 틀림없다.

편지를 찢어버리려다가 문득 생각을 고쳐먹었다. 좋은 생각이 떠올랐다. 할머니인 척 편지를 쓰자. 절대 들킬 리가 없다.


가나에가 보낸 편지, 잘 받았다.

하지만 할미는 너를 만날 수 없단다. 그때 우에노역까지 만나러 갔는데 넌 오지 않았어. 이 할미가 얼마나 실망했는지 넌 모를 거다.

노망이 시작됐고, 허리며 다리며 모두 삐걱거리는 몸을 이끌고 얼마나 힘들게 우에노까지 갔는데. 그런데 넌 오지 않았어.

밤늦게 집에 돌아갔더니 하루에가 얼마나 화를 내던지. 그래서 할미는 밖에 나가는 걸 포기하게 됐단다.

그 뒤 너한테 연락도 없고. 사과 편지나 전화도 없었어.

이미 널 사랑하는 마음은 식었단다.

다시는 편지 보내지 말거라. 할미는 류머티즘에 휠체어를 타고, 잘 잊어버리고, 머리도 노망났단다. 이제 얼마 안 남았다. 하루에와 료타한테 구박받으면서 죽을 거다. 하지만 그걸로 됐어. 바라는 건 아무것도 없단다.

그럼 잘 지내라. 기껏 편지를 보내왔지만, 미안하다.

다마이 시게코

됐다, 이거면 충분하다. 내가 생각해도 참 잘 썼다. 정말 아흔세 살의 늙은 여자가 쓴 것 같다. 그년이 알 리가 없다.


### 5
(다마이 가나에)

할머니의 답장은 금방 왔다.

나이도 많으신 분이 정말 빠르다. 하긴, 하루하루 별로 할 일도 없고 남는 건 시간이다. 지금은 살아계신 걸 알게 되어서 기뻐할 때다.

그런데 편지를 읽고 단숨에 우울해졌다. 우에노역에서 만나지 못하고 가나에의 편지를 못 받아서 실망했다면서 애정이 식었으니 다시는 편지를 보내지 말라는 싸늘한 내용이었다.

우에노역에서 만나지 못한 데는 이유가 있다고 아무리 설명해도 이해하지 못하는 것 같다. 아흔셋이라는 나이를 생각하면 완고해져도 하는 수 없다. 포기하자. 할머니는 이제 만나지 않기로 하자.

그렇게 생각하고 편지를 봉투에 넣으려는데 불현듯 위화감이 들었다.

뭔가 이상하다. 뭐가 이상한지 한마디로 설명하기는 어렵다. 문장에서 감도는 위화감.

그녀는 편지를 다시 읽었다. 그녀를 거절하는 내용인데 다른 사실을 호소하고 있다. 며느리한테 구박받고, 손자한테도 무시당하는 모습이 눈앞에 떠오른다. 본심은 아닌데 억지로 그렇게 쓰고 있다는 느낌도 든다.

아니다. 위화감의 정체를 깨달았다. 이 편지는 할머니가 쓴 편지가 아니다. 글씨가 각이 졌고, 거칠다. 여자가 썼다기보다는 남자가 그럴싸하게 쓴 느낌이다. 그리고 하이쿠를 하던 할머니는 한자를 즐겨 썼는데 이 편지는 그렇지 않다. 동생 료타가 할머니인 척하는 게 아닐까.

그렇다. 분명히 그렇다. 왜냐하면 할머니는 류머티즘이라고 했다. 류머티즘을 앓는 할머니가 이런 편지를 쓸 수 있을 리가 없기 때문이다. 더구나 편지를 받자마자 바로.

편지 한 장에서 이런 추리를 하는 건 과대망상증이 있는 걸까. 아니, 그렇지 않다. 냉정하게 생각하면 이 편지는 온통 이상하다.

본가에 한번 가보는 게 좋을 듯싶다. 하지만 계모와 동생 얼굴을 마주하고 싶지는 않다. 계모의 비아냥거림은 견딜 수 있지만 동생이 돌아가라면서 폭언을 내뱉고 폭력이라도 휘두른다면 감당할 재간이 없다.

어떡하지. 어떡하면 본가 사정을 알 수 있을까.

한 가지 방법이 떠올랐다. 본가 근처에 사는 사람한테 물어보면 된다. 적당한 사람을 생각해 보지만, 옛날부터 이웃들과 별로 교류가 없는 집안이었다.

할머니가 사람을 싫어했던 탓이 크다. 할아버지의 죽음 후, 무슨 금전 문제에 휘말린 다음부터 사람을 믿지 않게 됐다고 들었다. 자식을 앞세우고 기가 센 며느리한테 당신 집을 빼앗기면 인간 불신에 빠질 만했다. 비록 입 밖에 낸 적은 없지만 가나에에게만은 자상했다는 생각이다.

그런 시기에 집을 나온 가나에는 할머니에게 불효녀다. 2년이 지난 뒤에야 할머니한테 사후 보고 형태로 편지를 보내고, 그런 자신을 만나려던 할머니를 본의 아니게 무시한 꼴이 됐다. 포스트 캡슐이라는 '사고'로 할머니는 손녀한테도 배신당했다는 생각에 한층 더 마음의 문을 닫았을 것이다.

어떡하든 할머니의 상황을 알고 싶다. 아흔세 살이라는 고령의 할머니가 과연 살아계신지 확인하고 싶다. 아무리 고령화 사회가 되어 여성의 평균 수명이 길어졌다고 해도 아흔을 넘기면 돌아가셨을 확률이 높아진다.

본가 사정을 알 만한 사람을 이리저리 생각하다가 근처에 동급생이 살았던 사실이 떠올랐다. 다치바나 청과물 가게 딸 다치바나 리사다. 그렇다. 그녀의 집은 본가에서 직선거리로 200미터도 되지 않는다. 본가의 정보 내지 소문을 들었을 가능성이 있다.

20여 년을 연락하지 않아서 그녀가 아직도 거기 사는지 모르지만 일단 연락해 보자. 인터넷으로 검색하자 다치바나 청과물 가게는 한 건도 나오지 않았다. 가게를 접은 건지, 아니면 가게 이름을 바꾼 건지 모르겠다. 인터넷 지도에서 대략적인 위치를 찾아냈다. 정확한 주소는 아니지만 청과물 가게 이름을 붙이면 우체국에서 판단해 전해줄 것이다.

속달로 하면 상대가 이사했을 경우 속달 상태로 전송해 줄 터다. 어디로 이사했는지 모르면 발신인에게 돌아오기 때문에 그때는 다시 다른 방법을 생각하면 된다. 아무튼 한 걸음이라도 앞으로 나아가야 했다.

*6*

나는 누워있다.

여기가 어딜까. 눈을 뜨자 캄캄한 방이었다. 집일까.

일어나려다가 현기증이 나서 힘을 뺐다. 아니, 힘을 뺐다기보다 아예 힘이 들어가지 않는다. 두 손을 움직이라고 뇌가 명령하지만 몸 전체가 움직이지 않는다. 무슨 일이 있었던 걸까.

바로 생각이 났다. 또 녀석한테 얻어맞았다.

손끝을 움직이려고 했지만 손끝 자체에도 감각이 없었다. 이대로 영영 못 일어나는 걸까.

여긴 어디?

도움을 청하려고 했지만 소리가 목에 얽혀서 공기 빠지는 소리만 나온다. 공기를 불어넣은 풍선에서 손을 뗀 듯한 소리. 한심한 소리 다음에 공허한 침묵만 퍼졌다.

아무 소리도 들리지 않는다. 아니, 인기척도 없다.

도와줘, 제발.

눈동자만 움직인다. 하지만 방이 어두워서 아무것도 안 보인다.

그리고 가장 큰 문제에 부딪혔다. 도대체 난 누구지?

"이름은…."

생각이 안 난다. 아무리 뇌를 쥐어짜도 한 글자도 떠오르지 않았다.

하지만 이것저것 생각하는 능력만은 남아있는 듯하다. 그렇기 때문에 분명히 아직 젊다. 스무 살은 무리지만 서른이나 마흔 살.

정말로?

기분만은 20대. 웃음도 전혀 나지 않는다.

웃을 기력도 남아있지 않았다. 정말 슬프다. 하지만 울지 못한다. 눈물마저 나오지 않는다. 나오는 거라곤 한숨뿐. 웃지 못한다.

청각은 있다. 후각도 있다. 시각은 있지만 어두워서 도움이 안 된다. 통각은 없었다. 아파도 느끼지 못한다.

왠지 참으로 한심한 인간이 되었다. 아니, 누군가에게 억지로 그렇게 강요된 느낌이다. 녀석한테 맞은 건 떠올랐지만 그 녀석이 누군지, 이름도 생각나지 않는다.

도움 하나 받을 데 없이 고립된 상태에서 느끼는 건 절망뿐이다.

슬프지만 울지 못한다. 울지 못해서 슬프다. 슬픔이 먼저냐, 울지 못하는 것이 먼저냐. 닭이 먼저냐, 달걀이 먼저냐.

수준 낮은 질문. 그에 반해 답조차 안 보인다. 보여도 아마 실망만 하게 될 답. 그래도 생각한다.

아아, 나는 이대로 죽는 걸까.

...


## *7*

(다마이 가나에)


편지를 보낸 다음 날 밤, 다치바나 리사에게서 연락이 왔다.

가게를 닫았다면 이전했을 가능성이 높아서 별 기대는 안 했는데 리사 본인이 직접 전화를 걸어왔다.

"가나에?"

상대방 목소리를 듣자마자 바로 알았다. 만난 지 거의 20여 년이 지났는데 한순간에 옛날 기억이 되살아났다.

"리사?"

가나에는 어제 막 헤어진 친구를 대하는 느낌으로 상대의 이름을 불렀다.

"응. 무슨 일 있어?"

편지에는 구체적인 내용은 언급하지 않고 본가가 걱정된다는 정도만 썼다.

"리사, 넌 아직도 거기 살아?"

"살아. 가게 문은 닫은 지 오래됐고, 부모님과 같이 살아. 돌싱." 리사는 자조적으로 웃었다. "넌?"

"나도 돌싱."

"같네."

20년의 공백이 단숨에 메워진 느낌이었다. "2년 전인가, 중학교 졸업 20주년 동창회가 있었어. 근데 네 연락처를 몰라서 집에 찾아갔는데 어머니가 얼마나 퉁명스러우신지. 안 가르쳐 주시더라."

"흐음, 그런 일이 있었구나."

"네 어머니, 도저히 가까이 갈 수 없는 분위기를 사방에 내뿜고 계시더라."

가족 얘기가 나와서 용건을 말하기 수월해졌다.

"그래서 말인데, 우리 집 말이야, 지금 어떤가 싶어서. 네가 아는지 모르겠는데, 나 집에 안 간 지 17년이나 됐어."

"알아. 네 어머니 말로는 나쁜 남자한테 걸려서 같이 도망갔다고 하시던데."

"같이 도망을 가?"

그야말로 체면을 의식해 얼버무리려는 계모답다. "내가?"

"어머, 아니야?"

"아냐. 도쿄에 취직해서 집 나온 게 다야. 어머니와 사이가 안좋아서."

가나에는 하루에가 계모이고, 동생이 폭력을 휘두른다는 얘기 등을 했다.

"그렇구나, 친어머니가 아니었구나. 왜 네 연락처를 가르쳐 주시지 않았는지 이제 이해돼."

가나에는 리사에게 본가 사정을 아는지 물었다.

"할머니가 걱정이야. 지금 어떻게 지내시나 싶어서."

아무리 이웃과 교류가 없더라도 아직 할머니가 살아계신지 어떤지 정도는 가까이 살면 알 터다.

"모르겠네."

"그런 거 잘 아는 사람 없어? 근처 사는 나이 드신 분이나 동네일 하시는 분. 부모님은 모르셔?"

"알았어. 최대한 알아볼게. 우리 부모님은 아마 모르실걸. 너네가족은 모임도 안 나오고, 쓰레기도 막 버리고, 아무튼 평판이 좋지 않아."

"미안."

가나에는 자신이 잘못하지 않았는데도 자신도 모르게 사과했다. "할 수 있는 한도 내에서 부탁할게. 알면 연락 줄래?"

"알았어."

가나에는 잠시 상황을 지켜보기로 했다. 리사의 '조사'가 뜻대로 안 되면 그때 나서도 된다.

## 8

다마이 료타는 일주일 치 쓰레기를 시에서 지정한 쓰레기봉투에 넣어서 현관을 나섰다.

그날이 음식물 쓰레기를 버리는 날인지는 확실하지 않지만 집 안에 냄새가 진동을 해서 조금 처리하고 싶었다. 집은 쓰레기로 넘쳐나고 있다. 전문 업자의 도움을 받아야 하는 수준이지만 그럴 수는 없었다.

왜냐하면….

지정 쓰레기 수거장은 집에서 100미터 정도 떨어져 있다. 아침 9시까지 내놔야 하는데, 거의 수거 차량이 올 시간이다.

료타는 양손에 봉투를 들고 문밖으로 나와 뛰었다. 제대로 운동도 하지 않아서 요즘은 조금만 움직여도 숨이 찬다.

수거 차량에서 흘러나오는 소리가 가까이서 들렸다. 자, 서둘러.

드디어 쓰레기 수거장에 도착했을 때 70대 정도의 여자가 까마

귀를 막는 그물 안으로 쓰레기봉투를 넣던 참이었다.

"어머, 누구였더라?"

여자가 고개를 들고 퉁명스러운 얼굴로 물었다. 근처에 사는 여자다.

"이 근처 사는데요."

료타는 적당히 고개를 끄덕이며 쓰레기봉투를 그물 안으로 집어넣고 바로 자리를 뜨려고 했다.

"거기, 잠깐만."

여자가 료타를 불러 세운다.

"네? 왜요?"

그는 트집을 잡힌다는 생각에 경계 태세를 취했다.

"그거, 오늘 아닌데."

"오늘이 아니라고요?"

"오늘은 캔 종류 수거 날이야. 음식물은 내일."

"아, 그렇구나."

보는 사람이 없었으면 말없이 두고 갔을 텐데. 이 여자는 누가 시키지도 않았는데 자진해서 쓰레기 버리는 것을 감시하는 듯하다. 이렇게 남 일에 참견하는 할머니는 동네마다 적어도 한 명은 있다.

"쳇, 재수 더럽게 없네."

소리 죽여 말한다. 쓰레기봉투를 도로 들고 가야 했다. 아니다, 생각해 보면 그게 나을 수도 있다. 이 여자라면 쓰레기봉투 안에

캔이나 유리병이 들어있는지 확인하고도 남는다. 그러면 좀 성가
셔진다. 쓰레기를 내놓는 데도 주의가 필요했다.

"그럼 가볼까."

자리를 뜨려는데 여자가 물었다.

"요즘 할머니가 안 보이던데 잘 지내시니?"

뭐야, 우리 집을 다 알잖아.

"앗, 아, 네. 잘 지내세요."

"몸은 괜찮고? 불편하신 데는?"

젠장, 오지랖녀한테 붙잡혔다.

"네, 괜찮습니다. 말 하나는 누구한테도 안 지세요."

"데이서비스 같은 건 안 하시고?"

"아직 잘 걸어 다니시니까요."

그때 쓰레기 수거 차량이 와서 대화가 중단됐다. 료타는 그 기
회를 놓칠세라 쓰레기 수거장을 나왔다. 음식물 쓰레기봉투를 현
관 앞에 놓고 집에 들어가려고 했을 때 뒤에서 인기척을 느꼈다.
그 할머니가 쫓아왔나. 집요하네.

소리를 한번 꽥 질러줄까 싶어서 돌아보자, 다치바나 리사가
서있었다.

"왜 연락 안 해?"

리사가 료타에게 안겼다. "얼마나 외로웠는데."

## 9

"가나에한테 편지가 왔어."

두 사람은 러브호텔 침대 위에 나란히 누워있다. 다마이 료타
는 똑바로 누워서 천장을 향해 담배 연기를 내뿜었다.

리사는 료타 가슴에 얼굴을 가져다 대면서 말했다. 2년 전, 중
학교 동창회 소식을 전하러 가나에네 집에 갔을 때 현관에서 나
온 사람이 그 엄마였다. 그녀가 아무것도 가르쳐 주지 않자 단념
하고 돌아가려는데 마침 료타가 외출에서 돌아오던 참이었다. 그
한테도 물었지만 누나에 대해서는 아무것도 모른다고 했다.

"십수 년 전에 집을 나간 뒤 소식이 없어."

료타한테는 어릴 때 얼굴이 남아있었다. 그때는 가나에 뒤를
금붕어 똥처럼 따라다니는 수줍음 많은 아이로 리사도 "료타야"
라고 부르면서 귀여워했다.

"정말 료타야?"

꽤나 타락한 느낌이 들었지만 괜찮은 남자였다. 료타는 대여섯
살 어리기 때문에 2년 전이면 서른을 앞두고 있었다.

료타가 고등학교를 중퇴한 뒤 도쿄로 가서 호스트를 한다는 소
문을 들었다. 서른 가까이 돼서 고향에 돌아와 일도 안 하고 빈둥
거리면서 지내는 모양이었다. 호스트 시절에 모은 돈이 있어서
먹고사는 데 문제가 없다고 하지만 진실은 잘 모른다.

리사는 이혼한 지 얼마 안 되어 마음이 피폐해져 있었다. 그래

서 위험한 냄새를 풍기는 료타한테 끌려 남녀 사이가 된 것은 자연스러운 과정이었다.

*

"누나가 뭐라는데?"

다마이 료타는 경계하듯 몸에 힘을 줬다.

"할머니가 어떻게 지내시는지 궁금하대."

"흐음."

"지금 아흔셋이라고?"

"아마도."

"건강하셔?"

료타는 바로 대답하지 않았다. 리사는 료타와 사귀긴 해도 그의 집안 사정은 들은 적 없었다. 그녀도 남편의 가정 폭력으로 이혼한 얘기를 하고 싶지 않았기 때문에 피장파장이라고 생각했다. 물론 양가 부모는 두 사람이 사귄다는 사실을 모른다.

"건강해. 입만 살았다니까."

"요즘 안 보이신다던데?"

"그냥 밖에 나오고 싶지 않은 거야. 그야 나이가 나이이니 여기저기 안 좋은 데가 있지. 밖에서 넘어져 못 일어나면 들쳐야 하잖아."

"그건 그래. 우리 부모님도 언제 쓰러지셔도 이상할 게 없어."

"뭐, 살아있으면 연금이 들어오니까 고마운 존재인지도."

"그럼 가나에한테는 그렇게 말해도 되지?"

"응, 적당히 알아서 말해."

"알았어. 할머니는 연금 생활을 즐기고 계신다고 전할게."

리사는 가나에의 부탁에 그 정도 소식이면 충분하다고 생각했다. 너무 꼬치꼬치 물으면 료타가 싫어한다. 그녀는 지금의 관계를 유지하고 싶었다.

"근데 뭔가 이상해."

"할머니 말이야?"

"아니, 누나. 이제 와 연락하는 게 이상해. 분명 무슨 속셈이 있어. 유산이라도 노리나."

"자기한테도 편지 왔어?"

"응, 할머니 앞으로."

"또 편지 쓸지도 몰라."

"편지 안 오게 하려면 어떻게 해야 하지. 편지 읽고 싶지 않단 말이야."

"수신 거부하면 돼. 편지가 배달됐을 때 '수신 거부' 종이를 붙여서 집배원한테 주기만 하면 돼. 그리고 도장도 찍나? 헤어진 남편이 재결합하자고 했는데 난 그렇게 거절했어."

"내가 항상 집에 있는 게 아니라서. 집에 없을 때 배달 오는 건 싫은데. 그건 귀찮아."

"그럼 우체국에 주소이전을 신청해. 난 전남편 집에서 이쪽으로 오게 해놨어. 이혼한 걸 모르는 사람이 아직도 그쪽으로 우편물을 보내기도 하니까."

"너, 아는 거 많다. 좋았어, 그 방법으로 하자."

"할머니 앞으로 온 편지를 안 받으려고?"

"묘지 시설로 가게 하는 거야."

"묘지 시설?"

"아냐, 농담이야, 농담. 저세상으로 보낸다고."

"저세상에 우편물이 가?"

"뭐, 그냥."

두 사람의 대화는 시시한 농담으로 끝났다.

## 10

(다마이 가나에)

다치바나 리사와 첫 번째 통화를 한 지 사흘 뒤에 다시 전화가 왔다.

"가나에, 연락이 늦어서 미안."

"뭔가 알았어?"

"아니, 별로 없어. 근데 할머니는 분명 건강하신 것 같아."

"어디서 들었어?"

"이웃 사람인가. 넌지시 떠봐서 그 정도밖에 알아내지 못했어."

"하루에 씨는?"

계모이긴 해도 자기 엄마한테 '하루에 씨'는 쌀쌀맞다는 생각이 들었지만 엄마라는 말은 안 나왔다.

"사람들과 사이가 안 좋대. 쓰레기 당번 날도 안 나와보시고. 우리 엄마가 그러셨어."

"료타는?"

"아아, 동생? 료타도 요즘 못 봤어."

"갠 천성이 악해서 나쁜 짓 하고 돌아다니는 거 아닌지 몰라."

"도쿄에서 일하다가 몇 년 전에 돌아왔어."

"헤에, 그 게으름뱅이도 일을 했구나. 회사를 다닐 수 있나?"

"호스트 했었나 봐. 그래서 꽤 많이 벌어서 집에 돌아와서는 유유자적한다던데."

"참 잘 아네."

"멋있어서 눈에 띄니까."

"옛날에는 료타야, 료타야, 하면서 애 취급했으면서."

"어릴 때와는 전혀 달라. 너와는 싸웠을지 모르지만 내가 보기에는 괜찮은 남자야."

리사가 유난히 동생 편을 든다는 생각이 들었지만 일단 신세를 졌기 때문에 깊이 추궁하지는 않기로 했다. 이제 한 번 더 속달로 할머니한테 편지를 써서 그쪽에서 어떻게 나올지 두고 봐야 한다. 딱딱한 돌을 깨려면 대담한 방법을 취해야 할 필요가 있었다.

할머니, 잘 지내세요?

오랫동안 연락을 안 드려놓고, 이제 와 자꾸 편지를 보내 죄
송해요.

할머니가 보고 싶어요. 저, 집에 가도 될까요?

이번 주 주말에 쉴 수 있어요.

토요일 오후 2시. 괜찮으시죠?

그날 형편이 안 되시면 연락 주세요.


그녀가 간다고 하면 동생은 당황할 것이다.

최선의 방법은 무작정 본가로 쳐들어가는 것이다. 경우에 따라
서는 경찰을 부르는 것도 고려하기로 했다.

*"*

나는 거의 죽어가고 있다.

아무도 도와주러 오지 않는다. 목소리를 내려고 해도 노점상에
장식해 둔 바람개비가 돌아가는 소리밖에 안 나온다.

대그락 대그락 대그락 대그락….

머릿속도 텅 비었다. 머리에 영양이 가지 않아서 아무리 애써
도 떠오르는 것이 없다. 묶여있는 것도 아닌데 머리에서 발끝까
지 꿈쩍도 하지 않는다. 움직이는 건 눈뿐. 그런데 아무리 눈을
굴려도 방 안이 어두워서 아무 도움도 되지 않았다.

지금 어떤 상황인가? 점점 생각이 난다. 나는 그 녀석한테 얻어

맞고 이렇게 이불에 눕혀져 있다.

움직이지 못하니까 녀석은 내가 거의 죽어가고 있다고 생각한다. 죽어가는 사람한테 식사는 필요 없다고 생각하는 것이다

도와줘, 제발.

내가 죽어도 대외적으로 살아있는 것처럼 보이게 할 수 있다. 주민자치위원이 찾아오고, 시에서 직원이 찾아와도, 현관 앞에서 "아파서 자고 있다"라는 이유를 대면 그대로 돌려보낼 수 있다. 학대나 폭력 증거가 있어서 법원에서 가택 수사 허가가 나오지 않는 이상, 경찰도 개인 집에 함부로 들어오지 못한다.

...

## 12

(다마이 가나에)

편지는 제대로 도착한 것 같다.

속달로 보낸 우편물은 수신 거부를 하면 며칠 내로 발신인에게 돌아온다. 하지만 반송되지 않았다는 것은 상대에게 배달되었다는 의미이다.

그래서 가나에는 예정대로 본가에 가보기로 했다.

17년 만의 귀향이다. 본가 따위는 잊고 싶다는 생각으로 내내 살아왔는데 돌아가는 날이 올 줄은 상상도 못 했다.

할머니는 이미 이 세상 사람이 아니다. 그녀가 내린 결론이다.

아마 할머니가 살아계신 걸로 해서 틀림없이 동생과 계모는 계속 연금을 받고 있을 것이다.

　부정은 절대 용서 못 한다.

　그런데 그 집에 혼자 들어가면 포악한 동생이 무슨 짓을 할지 모르기 때문에 충분히 대책을 세울 필요가 있었다. 만약 그녀한 테 무슨 일이 일어났는데 아무도 모르면 곤란하다. 그래서 제삼 자한테 알려두면 만일의 사태에 보험 대신이 될 것이다.

　가장 먼저 떠오른 사람은 다치바나 리사였다. 그녀라면 본가 근처에 살기 때문에 도움을 요청하면 바로 달려올 터다. 본인이 없으면 부재중 메시지라도 남겨두면 된다. 그녀와 연락을 하고 있어서 다행이었다.

　물론 안이하게 그대로 들어가는 짓은 하지 않는다. 집 앞에서 상황을 엿보다가 괜찮다고 판단되면 들어간다. 마음이 놓이자 본 가에 가는 날이 기대됐다.

## *13*

　"가나에가 토요일 오후 2시에 집에 간대. 아까 메시지가 왔어."

　"안 되는데."

　"정정당당히게 맞으면 되잖아."

　"안 돼. 집에 오면 곤란해."

　"왜?"

"집 안이 완전 난리도 아니야."

"그러고 보니, 나, 너희 집에 한 번도 안 가봤네."

"결혼한 것도 아니고, 이대로가 어때서. 그리고 이상한 소문 나면 네 부모님도 곤란하시잖아."

"난 심심풀이 오징어 땅콩이라는 거네."

"야야, 우리 엄마 알잖아. 내가 만나는 상대가 너란 걸 알면 엄마가 널 가만두겠냐."

"할머니는?"

"목숨 줄이 고래 힘줄처럼 질긴 할망구야. 어디 있든, 끈질기게 살아있어."

"너도 참 고생이다."

"이제 누나가 돌아오면 어떻게 될지 알겠지? 우린 여자 상위 집안이야."

"그러네."

## 14
(다마이 가나에)


가나에의 본가는 군마현 마에바시시에 있다. 조슈(군마현의 구명칭―옮긴이)의 강바람이라는 말이 있듯 겨울엔 북에서 차가운 바람이 불어온다. 5월 하순, 신록의 계절이 되어도 아침저녁은 공기가 차갑다.

강바람보다 유명한 것이 마누라 천하(양잠업이 성행하여 아내의 경제력이 남편보다 높은 데서 유래—옮긴이)다. 아내의 무서움은 현의 주민들이 절실하게 느낄 정도였다. 가나에의 경우는 계모와 성격이 안 맞기 때문에 '바람받이'가 더 혹독했을 것이다.

이케부쿠로역에서 다카사키선 직행열차를 탔다. 토요일 하행이라서 보통 칸은 드문드문 서있는 사람들이 있었다. 그래서 큰맘 먹고 그린 칸(보통 칸보다 승객 1인당 면적이 넓고 설비가 잘된 특별차량—옮긴이)으로 했다. 도착할 때까지 약 한 시간 반 동안 대책을 세우기로 했다.

구마가야를 지날 즈음부터 전방에 하루나산과 동쪽에 아카기산이 점점 선명해져서 고향으로 간다는 실감이 나는 한편 불안감도 같이 비례했다. 종점 다카사키에서 내려 료모선 플랫폼으로 이동할 때 혹시나 싶어서 뒤를 돌아보았다. 아무도 없다.

누군가가 미행하고 있다는 건 지나친 생각일까.

아침에 맨션에서 나올 때 누군가가 지켜보는 느낌이 들었다. 커다란 가방을 들고 있었기 때문에 누가 봐도 여행 가는 모습이다. 집이 빈 틈에 누군가 몰래 들어갈 수도 있다.

아니다, 그건 너무 지나치다. 맨션을 나와서도 뒤가 근질거리는 느낌은 이제 본가에 쳐들어간다는 사실 때문에 신경과민이 된 탓이다.

자, 진정하자, 진정해. 만약 정말 누군가 미행을 한다면 사람들이 별로 없는 그린 칸에서는 금방 알 터다. 그린 칸은 오미야를 지나면서부터 승객들이 하나둘 내리더니 종점에 도착할 무렵에는 몇 명밖에 남아있지 않았다. 수상한 사람은 없었기 때문에 긴장을 풀었지만 료모선 플랫폼에 내렸을 때 또 위화감을 느꼈다.

그녀가 본가에 가는 사실을 아는 사람은 편지를 받은 본가 사람들뿐이다. 고령의 할머니, 계모, 남동생, 이렇게 세 사람 이외에 보험 대신으로 말해둔 다치바나 리사. 즉 가나에의 귀성을 알 가능성이 있는 사람은 많아야 네 명이었다.

이세사키행의 료모선 열차에 타고 차량 구석에 앉아서 수상한 사람이 있는지 확인한다. 승객은 별로 붐비지 않을 정도로 드문드문 있지만 수상한 사람은 보이지 않았다.

역시 너무 예민한 걸까.

남동생이 아무리 교활하다고 해도 이렇게까지 철저하게 그녀를 뒤쫓지 못한다. 그녀가 집에서 나오기 전부터 맨션 앞에서 지켜보다가 마에바시의 본가까지 계속 쫓아올 이유가 없다. 남동생은 그녀가 본가에 온다는 사실을 아니까 굳이 미행하는 것은 시간 낭비다.

아니면 사람들이 없는 곳을 골라서 그녀를 습격할 기회를 노리는 걸까. 그게 아니기를 바랄 뿐이었다.

마에바시역에 도착했다. 17년 만의 귀향이었지만 그리운 마음은 전혀 없었다. 오히려 과거가 떠올라서 혐오감만 느낄 뿐이다.

남쪽 출입구로 나오자 현청 소재지치고는 한산한 거리가 펼쳐졌다. 시 중심부는 역의 북쪽이지만 그건 그렇더라도 쓸쓸하다.

17년 만이라고 해도 당연히 본가로 가는 길을 잊을 리가 없다. 주택가 사이를 오른쪽, 왼쪽으로 꺾으며 걸어갔다. 거리로는 약 1킬로미터, 택시를 타면 가깝지만 걸어가면 미묘하게 먼 느낌이다.

예전부터 있던 편의점을 발견하고 들어간다. 고등학교 때 이곳에서 아르바이트를 한 적이 있지만 주인은 세대가 바뀌었을 것이다. 계산대에는 낯선 중년 여성과 고등학생 정도의 젊은 남자가 서 있었다.

가게에 들어간 이유는 화장실에서 화장을 고치고 미행하는 사람이 있는지 확인하고 싶었기 때문이다.

세면대 거울을 보니, 이제부터 본가로 쳐들어간다는 긴장감이 얼굴에 드러나 있었다. 손을 씻고 물기를 닦은 뒤 얼굴을 두 손으로 찰싹 때린다.

가게에 수상한 사람은 없다. 가게를 나와서 길의 좌우를 재빨리 확인하지만 미행하는 듯한 그림자는 없었다. 주의는 지나치다 싶게 하는 편이 좋다.

다치바나 리사의 집 앞에 이른다. 예전에 이곳이 청과물 가게였다는 흔적이라곤 차고 셔터에 희미하게 보이는 가게 이름뿐이다. 리사를 불러보고 싶었지만 본가가 먼저라는 생각에 그대로 지나쳤다.

본가 앞에 섰을 때 공포감보다는 들뜬 마음이 더 강했다

그런데 할머니는 이미 돌아가셨을 가능성이 높다는 데 생각이 미치자, 들뜬 마음은 순식간에 사그라졌다. 다만 할머니가 어떠

신지 알고 싶은 욕구만 강해졌다. 이제 남동생과의 싸움이다.

그녀는 초인종을 누르지 않고 그대로 대문을 연다. 다음에 현관문 손잡이를 잡는다. 녀석은 기다리고 있다. 내가 거대한 '쥐덫'에 걸리기를.

공포감이 또다시 엄습했다. 역시 리사에게 한마디 남기고 오지 않은 게 후회됐다. 손잡이를 잡은 손을 거두고 뒤를 돌아봤을 때 검은 사람 그림자가 도로를 가로질렀다. 여자다. 그 여자가 나를 뒤쫓아 왔다는 생각이 퍼뜩 들었다.

더는 물러서지 못한다. 앞으로 나아갈 수밖에 없다.

가나에는 손잡이를 돌렸다. 역시 문은 잠겨있지 않았다. 삐걱거리는 희미한 소리와 함께 문이 밖으로 열렸다. 순간 음식물 쓰레기 같은 악취가 온몸을 감쌌다.

집 어디선가 신음 비슷한 소리가 들렸다.

## *15*

다마이 료타의 휴대전화가 울렸다.

"나야, 지금 가나에가 우리 집 앞을 지나갔어."

"확실해? 안 본 지 오래됐잖아."

"2층 방에서 보고 있었는데 바로 알아봤어. 옛날과 거의 똑같던데."

리사의 목소리에서 질투와 분함이 느껴졌다.

"오케이, 알았어."

이제 인생 최대의 적을 맞이한다. 글자 그대로 집 안으로 끌어들여서 퇴로를 끊는다. 료타는 흥분으로 전율을 느꼈다.

누나가 여기 도착하려면 앞으로 몇 분. 집 안으로 끌어들이기 위해 현관문 열쇠는 잠가놓지 않는다.

복도 안쪽의 위패가 안치된 방에서 신음 소리가 들린다. 실로 이 세상과 저 세상의 경계선. 이불 위에 누워있는 사람은 생사를 오가는 사람. 죽더라도 그대로 살아있는 듯 보여야 한다. 그것을 방해하는 사람은 설령 가족이라고 해도 배제해야 했다.

료타는 히죽 웃는다. 사냥감은 확실하게 포획해야 한다.


## 16


"도와줘, 제발."

몸이 움직이지 않는다. 집에서 인기척은 나지만 좀처럼 이곳에 나타나지 않는다. 온몸이 움직이지 않아서 배설한 채 있어도 불쾌감을 못 느껴 괴롭다. 시각과 후각, 청각만 예민한데 어두운 방에 있어서 시각은 도움이 되지 않는다.

집 안에 선향과 음식물 쓰레기 냄새가 난다. 그걸로 내 냄새를 지우려는 거구나. 냄새는 냄새 속에 숨겨라, 이기군.

"제발 도와줘."

목소리를 내려고 해도 신음 소리만 나온다. 그래도 안 들리는 것보다는 낫다. 계속 신음 소리만 내는 것이 내 유일한 의사 표시였다.

도와줘.

...

## 17

(다마이 가나에)

가나에는 문을 열고 안을 향해 목소리를 내야 할지 망설였다. 악취에 머리가 아플 지경이었다. 몇 년 동안 환기도 하지 않고 온갖 냄새가 뒤섞인 공기가 온몸을 감싼다.

할머니 상태를 살핀다는 목적이 없었으면 당장 발길을 돌릴 뻔했다.

현관 바닥에는 때가 탄 남자 운동화와 갈색 가죽 구두. 여자 샌들이 있었다. 아무 말 없이 신발을 벗고 그대로 들어간다.

이 집은 슬리퍼도 없고 방문객을 거절하는 인상이다. 그녀의 방은 2층에 있었지만 할머니가 있는 곳은 1층 안쪽의 네 평짜리 다다미방일 것이다. 그 방은 위패를 모셔놓아서 돌아가신 할아버지와 아버지의 유영이 장식되어 있을 터였다.

살아있다고 해도 미라처럼 되어있을 수 있다.

아니, 방금 신음 소리가 들렸다. 할머니는 살아있다.

조금만 기다리세요. 금방 구하러 갈게요. 17년 전, 할머니한테 아무 말도 안 하고, 멋대로 집을 뛰쳐나간 일을 지금은 후회했다. 할머니가 얼마나 의식이 있는지 모르지만 살아계실 동안에 사과하고 싶다. 돌아가시면 곤란하다.

"할머니."

나지막이 중얼거린다. 남동생이 숨어서 기다리고 있다는 건 알지만, 이제 그런 건 아무래도 상관이 없었다. 무엇보다 이 더러운 집에서 할머니를 구해야 한다.

복도 불은 꺼져있었지만 구조를 다 알기 때문에 그대로 전진한다. 좌측에 거실과 식당. 우측 맨 앞에 헛방이 있고 그 옆에 위패를 모셔놓은 할머니 방이 있었다.

맹장지문 문고리에 손가락을 걸고 조용히 연다. 이상하게도 복도에 가득한 음식물 쓰레기 냄새가 아니라 선향 냄새가 났다.

방 안은 어두웠다. 불단에 선향으로 보이는 작고 빨간 점이 두 개. 눈이 익숙해지자, 그 희미한 불빛에 의지해 방 안을 둘러본다. 한가운데에 이불이 깔려있고 누군가가 누워있었다.

"할머니?"

속삭이듯 부르자 신음 소리가 들렸다. 역시 여기다.

"할머니, 말씀하실 수 있어요?"

또다시 신음 소리. 긍정의 대답 같다. 가나에는 방에 들어가서 이불로 다가갔다.

"할머니, 말씀하기 힘들면 신호로 답해주세요. 긍정이면 한 번, 아니면 두 번. 아셨죠?"

신음 소리 한 번.

"여기 감금되신 거예요?"

신음 소리 한 번.

"료타 짓이에요?"

신음 소리 한 번.

"그렇구나. 어떻게 한 거죠?"

그에 대한 대답은 없었다. 목소리가 나오지 않으니까 당연히 대답을 못 한다. 질문을 바꾸는 편이 좋을 듯싶다.

"목적이 뭘까요? 연금?"

신음 소리 한 번.

"그렇구나. 할머니를 돌아가시지는 않게 하고 연금만 받으려는 거네요."

대답은 없었지만 대신 뒤에 인기척이 나고 굵은 남자 목소리가 들렸다.

"누나, 오랜만이야."

돌아볼 새도 없이 별안간 뒤통수를 얻어맞았다. 뒤쪽은 완전히 무방비 상태였다. 할머니를 구해야 하는데 이렇게 당해서 어쩌려고.

"무사히 돌아갈 수 있다고 생각하지 마. 다 알고 왔겠지."

그 물음에 아무 대꾸도 할 수 없었다. 얄궂게도 할머니처럼 신음 소리로 답할 뿐이었다.

"신음 소리 한 번, 알아들었다고?"

이런 상황에서 남동생에게 한 방 먹었다고 냉정하게 생각하는 자신이 이상했다. 동생 목소리만은 귀에 들어온다.

"자, 이제 어떻게 할까."

가나에는 의식이 점점 흐릿해지는 가운데 목소리만은 다 들리고 있다.

## 18

누나한테 난폭한 짓은 하고 싶지 않았지만, 비밀을 들킨 이상 이대로 곱게 돌려보낼 수는 없었다. 누나는 너무 깊숙이 들어왔다. 내버려 두면 좋았을 텐데. 이게 다 쓸데없는 일에 참견한 탓이다.

다마이 료타는 방의 불을 켰다. 누나는 의식을 잃었는지 다다미 위에서 움직이지 않는다. 쓸모없는 인간 하나 추가. 귀찮지만 나 자신을 지키기 위해 입을 봉해야 했다.

물론 감금한 채 살려두는 것도 선택지 중 하나지만 이년은 살려놔도 나오는 것이 없다. 이년이 살아있다고 해도 연금이 들어오지 않는다. 돈을 낳는 닭이 아니다.

십수 년 만에 만나는 누나지만 이복 남매라서 별로 친밀감도 없다. 유산을 둘러싸고 대립각을 세우고 있다. 지금은 의식이 돌아오기를 기다렸다가 얘기만 들어보자. 서로 타협이 안 되면 거기까지다. 죽어주는 수밖에 없다.

"야, 일어나."

료타는 가나에의 어깨를 발로 툭툭 쳤다. "눈 떠. 다 알아."

## *19*

(다마이 가나에)

의식이 흐릿해지려는데 어깨에 통증이 가해져 강제로 현실로 되돌려졌다. 가나에의 눈은 바닥에 깔린 이불을 향한다. 쇠약해질 대로 쇠약해진 나이 든 여자가 누워있었다.

얼굴에 새겨진 무수히 많은 주름. 옆에서 보기 때문에 표정은 읽지 못하지만 입이 희미하게 움직이며 괴로워하는 신음 소리를 내고 있다.

"그러니까 왜 날 열 받게 해. 내가 이러고 싶어서 이러겠냐?"

남동생의 목소리에 반성의 빛은 없다.

"아직도 가정 폭력이 이어지고 있었구나. 인간쓰레기."

"유산 노리고 온 인간이 입은 바로 터졌다고⋯."

"날 어쩔 셈이야?"

"맘 같아서는 돌려보내고 싶지만 비밀을 까발릴 테니 여기 있어줘야겠어."

"성격은 여전하네."

"마음대로 지껄여 봐."

"하루에 씨, 도와줘요."

가나에는 집을 나올 때까지 계모를 '엄마'라고 부르지 않고 '하루에 씨'라고 불렀다. 계모는 자신을 따르지 않는 남편의 딸을 항상 무시했다. 피차일반이다. 하지만 지금은 다르다. 이건 흔히 생각하는 가정 폭력 수준이 아니다. "하루에 씨" 하고 부른 뒤 계모에게 도움을 청해도 된다고 생각했다.

그런데 응답은 없었다.

"유감스럽게도 엄마는 내 편이야. 연금도 나한테 주고."

"어떻게 그럴 수가."

남동생은 할머니와 엄마, 두 사람 몫의 연금을 받고 있다. 일하지 않아도 되는 정도의 돈을.

"역시 누나는 죽어줘야겠어."

"나한테 무슨 일이 생기면 달려올 사람이 있어."

그렇게 말하면 남동생은 폭력을 단념할 것이다. 그런데 리사의 이름을 밝힐 수는 없었다. 가나에한테 만약의 사태가 일어나면 리사도 위험해질 가능성이 있기 때문이다. 이름을 밝히지 않는 것이 남동생의 폭력을 막는 효과도 있다.

"그 사람이 경찰에 신고하면 어떻게 될까?"

"리사라면 걱정 없어. 내 편이니까."

"설마."

"맞아. 리사는 내 편이고 있어."

간신히 남아있던 희망의 불이 꺼졌다. "리사는 누나 동창회 일로 여기 왔었거든. 그때부터 우리가 사귀기 시작했지. 참 얄궂단 말이야."

가나에는 죽고 싶지 않았다. 함정이라는 것을 알고 이곳에 오긴 했지만 상대가 원하는 전개가 됐다.

"현관문은 잠갔으니까 아무도 도우러 들어오지 못해."

이제 다 끝났다.


## 20


그 인물은 떨리는 손으로 열쇠 구멍에 열쇠를 꽂았다. 딸각하고 문이 열렸다. 안에도 들렸을까.

아니, 괜찮다고 믿고 싶다. 그 인물이 올 줄은 아무도 예상하지 못했기에 상대는 방심하고 있을 테니까.

현관에서 소리 없이 안으로 들어간다. 손에는 몽둥이를 들고 있다. 공격을 받아도 대처할 수 있다. 오히려 이쪽에서 덤벼들어야 하는지도 모른다.

발소리를 죽이고 위패를 모신 방으로 향한다. 맹장지문 밖에서 녹음기를 켜고 안의 대화를 모두 녹음했다.

잠시 후 안에서 고함 소리가 들렸다.

"밖에 누구야?"

별안간 맹장지문이 열리고 료타가 험상궂은 얼굴을 하고 나타났다. "넌 뭐야."

순간 료타의 긴장감이 풀렸을 때 온몸에 빈틈이 생겼다. 그 인물은 한 치의 망설임도 없이 료타의 머리에 몽둥이를 내리쳤다.

탁 하니 날카로운 소리가 나고 료타의 몸이 뒤로 넘어졌다.

"방금 그 얘기, 다 녹음했다. 아무 데도 도망 못 갈 줄 알아라."

"씨발. 내놔."

료타가 일어나 덤벼들었기 때문에 그 인물은 몽둥이로 가차 없이 목덜미를 내리쳤다. 료타는 포기했는지 "씨발" 하고 소리 지르면서 복도로 뛰어나가 그대로 현관 밖으로 도망쳤다.

그 직후, 밖에서 여자의 비명 소리가 들렸다. 지나가던 사람을 끌어들인 게 아니어야 하는데.

### 21

(다마이 가나에)

그 인물은 가나에 옆으로 오더니 방긋 웃었다.

"오랜만이구나."

"하, 할머니? 어떻게 된 거예요?"

"어떻게 되다니, 널 구하러 왔잖니. 네 편지를 받았으니까."

할머니는 주머니에서 편지를 꺼낸다. 가나에가 이 주소로 보낸 편지로, 봉투에는 '전송'이라는 딱지가 붙어있었다.

"료타가 최근에야 우편물 전송을 신청한 모양이야. 얄궂게 그게 도움이 됐지 뭐니. 너도 구했고, 료타의 살인도 막았고, 다 잘된 게 아닐까."

그때 신음 소리가 났다. 누워있던 나이 든 여자가 얼굴을 씰룩거린다. 다시 그 얼굴을 보자 할머니가 아니라 계모 하루에였다. 자기 아들한테 폭력을 당해 누워 지내고 있던 것이다.

확인하자 신음 소리가 한 번 돌아왔다.

"료타는 이 사람을 이 꼴로 만들어 놓고 연금을 받고 있었단다. 조사를 나와도 료타가 쫓아내고 있던 모양이다."

"할머니는?"

"난 내 발로 실버타운에 들어가서 유유자적한 생활을 보내고 있지. 이웃 사람들한테는 알리지 않았지만 시 담당자는 물론 알고 있고."

"저한테는 말씀해 주시지."

"그야 네가 우에노역에 나오지 않아서 할미를 싫어한다고 생각했거든."

"할머니, 포스트 캡슐이라고 아세요?"

애당초 일련의 일들은 그 포스트 캡슐이 발단이다. 설명을 시작하자 할머니는 귀찮다는 듯 고개를 흔들었다.

"뭔지 잘 모르겠지만, 네가 무사히 살아있으면 그걸로 됐다."

"할머니는 그 연세에 괜찮으세요?"

"노망이 많이 들었지만 백 살까지는 살 생각이다. 실버타운에 들어갔더니 갑자기 삶의 보람이 느껴져 건강해졌지 뭐니."

할머니는 아흔셋인데 아직 정정했다.

멀리서 구급차 사이렌 소리가 들렸다. 점점 가까워진다.

## 22

### '지나가던 여성을 폭행. 무직인 남성을 체포'

… 26일, 마에바시시 미나미2에서 시내에 사는 용의자 다마이 료타(31세, 무직)가 때마침 집 앞을 지나가던 도쿄도 ○○구 회사원 사타케 마유미 씨(37세)한테 별안간 주먹을 휘둘렀다. 용의자 다마이는 근처에 있던 사타케 씨의 남편에게 제압당해 마에바시 서에 넘겨졌다. … 습격당한 사타케 씨는 병원에 옮겨졌는데 오른손과 전두부에 전치 1주의 경상을 입었다. … 사타케 씨는 마에바시시에 사는 지인의 집으로 가던 중으로, 용의자 다마이와 면식이 없다고 한다. …

### '폭행 혐의로 체포된 남성, 어머니를 폭행한 혐의로 다시 체포'

… 26일, 지나가던 여성을 폭행한 혐의로 체포된 마에바시시에 사는 용의자 다마이 료타(31세)가 집에 어머니 하루에 씨(70세)를 감금, 폭행한 혐의로 다시 체포됐다. … 용의자 다마이는 일상적으로 하루에 씨에게 폭력을 휘둘렀던 것으로 보인다. … 하루에 씨는 완전히 쇠약해져서 병원에 옮겨졌지만 의식이 없는 상태라고 한다. …

## 23

다마이 가나에는 맨션으로 돌아오자마자 거실 소파 위에 쓰러졌다.

본가에서 일어난 사건을 뒤처리하느라 완전히 녹초가 되어있었다. 치매라고 해도 나이에 비해 건강한 할머니를 시내 실버타운에 바래다 준 뒤, 병원의 계모 옆에 있었다. 집을 떠날 때까지 서로 마음의 벽을 쌓고 지낸 상대였지만 잠깐 의식이 돌아왔을 때 하루에는 가나에의 손을 잡아줬다. 목소리도 내지 못할 정도로 약해진 계모가 눈물짓고 있는 모습을 보고 가나에도 따라 울었다.

쇠약해진 하루에는 아마 암에도 걸린 모양이다. 더구나 말기 암으로, 여생이 얼마 남지 않았다. 앞으로 일하는 틈틈이 계모한테도 문병을 가려고 한다.

남동생 료타는 한동안 바깥 세상에 돌아오지 못할 것이다. 그가 나왔을 때의 일은 지금 생각하고 싶지 않았다.

개인 사정으로 이번 회 후기는 쉽니다.

Tokyo-Saitama-ken
april
18
2008

마지막 편지

· 편자 머리말 ·

포스트 캡슐에서 편지를 엄선하고 15년 뒤에 배달한다는 기획
은 커다란 반향을 불렀다. 과거에도 비슷한 기획이 몇 번 있었지
만 이번만큼 강한 인상을 남긴 사례는 없을 것이다.

편지를 받는 측은 생각지 못한 15년 전 편지를 받으면 일단 기
뻐하거나 당혹스러워한다. 그리고 잠시 시간이 흐른 뒤 분노하거
나 슬퍼한다. 한편 '발신인'은 15년이 흐르면서 편지를 부친 사실
을 잊고 있거나 과거로부터 갑자기 나타난 '편지 수취인'의 반응
에 처음에는 역시 당혹스러워하고, 이어서 분노하거나 슬퍼한다.
서로 입장이 다른 두 사람이 부딪치는 결말, 묻혀있던 지난 범죄
가 드러나거나 새로운 문제가 발생한다. 비극이 있으면 희극도
있었다. 우연이 많다고 느낄 수도 있지만 그렇지 않다. 15년의 무
게를 짊어진 편지가 미치는 에너지는 우리의 상상을 훨씬 초월할

정도로 엄청나다.

《포스트 캡슐》에서는 이미 여섯 가지 사례가 보고되었다.


이제 일곱 번째로 들어가고 싶지만, 흥미를 끄는 편지가 별로 없어서 이 기획도 슬슬 마칠 때가 된 듯싶다. 마지막으로 지인의 안내장이나 친족의 편지 등을 포함시킴으로써 기획 자체에 균형이 잡힌다는 생각이다. 그래서 그런 편지를 '번외 편'으로 몇 가지 소개한 뒤 간단한 해설을 넣고자 한다.


/


## · 사례 1 ·

하나자와 도키에 씨

안녕하세요. 다음 다도 모임 건에 관해서인데, 지난번은 제 의도가 제대로 전달되지 않은 듯해서 편지로 써봤어요.

지금 이 모임에 자꾸 문제가 생겨서 인간관계가 원만하지 않은 건 아시죠? 진행이 매끄럽도록 최대한 노력하겠지만, 저 혼자서는 불안해요. 그래서 하나자와 씨가 저를 좀 꼭 도와주셨으면 해요.

하나자와 씨는 빠지겠다고 하셨지만, 물론 참석하셔도 괜찮아요. 아니, 꼭 좀 참석해 주세요. 지난 우리 관계를 생각해서라도 꼭 협조해 주세요.

만약 하나자와 씨의 마음이 바뀌지 않는다면 우리 우정도 그 정도로 가벼웠다고 생각할게요.

이러는 제가 너무 질척인다 싶으시면 이 편지는 그냥 버려 주세요.

오타와라 히로코

· 촌평 ·

만약 이 편지가 15년 뒤에 포스트 캡슐로 배달된다면 304호의 하나자와 도키에 씨는 어떤 반응을 보일까. 당연히 하나자와 씨는 발신인한테 답장을 하지 않았을 테니까 15년 전에 이미 우정은 깨졌을 것이다. 사실을 확인하고 싶지만 여자들 간의 다툼이 중대 사건으로 발전할 가능성은 적기 때문에 별로 재미는 없을 수 있다. 즉 평범한 사례 중 하나로 간주해도 된다.

\*

· 사례 2 ·

다케무라 미요코에게

정말 오랜만이구나. 네가 집을 뛰쳐나간 지 어느새 30년이 흘렀다. 그동안 하루도 널 생각하지 않은 날이 없단다. 네 결혼을 반대한 것은 네가 너무 젊었기 때문이야. 자식의 행복을 바라지 않는 부모가 어디 있겠니.

그 뒤로 연락이 없어서 몹시 서운했지만 '무소식이 희소식'이라는 속담이 있듯 네가 행복하게 살고 있으리라 믿는다.

네 생활을 흔들 생각은 털끝만치도 없지만 급하게 연락할 일이 있어서 편지 보낸다. 아버지가 암에 걸려, 반년 정도 남으셨단다. 얼굴이라도 한번 보여주지 않겠니? 아버지는 결혼하는 너한테 심한 말을 했지만 가끔 네 사진을 가지고 나와서 "미요코는 잘 지내고 있을까" 하면서 눈물을 흘리신단다. 나이 들어서 눈물샘이 약해지셨어. 아버지가 여든, 이 엄마도 일흔일곱이라서 언제 죽어도 이상할 게 없는 나이다.

세이이치로는 옛날에는 거칠고 너와도 만날 다퉜지만, 지금은 차분해져 결혼도 하고 아이 둘의 아빠란다. 마당 한쪽에 세이이치로를 위해 (작지만) 집을 지었다. 부부 금슬도 좋은 것 같고 "누나는 어떻게 살고 있을까. 사과하고 싶어"라고 말하더구나.

그러니까, 제발 부탁한다. 돌아와서 건강한 얼굴을 한번 보여주렴.

가라야마 후키

추신

네 가족도 궁금하구나. 아이는 있니? 그 주소는 네 고등학교 동창 데라다 세쓰코한테 들었다. 그 애를 원망 말거라.

409호의 다케무라 미요코 씨가 이 편지를 받은 것은 15년 뒤다. 그녀의 아버지는 당연히 돌아가셨고, 어머니도 아흔두 살로 벌써 돌아가셨을 가능성이 높다. 부모님은 병문안도 오지 않는 딸을 박정하게 여겼을 수도 있지만, 두 사람 모두 지금 거의 백 퍼센트 확률로 이 세상에 없기 때문에 딸인 그녀가 마음 쓸 일은 없다.

그녀는 편지를 받은 지금, 아버지의 병문안을 못 간 사실을 어떻게 생각할까. 편자는 단지 그 점이 궁금하다.

*

· 사례 3 ·

다카스 히로시 님

이건 불행 편지입니다. 이 편지를 받은 사람은 서둘러 다섯 명에게 같은 내용의 편지를 보내야 합니다. 만약 당신이 편지를 보내지 않는다면 반드시 당신에게 불행한 일이 생길 겁니다. 자, 당신은 점점 불안해집니다.

불행의 사자

· 촌평 ·

불행의 편지가 15년 뒤에 배달되면 받은 사람은 어떨까. 장난이라는 것을 알아도 마음이 편하지는 않을 것이다.

"다카스 히로시 씨, 어떡하실 겁니까?" 하고 묻고 싶지만 509호에 사는 다카스 씨는 14년 전, 교통사고로 작고했다.

그 사고가 불행의 편지와 연관이 있는지는 모른다. 다카스 씨의 부인은 지금도 같은 집에 살고 있다.

## 2

101호의 사타케 겐스케는 최근 아내의 행동이 의심스럽다. 명확하게 설명은 하지 못하지만 뭔가 좀 이상하다. 아마 그녀가 납치되었을 무렵부터 같다(제4화 〈협박 편지〉 참고). 감금된 동안 납치한 사람으로부터 성적으로 무슨 일을 당한 걸까. 하루하루 시간이 지날수록 의혹은 점점 커질 뿐이다.

아내를 처음 알게 된 것은 십수 년 전, 그녀가 아직 대학생 때였다. 어떤 사건에 휘말린 그녀를 도와준 인연으로 겐스케는 그녀와 결혼하게 됐다. 그녀의 고향은 도치기현 우쓰노미야로 그녀는 도쿄에서 혼자 자취를 하고 있었다. 장학금만으로는 부족해서 아르바이트를 하면서 대학을 다녔다.

사타케는 중견 상사를 다녔지만 회사 내 인간관계로 고민하며 이직을 고려하고 있을 무렵이었다. 데이트레이딩이라면 혼자 해나갈 자신이 있어서 막연하게 그쪽 일로 바꿔볼 생각을 가지고 있었다.

교제를 시작했을 무렵, 마유미는 대학 4학년으로 한창 취업 활동을 하고 있었다. 그녀는 유통 업계에 취직하고 싶어서 대학 시절 아르바이트도 넓은 의미에서 그와 유사한 일을 하였다. 결국 그녀는 일본에서 손꼽히는 대기업은 아니지만 준 대기업 배송 회사에 취직하여 지금도 다니고 있다. 두 사람 모두 일과 취미가 우선이라서 자식은 갖지 않겠다는 생각이었지만, 지금 돌아보면 역시 아이는 한 명 정도 있는 편이 좋았을 것 같다는 생각도 든다.

　아내는 바람을 피우는 걸까.

　어느 날, 그는 자꾸 신경이 쓰여서 아내가 외출했을 때 그녀의 방을 들여다보았다. 책상 위에 편지가 한 통 놓여있었다. 편지 옆에 비닐 봉투가 있고 뭔가 쓰여있다. 내용을 읽었을 때 그의 가슴은 불안하게 쿵쾅거렸다.

　**'이 편지는 15년 전, 15년 뒤의 당신에게 배달하기 위해서 포스트 캡슐에 넣어진 겁니다. 15년이라는 세월의 무게를 느껴보세요.'**

　편지를 지정된 우체통에 넣으면 15년 뒤에 배달된다는 기획 우편이다. 사타케가 받은 편지도 어쩌면 포스트 캡슐이 아니었을까. 그때는 어긋난 15년 전의 마음과 현재의 마음이 예기치 않은 사건으로 발전했다. 일련의 어수선한 상황 속에서 마유미는 납치되었고 사타케는 납치범으로부터 몸값을 요구받았다.

　마유미 앞으로 온 봉투는 스탬프의 잉크가 흐려서 날짜는 선명하지 않지만 15년 전의 연호와 접수국 '이케부쿠로'만은 간신히 읽을 수 있다. 배송지는 아내의 옛 주소였다.

봉투는 이미 가위로 개봉됐기 때문에 편지를 꺼내보았다. 아무리 아내라지만 남의 편지를 몰래 읽는다는 사실에 죄악감 비슷한 마음은 들었다. 하지만 지금은 포스트 캡슐에 대한 궁금증이 우선이었기 때문에 편지를 읽어보았다.

15년 뒤의 나에게

15년은 얼마나 긴 시간일까. 태어나서 15년이라고 하면 중학교 3학년이지만, 지금의 스물두 살에서 15년이 흐르면 서른일곱 살.

상상이 안 되는 세월. 어떤 의미에서 보면 여자로서, 인생에서 가장 빛을 발하는 시기이고, 그다음 인생을 결정짓는 중요한 시기가 아닐까. 그동안에 무슨 일이 있을까. 상상하는 건 즐거워.

여러 가지 경우를 생각해 봤어.

〈사례 1〉

결혼해서 아이가 둘. 대학을 졸업해서 원하는 회사에 들어가고 연애결혼을 한다. 아이는 딸과 아들이 한 명씩. 15년 뒤면 아이가 마침 반항기쯤 될까? 입시도 있어서 주변이 정신없을 수도 있다.

〈사례 2〉

결혼은 했지만 남편의 폭력으로 이혼. 외동딸의 친권을 갖고 싱글맘으로 열심히 산다. 생활은 빠듯하지만 폭력 남편에게서 벗어나 정신적으로 여유가 있다.

〈사례 3〉

연애는 하지만 결혼에 이르지 못하고 독신으로 지낸다. 회사를 다니면서 취미 생활을 즐긴다. 하지만 그 일이 생활에 그늘을 드리운다.

아마 세 가지 중 하나가 될 것 같지만, 전부 별 재미는 없어 보인다. 알 수 없는 15년을 과거에 묶여 벌벌 떨면서 보내고 있을지도 모른다.

〈사례 4〉

남편이 내 비밀을 알게 되어 이혼한다.

이렇게 되면 최악이야. 그래서 나는 속죄의 방법을 찾을 거야. 15년 동안에 반드시, 분명히 찾았을 거야.

어때? 네 가지 중 맞는 게 있을까?

15년 뒤 내가 이 편지를 받고 무슨 생각을 할까. 그게 정말 궁금해.

15년 전의 내가

사타케는 아내의 편지를 읽고 마음이 복잡해졌다. 처음 시작은 15년 뒤의 자신에게 보낸 아주 전형적인 포스트 캡슐로 보이지만, '사례 3'에서는 '그 일이 생활에 그늘을 드리운다'는 사연이 있는 듯한 표현이 나오고, '사례 4'에서는 '남편이 내 비밀을 알게 되어 이혼한다'는 불길한 내용이 쓰여있다. 도대체 아내의 비밀이 뭔지 몹시 궁금해졌다.

그렇다고 아내에게 대놓고 물을 수는 없다. 편지를 몰래 읽은 사실을 들키기 때문이다.

그날, 저녁을 먹으면서 마유미가 말했다.

"내일 외출할게."

"쇼핑?"

"아니, 고등학교 반창회. 오랜만에 한번 가볼까 싶어서."

"우쓰노미야?"

그렇게 물었을 때 그녀가 순간 당황한 기색을 보였다.

"으, 응. 우쓰노미야."

그녀의 시선이 조금 불안정해졌다.

"되게 갑자기 하네."

동창회라면 전날이 아니라 더 일찍 말해야 되는 거 아닌가. 그런 사타케의 마음이 얼굴에 나타났는지 그녀가 당황하며 덧붙였다.

"반창회라고 해봤자 마음 맞는 친구들 너덧 명이 만나서 수다 떠는 게 다야."

"그래. 재미있게 놀다 와."

"고마워."

대화는 그런 식으로 끝났지만 자꾸만 사타케는 마유미가 뭔가를 숨기는 느낌이 들었다. 그것이 '옛날 비밀'과 무슨 관계가 있지 않을까. 사타케가 미행을 결심한 것은 아내의 고교 시절 지인이 연관되어 있다고 추측했기 때문이다.

불륜? 설마.


다음 날 마유미는 오전 아홉 시가 넘어서 집을 나갔다. 사타케는 몰래 미행하면서 불안해 견딜 수가 없었다. 그녀는 이케부쿠로에서 다카사키선 직통열차 그린 칸에 탔다. 중간에 아카바네나 오미야에서 우쓰노미야선으로 갈아탈 것이다.

그린 칸은 사람들이 적어서 같은 차량에 있으면 눈에 띌 우려가 있었다. 사타케는 옆의 보통 칸에 탔다. 아내가 중간에 열차를 갈아탈 가능성을 생각해 아카바네에 도착했을 때 그는 플랫폼에 내려서 그녀가 나오기를 기다렸다. 그런데 발차 멜로디가 흘러나와도 그녀가 내릴 기미가 없었다. 그는 그린 칸으로 이동했다.

그가 모르는 사이에 내렸을까 봐 불안해 차량을 들여다보았다. 다행히 2층석 한가운데쯤에 오도카니 앉은 아내의 머리가 보인다. 그녀는 오미야에서도 내리지 않고 그대로 앉아있었다. 아내는 우쓰노미야에 가는 게 아니다. 다카사키로 가는 도중에 어디선가 내릴 참이다.

사타케는 그린 칸 1층 자리에 앉아서 정차할 때마다 그녀가 내리는지 확인했다. 결국 종점 다카사키에 도착할 때까지 내리지 않았다.

사타케는 그녀가 다카사키선 플랫폼에서 료모선 쪽으로 가는 것을 확인하고 뒤를 쫓았다. 그제야 사타케는 한 가지 사실을 깨달았다. 마유미가 맨션을 나갈 때부터 뒤는 전혀 신경 쓰지 않고 앞만 보고 있다는 점이다.

어쩌면 마유미는 누군가를 미행하는 게 아닐까. 걸음이 조금 느린 것은 앞에 가는 누군가에게 속도를 맞추고 있기 때문이 아닐까. 아내의 앞쪽을 보자 아내 또래의 여자가 걸어가고 있었다. 그 여자가 계단 위에서 돌 때 옆얼굴이 보였다. 이케부쿠로 플랫폼에서도 그녀를 본 기억이 있었다. 아니, 그 전에도 만난 느낌이 든다.

료모선 이세사키행 열차는 십여 분 만에 마에바시에 도착했다. 그러자 앞에 있던 여자가 먼저 일어나고, 마유미도 그 뒤를 쫓듯 일어났다. 두 여자가 내린 곳은 도치기현 우쓰노미야가 아니라, 그 이웃 현의 현청 소재지였다.

마유미는 분명히 여자를 미행하고 있었다. 그녀는 앞의 여자와 일정 거리를 유지하면서 마에바시역의 남쪽 출입구로 나가서 주택가를 걸어갔다. 가끔 여자가 알아채지 못하게 전신주에 몸을 숨기기도 한다.

앞서 가던 여자가 한 민가 앞에서 걸음을 멈추고 잠시 2층을 올려다본 뒤 대문을 열었다. 그리고 익숙한 듯 현관문을 열었다. 열쇠로 연 것이 아니라 처음부터 잠겨있지 않은 것 같았다.

여자가 그 집에 들어가자 마유미는 문으로 다가가서 문패를 확인한다. 그리고 안에 들어간 여자가 나오기를 기다렸다. 마유미는 수상해 보이지 않게 하려는 건지, 집 앞을 오가면서 지나가는 사람인 양 행동했다.

사타케도 마유미가 알아채지 못하게 50미터 정도 떨어진 전신주 뒤에 숨어서 민가 담에 기대어 휴대전화를 보는 척했다.

15분 정도 지났을까. 한 나이 든 여자가 집에 들어간 지 얼마 안 되어 그 집 현관문이 열리고 안에서 30대 정도의 건장한 남자가 뛰쳐나왔다. 때마침 마유미는 그 집 앞을 걷고 있어서 남자가 가려는 길을 방해하는 꼴이 됐다.

남자가 "비켜, 저리 가" 하면서 마유미의 얼굴을 때리고 거칠게 휙 밀었다. 그녀는 무방비 상태에서 당한 일이라 벌러덩 뒤로 넘어졌다.

사타케는 아내가 꼼짝도 안 하자 숨어있던 곳에서 뛰쳐나가 흥분한 남자에게 맞섰다. 남자는 보기에만 강해서 사타케가 순식간에 남자를 제압했고, 지나가던 중년 여자에게 경찰에 신고해 줄 것을 부탁했다.

## 3

**'지나가던 여성을 폭행. 무직인 남성을 체포'**

… 26일, 마에바시시 미나미2에서 시내에 사는 용의자 다마이 료타(31세, 무직)가 때마침 집 앞을 지나가던 도쿄도 ○○구 회사원 사타케 마유미 씨(37세)한테 별안간 주먹을 휘둘렀다. 용의자 다마이는 근처에 있던 사타케 씨의 남편에게 제압당해 마에바시 서에 넘겨졌다. … 습격당한 사타케 씨는 병원에 옮겨졌는데 오른손과 전두부에 전치 1주의 경상을 입었다. … 사타케 씨는 마에바시시에 사는 지인의 집으로 가던 중으로, 용의자 다마이와 면식이 없다고 한다. …

사타케 마유미가 화를 당한 일은 군마현의 지방지이긴 해도 기사화되었기 때문에 직장에도 바로 알려졌다. 그녀는 직장에 휴가를 신청했는데, 유급 휴가가 얼마 남지 않았는데도 상사는 완쾌될 때까지 충분히 치료하라고 했다.

그녀는 자신이 사건에 휘말렸을 때 구해준 사람이 남편이라는 사실에 놀랐다. 왜 남편이 마에바시에 있었냐는 의문을 그대로 던졌다.

"실은 당신이 바람피우는 게 아닌가 싶어서 미행했어."

그러면서 남편은 쓴웃음을 지었다.

"왜 그런 생각을 했는데?"

"요즘 당신 행동이 이상하잖아. 납치된 다음부터인가. 회사도 가끔 쉬는 것 같고….”

“납치되어 범인한테 무슨 짓을 당했다고 생각했어?”

“아니, 그건 아닌데.”

남편이 말끝을 흐린 것은 정곡을 찔렀기 때문일 수 있다. “근데 내가 따라가서 다행이었다는 생각 들지? 내가 막지 않았으면 그 자식이 당신을 계속 때려서 상황이 더 심각해졌을지도 몰라.”

“그건 정말 고마워.”

그런 대화가 오가고 두 사람의 관계는 표면상 회복되었다.


마유미는 입원하고 사흘 만에 퇴원했지만 맞은 얼굴 중심부에 묵직한 통증이 남아있었다.

방에 들어가서 책상 위에 놓인 편지를 본다. 남편은 아마, 아니 틀림없이 이 편지를 읽었을 것이다. 그래서 그녀를 미행했다. 그녀는 온 신경이 다마이 가나에에게 향해 있었기 때문에 설마 남편이 자신을 미행하고 있을 줄은 상상도 못 했다.

그 편지는 마유미가 15년 전에 자신에게 보낸 포스트 캡슐이었다. 물론 15년 전에 쓴 기억은 있다. 일하다가 돌이킬 수 없는 큰 실수를 저지르고 의기소침해 있을 때였다. 고백할 시기를 놓치고 자신이 범한 죄가 날이 갈수록 무거워지는 상황에서 자살도 생각했을 정도였다.

그런 구렁텅이 속에서 그녀를 구해준 사람이 지금의 남편이었다. 그 편지를 썼을 때 남편과 안면은 있었지만 결혼할 줄은 꿈에도 생각하지 않았다.

그 편지는 '15년 뒤의 나에게'라는 첫머리로 시작한다.

　　15년 뒤의 나에게

　　15년은 얼마나 긴 시간일까. 태어나서 15년이라고 하면 중

　　학교 3학년이지만, 지금의 스물두 살에서 15년이 흐르면 서른

　　일곱 살.

　　　…

마유미는 15년 전의 내가 현재의 나에게 보낸 편지를 다시 읽
고 새삼 마음이 복잡해졌다.

편지에는 네 가지 사례가 쓰여있지만, 현재는 그 어느 것에도
해당되지 않는다. 하지만 앞으로의 전개에 따라 사례 4가 될 가능
성이 있다.

지난 잘못을 속죄하려고 노력했지만 좀처럼 원하는 결과가 안
나와 반성만 할 뿐이었다.

*4*

304호의 하나자와 두키에는 비닐에 싸인 편지를 보고 고개를
갸웃했다.

포스트 캡슐? 이게 뭐지?

비닐에는 '이 편지는 15년 전, 15년 뒤의 당신에게 배달하기 위해서 포스트 캡슐에 넣어진 겁니다. **15년이라는 세월의 무게를 느껴보세요**'라고 손 글씨로 쓰여있었다. 발신인은 오타와라 히로코. 오랫동안 소원했기에 요즘은 그 이름을 떠올리는 일도 없었다.

비닐에서 봉투를 꺼내 편지를 읽는다.

하나자와 도키에 씨

안녕하세요. 다음 다도 모임 건에 관해서인데, 지난번은 제 의도가 제대로 전달되지 않은 듯해서 편지로 써봤어요.

지금 이 모임에 자꾸 문제가 생겨서 인간관계가 원만하지 않은 건 아시죠? 진행이 매끄럽도록 최대한 노력하겠지만, 저 혼자서는 불안해요. 그래서 하나자와 씨가 저를 좀 꼭 도와주셨으면 해요.

하나자와 씨는 빠지겠다고 하셨지만, 물론 참석하셔도 괜찮아요. 아니, 꼭 좀 참석해 주세요. 지난 우리 관계를 생각해서라도 꼭 협조해 주세요.

만약 하나자와 씨의 마음이 바뀌지 않는다면 우리 우정도 그 정도로 가벼웠다고 생각할게요.

이러는 제가 너무 질척인다 싶으시면 이 편지는 그냥 버려주세요.

대체 무슨 말인지 모르겠다. 그리고 포스트 캡슐은 또 뭐고?

편지 소인을 확인하자 무려 15년 전 3월 22일이었다. 근데 이 포스트 캡슐에 넣어져 15년 후 5월이 지난 다음에야 배달됐다고?

"장난도 정도가 있지."

그 당시 일이 떠올랐다. 다도회 회원들 간의 관계에 문제가 생겨서 그녀는 탈퇴서를 내고 회장직을 그만두었다.

내가 탈퇴하지 않기를 바라서 이런 편지를 보낸 걸까. 그렇게 중요한 일이면 왜 이렇게 귀찮은 포스트 캡슐인가에 넣어서 15년 뒤에 배달되게 했을까. 15년의 세월이면 어느 한쪽이 죽었을 가능성이 높다는 걸 생각 못 한 걸까. 난 지금 일흔다섯이라고. 이게 무슨 소린지.

세세한 일들이 더 떠오른다. 그 당시 발신인인 오타와라 히로코와 길에서 우연히 마주쳤는데 그쪽에서 노골적으로 시선을 피해 서로 말없이 스쳐 지나기만 했다.

오타와라 히로코와는 아이들을 통해 친구가 된 사이였다. 딸들이 동급생이라 사친회 활동에서 알게 되어 친하게 어울렸다. 다도 모임에 초대한 사람은 오타와라 히로코였다. 좀 기가 센 면이 있었지만 그다지 거슬릴 정도는 아니었다.

그런데 다도 모임에서 생긴 사소한 의견 차이가 회복하지 못할 지경에 이르렀고, 모임 분위기가 험악해졌다. 도키에가 탈퇴한다고 선언했을 때도 불쾌한 표정만 지을 뿐, 말리지 않았다. 그래서 도키에는 탈퇴했다.

그런데 이런 편지를 보내?

**마지막 편지**

직접 얘기를 하거나 전화를 줬으면 모임을 그만두지 않았을지도 모른다.

아니, 오타와라 히로코는 화가 나있어서 이런 약 올리는 편지를 보냈는지도 모른다. 그 진짜 의도는 상대가 이미 다른 곳으로 이사 갔기 때문에 직접 물어볼 수 없었다.

## 5

409호의 다케무라 미요코는 포스트 캡슐에 든 편지를 받고 당혹스러웠다.

어머니가 보낸 편지였다. 부모님의 결혼 반대로 집을 뛰쳐나온 게….

"그게, 언제였더라?"

그녀는 지금 일흔 살. 결혼은 스물다섯 살에 했으니까 45년 전이었다.

와아, 벌써 그렇게 됐나. 놀라워. 친정과는 연을 끊었기 때문에 떠올리는 일도 없었다.

그리고 편지를 한 번 더 읽었다.

… 정말 오랜만이구나. 네가 집을 뛰쳐나간 지 어느새 30년
이 흘렀다. 그동안 하루도 널 생각하지 않은 날이 없단다. 네
결혼을 반대한 것은 네가 너무 젊었기 때문이야. 자식의 행복

을 바라지 않는 부모가 어디 있겠니.

　그 뒤로 연락이 없어서 몹시 서운했지만 '무소식이 희소식'
이라는 속담이 있듯 네가 행복하게 살고 있으리라 믿는다. …


어라, 정말일까.

완고한 아버지는 미요코의 결혼을 완강하게 반대했다. 가부장
적인 집으로, 어머니는 아버지가 시키는 대로만 하는 여자였다.

미요코가 소설가를 지망하여 각종 신인상에 응모하는 것은 묵
인되어 있었다. 딱 한 번 단편상 최종후보에 남은 적이 있어서 편
집자가 수상식 파티에 초대해 줬다. 그때 똑같이 후보에 올랐던
남자와 의기투합하여 같은 창작 그룹에서 활동하다가 연애로 발
전했다.

그는 사립고등학교 국어 교사를 하면서 소설을 쓰고 있었다.
언젠가 교직을 그만두고 작가가 되려는 남자와의 결혼을 완고한
아버지가 당연히 인정할 리가 없었다.

"너만 고생이다. 소설로 밥 먹고 사는 사람은 1퍼센트도 안 된
다더라."

그 일로 아버지와 크게 다툰 뒤 반드시 소설가가 되겠다고 큰
소리치면서 집을 뛰쳐나가 그와 결혼했다. 여기서 말하는 그는
지금의 남편 기이치로였다.

소설가 지망생들 간의 결혼. 어느 한쪽이 성공하면 된다고 생
각했지만 결국 두 사람 모두 소설가가 못 되었고, 그 꿈은 이미

포기한 지 오래다. 어머니가 편지를 보낸 적이 한 번 있었다. '아빠한테 잘못했다고 말씀드려. 용서해 주실 거야'라는 내용이었기 때문에 찢어버렸다.

만약 그녀가 아버지한테 머리를 숙이면 아버지는 의기양양하게 이렇게 말할 것이다.

"거봐라. 내 말이 맞지? 얼른 그 녀석과 이혼하고 집에 돌아와라"라고.

이혼도 전혀 생각하지 않은 건 아니었다. 하지만 이미 아들 에이고가 있었고, 남편도 직장까지 그만두고 글만 쓰는 생활은 포기한 상태였다.

… 네 생활을 흔들 생각은 털끝만치도 없지만 급하게 연락할 일이 있어서 편지 보낸다. 아버지가 암에 걸려, 반년 정도 남으셨단다. 얼굴이라도 한번 보여주지 않겠니? 아버지는 결혼하는 너한테 심한 말을 했지만 가끔 네 사진을 가지고 나와서 "미요코는 잘 지내고 있을까" 하면서 눈물을 흘리신단다. 나이 들어서 눈물샘이 약해지셨어. 아버지가 여든, 이 엄마도 일흔 일곱이라서 언제 죽어도 이상할 게 없는 나이다.

세이이치로는 옛날에는 거칠고 너와도 만날 다퉜지만, 지금은 차분해져 결혼도 하고 아이 둘의 아빠란다. 마당 한쪽에 세이이치로를 위해 (작지만) 집을 지었다. 부부 금슬도 좋은 것 같고 "누나는 어떻게 살고 있을까. 사과하고 싶어"라고 말하더구나.

　그러니까, 제발 부탁한다. 돌아와서 건강한 얼굴을 한번 보여주렴.


　그렇다. 남동생과도 사이가 안 좋았다. 중학교부터 고등학교에 걸쳐 남동생은 비행을 저질렀고 부모님과 그녀에게 폭력도 휘둘렀다. 그것도 집을 뛰쳐나간 이유 중 하나였다.

　그런데 아버지가 암에 걸려 여생이 얼마 남지 않게 되었고 남동생은 마음잡고 결혼했다는 사실을 왜 조금 더 일찍 알려주지 않았을까. 어머니는 왜 그런 중요한 일을 포스트 캡슐로 보낸 걸까. 남편의 죽음이 가깝다는 사실에 동요한 어머니가 얼떨결에 우체통을 착각한 걸까.

　그녀는 물론 아버지와 어머니가 작고한 것은 알았지만 본가를 찾지 않았다.

　아버지가 돌아가셨을 때는 어머니한테 짤막하게 연락이 왔다. 이 포스트 캡슐 소인보다 약 석 달 뒤에 편지가 와서 아버지가 돌아가신 소식을 전했다. 그런데 아마 상속 문제 때문이라는 생각이 들었다. 재산이라곤 아버지가 소유한 토지와 그 위에 지어진 오래된 가옥이다. 남동생을 위해서 부지 안에 집을 지은 듯하지만 작을 것이다. 그리고 아버지한테 제법 큰 빚이 있는 것 같다는 내용도 있어서 그녀는 상속 관련 서류에 도장을 찍고 '상속을 포기합니다'라고 사무적인 내용의 편지를 썼다.

그로부터 5년 뒤 어머니가 세상을 떠났다. 그때도 남동생 이름
으로 무미건조한 소식이 와서 어머니의 죽음을 알았다. 물론 상
속은 포기했다.

"하지만, 하지만…."

갑자기 슬픔이 북받쳐 올랐다. "이 편지를 15년 전에 받았다면
난 집에 갔을 거야."

본가와 의절하는 일 없이 적어도 어머니와는 관계를 회복하지
않았을까. 어머니가 보낸 15년 전의 편지에 내가 답신을 보내지
않아서 어머니는 틀림없이 '미요코는 부모를 버린 피도 눈물도
없는 자식'이라며 실망했을 것이다.

견딜 수 없는 마음에 가슴이 미어질 듯했다.

"이 포스트 캡슐이 뭔데."

다케무라 미요코는 쏟아낼 데 없는 분노에 온몸을 떨었다. 아
무리 서로 으르렁거리던 사이라도 부모님이 큰 병에 걸리면 만사
제쳐놓고 뛰어간다.

"나도 사람인데…."

# 6

사타케 겐스케는 1층 세대별 우편함에 갔다. 우편물을 꺼내서
집으로 돌아가려는데 나이 든 여자 둘이서 새된 목소리로 이야기
하는 소리가 들렸다.

1층 자동문 옆에 홀 같은 공간이 있어서 손님과 미팅을 하거나 주민들 간에 담소를 나눌 때 이용되고 있었다. 스무 명 정도 들어갈 수 있기 때문에 작은 집회도 열 수 있고 크리스마스 때는 대형 트리가 설치되어 아이들이 장식도 했다.

평범한 일상사를 나누는 잡담이라고 생각했는데 사타케의 관심을 끄는 말이 귀에 들어왔다. 그는 자신도 모르게 걸음을 멈췄다.

"포스트 캡슐이라니, 너무하지 않아요?"

"어머, 그 집도 왔어요? 나도 받았는데."

두 사람 모두 맨션 주민이었다. 한 사람은 몇 년 전에 자치회 임원 당번이 돌아왔을 때 같이 했던 사람으로, 아마 하나자와라고 소개했을 터다. 70대 중반일 것이다.

다른 한 사람은 일흔 전후의 나이에 홀이나 복도에서 마주치면 가벼운 인사 정도 나누는 사이로 이름까지는 몰랐다. 이 맨션에는 60세대가 넘게 살지만 이름까지 아는 사람은 십여 명 남짓했다.

사타케는 두 사람한테 다가가서 "실례합니다만" 하고 말을 걸었다. 두 사람이 의아한 표정으로 사타케를 쳐다본다.

"방금 본의 아니게 두 분께서 하시는 말씀이 귀에 들어와서….."

"무슨 일인데요?"

하나자와라는 여자가 말했다. "어머, 그쪽은 임원 할 때…. 이름이 뭐더라?"

"101호에 사는 사타케 겐스케입니다. 그때는 신세 많았습니다."

사타케가 인사하자 두 여자는 각각 다케무라 미요코, 하나자와 도키에라고 자신을 소개했다.

"그 포스트 캡슐 말인데요, 실은 저도 받았습니다. 뭔가 좀 이상하다는 생각이 안 드십니까?"

"그래요, 너무 이상해요. 우체국에 문의했는데 그런 기획은 없다고 하고…."

다케무라 미요코는 발끈한 모습으로 말하더니 무슨 생각이 난 듯 손뼉을 한 번 쳤다. "이리면 어떨까? 여기 있는 우리 셋이 편지를 가지고 와서 서로 보여주는 거예요."

"그래, 굿 아이디어."

하나자와 도키에가 바로 고개를 끄덕였다. "사타케 씨는요?"

"저도 바로 가지고 오겠습니다."

세 사람은 일단 집에 돌아가서 편지를 가지고 나왔다. 현관홀은 아무래도 사람들 눈에 띄기 때문에 맨션 밖의 역 앞 찻집으로 이동했다.

세 사람이 각기 가져온 편지를 서로 돌려보는 동안 찻집의 그 칸막이 자리만 짓눌리는 듯한 침묵이 흘렀다.

사타케의 편지는 협박장(**제4화 〈협박 편지〉 참고**), 다케무라 미요코는 의절한 친정어머니의 편지, 하나자와 도키에는 탈퇴한 다도 모임 회원의 편지. 이 중에서 사타케의 편지만 사건성이 있었다.

"이거 경찰에 신고했어요?"

다케무라 미요코가 눈살을 찌푸리면서 사타케에게 물었다.

"아뇨, 다행히 사건으로 커지기 전에 해결돼 신고는 하지 않았습니다. 하지만 15년 전의 협박장이 이제 와 배달돼서 깜짝 놀랐습니다."

"그런 일이 있었다니, 전혀 몰랐어요."

"같은 맨션에 살아도 옆집 사는 사람이 뭘 하는지 모르니까요."

사타케는 쓴웃음을 지었다.

"나야 친구 사이가 깨진 정도라서 사타케 씨에 비하면 별거 아니지만…."

하나자와 도키에는 울분을 풀 길이 없다는 얼굴이다. "아무리 그래도 포스트 캡슐은 해도 너무해요."

"사실 우리는 하나 더 있어요. 아들이 똑같이 포스트 캡슐을 받은 거예요."

다케무라 미요코가 덧붙였다. "그게, 실은요, 놀랍게도 15년 전 신인상 수상 통지였지 뭐예요."

그녀는 소설가를 지망하는 아들한테 온 편지가 일으킨 파문(**제5화 〈수상작 없음〉 참고**)을 조금 흥분해서 설명했다.

"하지만 아들 책이 나오게 됐으니까 결과적으로 그 점은 잘됐어요."

"댁은 두 통이네요. 정말 이게 어떻게 된 건지" 하고 하나자와 도키에가 말했다.

"지금은 우리 세 사람이 이 일을 알고 있지만, 우리 맨션에 포스트 캡슐을 받은 사람이 더 있을지도 모르겠군요."

사타케는 제안을 하나 했다. "또 누가 있는지, 아니면 아는 사람이 있는지 한번 알아보면 어떨까요?"

그러고 나서 그는 아내가 마에바시까지 미행한 다마이 가나에도 같은 맨션에 사는 주민이라는 사실을 떠올렸다. 그녀는 아닐 수도 있지만, 본인한테 직접 확인해 보자.

찻집에서 나와 맨션에 들어갈 때 세 사람은 공동현관 입구에서 비밀번호를 누르는 30대 후반 정도의 남자를 발견했다.

"어머, 저 사람, 우리 옆집 사람 애인인데."

하나자와 도키에가 오른손 새끼손가락을 세우며 옆에 있는 다케무라 미요코에게 목소리를 낮춰 말했다. "남편이 죽고 바로 남자가 생겨서…. 결혼할 거 같은데."

과연 소문을 좋아하는 사람답게 두 여자는 미소 지으면서 고개를 끄덕였다. 사타케가 잘 모르는 일도 두 사람은 정보통처럼 알고 있다. 그렇다면 포스트 캡슐 정보도 비교적 수월하게 입수할 수 있다.

사타케는 엘리베이터 앞에서 두 여자와 헤어지고 집으로 가다가 걸음을 멈췄다. 방금 그 남자, 어디선가 본 기억이 있다. 그게 언제였는지 잠시 기억을 더듬었지만 떠오르지 않았다.

## 7

맨션 공동현관 홀로 들어가서 통로 막다른 곳에 있는 엘리베이터로 가는데, 한 여자가 입주민용 게시판을 확인하고 있었다.

게시판에는 맨션 행사, 리모델링 공사 상황부터 잃어버린 물건과 부동산 정보, 행방불명된 고양이 사진 등 여러 가지 잡다한 것들이 붙어있다.

인기척에 여자가 돌아보며 "안녕하세요" 하고 인사했다. 이 맨션에서는 모르는 사람이라도 같은 입주민이라면 서로 인사를 나눈다. 단순한 예의상이 아니라 방범 면에서도 효과적이었다. 비밀번호를 눌러야 들어가는 맨션이라도 그 방면에 능숙한 프로라면 어렵지 않게 들어갈 수 있다. 그런 좋지 않은 생각을 가진 사람에게 인사를 건네면 '당신 봤어요' 하는 경고가 되어 절도 등 범죄를 막는 효과도 있다.

여자와 시선이 마주쳤기 때문에 나도 "안녕하세요" 하고 고개를 숙인다.

그대로 지나쳐 엘리베이터를 탔을 때 벼락 맞은 듯한 충격을 받았다. 본 적이 있는 여자였다. 그 옆얼굴, 그 눈. 나는 닫히려던 문 사이에 손을 넣어 엘리베이터에서 내린 뒤 계단 뒤에 숨었다.

저 여자가 여기 살다니. 설마….

여자는 이쪽은 전혀 알아차리지 못하고 계단을 지나쳐서 1층 통로를 걸어갔다. 계단 뒤에서 여자의 움직임을 쫓는다. 여자는 어느 집 앞에 서서 열쇠로 문을 열었다.

틀림없이 여기 살고 있다. 계단에서 여자가 들어간 현관 앞까지 뛰어가서 호수를 확인한다.

"그 여자야, 그 여자 때문에, 나는….."

가슴에서 열이 끓어올랐지만 격한 분노로 억눌렀다.

## 8

(편자)

편집 작업은 거의 막바지에 이르렀다. 지금까지 여섯 가지 사례를 다루었는데 편지가 미치는 영향은 실로 어마어마했다. 그 뒤 당사자들의 모습도 관찰하면서 이 기록이 조금이라도 사실에 다가가도록 편집하려고 한다. 정리를 마친 뒤에는 이 성과에 흥미를 가진 가까운 사람들에게 공표할 생각이다.

작업을 진행하던 어느 날, 편자는 뜻밖의 물건을 받는다. 바로 포스트 캡슐이었다. 포장된 비닐에는 '이 편지는 15년 전, 15년 뒤의 당신에게 배달하기 위해서 포스트 캡슐에 넣어진 겁니다. 15년이라는 세월의 무게를 느껴보세요'라는 손 글씨가 쓰여있었다. 봉투에 우표는 붙어있지 않고 맨션 우편함에 그대로 들어있었다.

불길한 느낌이 잔물결처럼 몸 전체로 퍼진다. 편자는 떨리는 손으로 봉투에서 편지지를 한 장 꺼냈다.

15년 전을 기억하냐? 그때 네가 무슨 짓을 했는지 알고 있냐? 널 절대 용서 못 해. 내가 네 죄를 아는 유일한 사람이다. 주변을 조심하는 게 좋을 거다. 항상 누군가가 널 노리고 있을 테니.

이토 아무개

편자는 질 나쁜 편지지에서 피어오르는 증오와 악의에 현기증을 느꼈다. 앉아있었기에 망정이지 서있었다면 그 자리에 쓰러졌을 수도 있다.

편자는 의자 등에 기대어 두 손으로 머리를 감싼다.

편자는 옳은 일을 했다고 생각한다. 그중에는 이것을 악의로 보는 사람도 있다는 의미다. 이 편지를 보낸 인물은 편자의 과거를 알고 있다. 그러지 않고서야 이토 아무개라는 이름을 쓸 리가 없다.

어떡하지. 이 편지의 발신인에게 어떻게 맞서야 할까.

### 9

맨션 2층에는 회의실이 있었다. 일 년에 한 번 자치회 총회와 신년회, 떡 찧기 대회, 여름의 맥주 파티 등을 열 때 이용하는데 많게는 백 명 정도 들어갈 수 있는 넓이다. 평상시에는 취미 동호회나 어린이 그림교실 등에 시간 단위로 대여해 주는데 맨션 주민들은 조금 저렴한 가격에 빌릴 수 있다.

마침 목요일 오후 2시부터 4시까지가 비어있었다. 사타케 겐스케가 소집하였고, 모인 사람들은 다케무라 미요코, 하나자와 도키에 이외에 취재 과정에서 이 모임을 알게 된 가타오카 유미(305호), 다마이 가나에(503호)와 고토 나쓰미(610호)다.

나는 옵서버 형태로 참석했다.

회의실 구석에 쌓여있던 테이블을 디근 자 형으로 나열하고, 의장석에 사타케 겐스케가 앉는다. 모인 사람들 모두 간단한 자기소개를 한 뒤, 사타케가 이번 모임의 취지를 설명한 다음 바로 본론으로 들어갔다.

"15년 전의 포스트 캡슐을 받은 사람들 말인데, 아무래도 이 맨션 사람들만 받은 것 같습니다. 여기 모이신 분들 이외에도 계시겠지만, 현재로서는 알고 있는 사람들만 정보를 모아서 앞으로 어떻게 대응할지 정했으면 합니다. 그리고 혹시 어떤 일이 있었는지 얘기해 주실 분 계십니까?"

"사타케 씨가 먼저 시작하는 게 좋지 않을까요?"

하나자와 도키에가 말했다. "사타케 씨가 불러 모았으니까."

"알겠습니다. 그래야 다른 분들도 얘기하기 편하실 수 있겠군요."

사타케 겐스케는 그렇게 서두를 늘어놓은 뒤 이야기를 시작했다.

"제 경우는 15년 전의 협박장이었습니다. 당시 가깝게 지내던 호스티스의 고용주가 500만 엔을 내놓지 않으면 그 여자의 손가락을 자르겠다는 내용이었죠. 그 뒤 이래저래 옥신각신하다가 제 아내가 납치되어 몸값을 요구받았습니다."

"경찰에 신고하셨어요?"

가타오카 유미가 불안한 얼굴로 끼어든다.

"아니요, 그 전에 해결돼서 경찰에 신고는 하지 않았습니다. 아내도 무사히 돌아왔고, 의논한 끝에 그냥 넘어가기로 했습니다. 찜찜하기는 하지만 일단 그것이 최선이라고 판단했습니다."(제4화 〈협박 편지〉 참고)

"그럼 이번에는 제가 할게요. 전 다케무라 미요코 씨한테 얘기 듣고 왔어요."

고토 나쓰미라는 20대 중반의 여자가 팔을 든다. "저한테 온 건 돌아가신 아버지가 받으셨어야 하는 편지였어요. 15년 전, 아버지의 부하 직원이었던 사람이 회사를 그만두고 새로운 직장에 취직했다는 내용의 편지였죠. 아버지는 15년 전, 역 플랫폼에서 떨어져 돌아가셨어요. 사고사로 처리됐지만 사실은 아니었어요. 편지에 암호가 있었던 거예요. 저는 아버지의 옛날 부하 직원한테 이야기를 들었는데, 그러면서 여러 사건들이 일어났어요."(제3화 〈인사 편지〉 참고)

고토 나쓰미는 진범을 찾기까지의 과정을 자세히 설명했다.

"그 편지가 왜 포스트 캡슐에 들어있었는지 저도 그렇고 엄마도 모르겠다고 하셨어요."

"그럼 다음은 내가 해도 될까?"

다케무라 미요코가 손을 들고 사람들을 둘러봤다. "우리 집은 두 통이 왔어요. 하나는 저한테 왔는데 돌아가신 친정어머니가 보내신 거였죠. 다른 한 통은 아들한테 온 편지고요. 아들 게 더 중요하니까 그 얘기를 할게요. 한 출판사에서 편지가 왔는데 소설 신인상 수상 통지였어요. 15년 전 통지가 올해 왔다고요. 왜 포스트 캡슐에 들어있는지 편집자도 모른다고 했어요. 15년 전, 우리 아들은 응모에 떨어졌다고 생각해 은둔형 외톨이가 됐거든요. 그때 그 통지서를 봤다면 아들 인생도 달라졌겠죠. 하지만 지금은 책을 내서 아들은 다시 부지런히 글을 쓰기 시작했어요."(제5화 〈수상작 없음〉 참고)

"에이고가 책을 내서 잘됐어요."

하나자와 도키에가 말했다. "난 다도 모임에서 일어난 분쟁이라서 별건 아닌데, 포스트 캡슐 때문에 인간관계가 더 나빠졌어요."

하나자와 도키에는 간단하게 설명한 뒤 가타오카 유미를 쳐다봤다. "댁은 러브레터였죠? 내가 오라고 했는데, 괜히 불렀나?"

"아, 괜찮아요. 저도 포스트 캡슐 건은 마음에 걸렸으니까."

가타오카 유미는 거래처 사람한테 러브레터를 받았지만 포스트 캡슐로 받았기 때문에 그 사람의 마음을 모른 채 다른 사람과 결혼했다는 이야기를 짧게 설명했다.

"그런데 남편이 돌아가셨다면서요?"

"네, 말하기 좀 그렇지만, 포스트 캡슐로 온 편지를 보고, 예전에 좋아했던 그 사람한테 연락을 했어요. 남편이 그 편지를 봤고,

상대편 아내도 말려들게 되어 일이 커졌어요. 남편은 그때 입은 부상으로 인해 세상을 떠났고요."(제1화 〈재회〉 참고)

"포스트 캡슐 영향이 참 크네. 사건으로 발전한 사례를 하나 더 아는데."

하나자와 도키에는 그 자리에 있는 사람들의 시선을 모아서 의기양양하게 덧붙인다. "이 자리에는 안 나왔는데 208호에 다미야 도시코 씨라는 여자분이 살았어요. 아드님의 유서가 역시 포스트 캡슐로 왔대요. 그래서 아드님의 지난 범죄가 밝혀졌고 다미야 씨는 견딜 수 없어서 이사를 갔어요."(제2화 〈유서〉 참고)

"저도 얘기해도 될까요?"

그동안 잠자코 있던 다마이 가나에가 손을 들었다. "전 사타케 씨한테 얘기 듣고 왔습니다. 저는 큰일은 아닌데, 아무 상관 없는 사람을 끌어들인 점은 죄송하게 생각합니다."

다마이 가나에는 할머니로부터 우에노역에서 기다린다는 편지를 받았지만, 그 편지가 포스트 캡슐이었다는 이야기부터 꺼냈다. 가족들과 문제가 있어서 본가와 절연한 상태였지만 할머니를 만나러 마에바시로 가서 사이가 안 좋았던 남동생과 마주한 일, 집에서 도망친 남동생이 우연히 지나가던 여자를 때려서 다치게 한 일까지 이야기했다. 다마이 가나에는 사타케에게 의미 있는 시선을 보냈는데, 이 두 사람 사이에 뭔가 사전에 얘기가 있던 듯 싶었다.(제6화 〈기다리는 사람 오지 않다〉 참고)

"다른 분들과 달리 저는 건강한 할머니를 다시 만날 수 있어서 꼭 결과가 안 좋았다고는 생각하지 않아요."

"하지만 포스트 캡슐은 이해가 안 가죠?"

다케무라 미요코가 물었다.

"그럼요. 그건 이상하죠."

"그렇다면, 정리하면 이렇게 되나?"

다케무라 미요코는 그동안 적은 메모를 보면서 말한다. "관계자들은 모두 이 맨션에 산다. 그리고 우체국에 문의한 결과, 15년 전에 포스트 캡슐 같은 기획은 없었다. 크게는 이 두 가지인데. 여기서 뭘 알 수 있으려나?"

그녀가 도움을 구하듯 사타케를 쳐다봤다. "사타케 씨, 어떻게 생각해요?"

"이 맨션에 사는 누군가가 어떤 의도를 가지고 15년 전의 편지를 배달하고 있다. 그렇게 되는 거 아니겠습니까?"

그리고 사타케는 사람들의 반응을 살피듯 바라봤다.

"근데 왜 그 사람이 15년 전 편지를 가지고 있는데?"

하나자와 도키에가 가장 큰 의문을 꺼낸다. "말도 안 돼. 이 맨션에 우체국에서 일하는 사람이 있나?"

"들은 적 없는데."

맨션 사정을 잘 아는 다케무라 미요코도 고개를 갸웃한다. 다른 사람들도 고개를 저을 뿐이다. 그리고 한동안 발언하는 사람도 없고, 분위기가 어딘지 모르게 어색해졌다. 의장 역할의 사타케 겐스케가 참지 못하고 정리한다.

"하긴 우체국 관계자가 아니고서야 있을 수 없는 얘기라는 생각은 듭니다만, 설령 그렇다고 해도 이런 일을 하기는 불가능하다고 봅니다. 어쩌면 지역 한정으로 그런 기획이 있어서 담당자가 바뀌는 동안에 잊혔다거나…. 다시 한 번 우체국에 확인할 필요가 있겠군요. 자, 그럼 정보를 더 모아서 다음에 다시 모이는 걸로 하고 오늘은 이만 마칠까 합니다만."

같은 경험을 한 사람들이 모여서 각자 자신들의 사례를 이야기했지만, 현재로서 수수께끼의 핵심에 다가갈 자료는 부족하다. 시간을 더 들여봤자 수수께끼는 더 복잡해질 듯했다.

회의를 마치자는 사타케의 제안에 사람들은 모두 동의했다.

## *10*

내가 그 여자한테 편지를 보냈다. 편지는 그 여자한테 자신이 범한 죄를 인식시키기 위해 쏜 강렬한 화살이다.

나는 그 여자가 어떻게 나올지 지켜보고 싶다는 생각에 한 주민의 협조를 얻어 맨션 주민 모임에 참석했다. 남들 눈에는 비열하게 보일 수 있지만, 나는 정당한 권리라고 생각한다.

'사건'의 구조는 최근에야 알아챘다. 한 주민의 입을 통해 맨션에서 일어나고 있는 놀라운 실태를 알게 된 것이다. 정작 얘기하는 본인은 그 사실을 알아채지 못했다. 알아챈 사람은 나였다. 나는 사건의 중심인물을 알아내서 그 행동을 쫓았다. 그리고 편지가 야기하는 문제를 몇 건 조사해 갔다.

과연 협박장이나 유서 등 범죄 냄새가 나는 것은 논외지만, 15년 전에 배달됐으면 큰 문제가 되지 않았을 사례도 있다. 러브레터나 수상 통지 등은 제대로 받았으면 일이 커지지 않고 끝났을 터다. 인사 편지도 받은 사람이 뒤를 조심했으면 역 플랫폼에서 떨어지지 않았을 수 있다. 협박장이나 유서는 그때 대처를 잘했으면 문제가 커지지 않았을 가능성도 있다.

15년이라는 세월의 무게는 터무니없이 크다. 그 사이에 사람이 죽을 수도 있다. 행복이나 불행이 찾아왔을 수도 있다. 조용히 살고 있는데, 어느 날 갑자기 15년 전의 과거가 집 안에 흙발로 들이닥친다면 어떻게 될까. 받은 사람은 시공간의 틈새가 억지로 벌어져 불행했을 수도 있는 과거로 되돌려진다. 봉인되어 있던 기억의 상자가 찢기고 지난날의 끈적한 고름이 배어난다. 행복한 과거면 괜찮지만 행복한 현재의 생활에 불행한 과거가 쏟아져 들어오면 당연히 불행해진다.

예를 들면, 15년 전에 할아버지가 손자에게 보낸 편지라면 받은 사람은 '아아, 돌아가신 할아버지의 편지다' 하고 그리워하며 눈물지을 수 있다. 아니면 15년 뒤의 자신에게 보낸 편지라면 자신을 분발시키는 데 도움이 될 수도 있다. 하지만 그런 가슴 따뜻한 얘기는 일련의 사례에는 전혀 없었다.

행복하게 생활하던 사람은 불행해지고, 불행하게 생활하던 사람은 한층 더 불행해진다. 일상의 소소한 일을 적은 편지가 15년 동안에 몬스터처럼 변모하여 평온한 생활을 인정사정없이 파괴한다. 당사자로서 나는 그 점을 절실하게 통감했다.

자, 어떻게 그 인간한테 분노의 철퇴를 내릴 것인가. 이 사건을 뒤에서 조종하는 인간을 무대 위로 끌어내 '이리저리 끌고 다니는' 형벌에 처하고 싶을 정도다. 그리고 그 인간한테 삿대질을 하면서 이렇게 선언한다.

"범인은 바로 너"라고.

그 정도는 해야 분이 풀린다.

"

(편자)

이제 어쩔 수 없이 막을 내려야 한다.

편지가 야기한 소동이 상상 이상으로 커져서 더는 계속하고 있을 수 없다. 진상을 알아채고 편자를 협박하는 사람이 나온 이상, 이 건은 여기서 마치고 편찬 작업을 시작해야 한다. 편자는 이것을 공개하기를 포기하고 지금은 자신만의 개인적인 기념비 같은 것으로 삼고 싶다는 생각이다.

처음에는 행복한 사례가 많다고 생각했지만 대부분 편자의 예상을 뛰어넘는 전개를 보였다. '피해자 모임' 같은 것이 결성되고 맨션 회의실에서는 편지에 엮인 사람들 대부분이 참석해서 정보를 나눴다.

웃으며 나누는 얘기가 될 터였다. 아니면 과거의 작은 불행을 웃어넘길 수 있을 터였다. 하지만 현실은 크게 달랐다. 15년 전의 작은 파문은 쓰나미와도 같은 어마어마한 것으로 바뀌어 버렸다.

이제 와 없던 일로 돌이킬 수는 없지만 관계자한테 간단한 사과 편지를 보내서 분노를 조금이라도 줄일 필요가 있다.

물론 익명의 편지다. 그리고 이 사례는 여기서 '디 엔드' 한다.

그 협박문을 누가 보냈는지는 파악했다. 아무래도 지금 여기사는 모양이다. 그쪽도 편자를 알아챘다는 사실은 이 편지를 읽으면 명백하다. 만약 상대가 접근해 오면 그 인물에게 이렇게 말하고 싶다.

"모든 악의 근원은 바로 너"라고.

네가 없으면 이렇게 꼬이지는 않았다. 네가 시공을 억지로 비틀어 열었다. 너를 심판하여 거기에 상응하는 벌을 주고 싶다.

## 12

사타케 겐스케는 이미 사건의 진상을 깨달았다. 조금 더 빨리 알았다면 상처는 더 작았을 것이다. 그런데 진상을 알아챈 건 맨션에서 '피해자 동맹' 회합을 하던 중이었다. 이 사건은 미묘한 문제를 포함하고 있기 때문에 몰래 종결시키는 편이 좋을 듯하다.

집으로 가는 길에 우편함에서 편지를 꺼냈다. 커다란 온라인쇼핑 카탈로그와 디렉트 메일뿐이라서 내용도 확인하지 않고 101

호로 돌아갔다.

문소리가 들렸는지 부엌 쪽에서 "어서 와" 하는 아내의 목소리가 들린다. 그는 곧장 부엌으로 가서 편지를 식탁 위에 내려놓은 뒤 냉장고를 열어서 차가운 캔 맥주를 꺼냈다.

"일 좀 할게."

"식사 준비 다 되면 부를게."

이미 크림 스튜 냄새가 감돈다.

"그래."

그는 캔 맥주를 들고 방으로 들어가서 컴퓨터를 켠다. 곧 이 사건을 종결시킨다. 그렇게 해야 한다.


## 13


사타케 마유미는 남편이 식탁 위에 내팽개치고 간 편지를 봤다. 이이는 뭐가 왔는지 보지도 않나 봐.

우편물은 모두 디렉트 메일과 카탈로그 같았다. 리모델링 업자가 남편에게 보낸 두꺼운 책자, 맨션 매각을 권하는 부동산 회사의 안내. 그리고 그녀에게 온 온라인 쇼핑 카탈로그. 카탈로그와 팸플릿 사이에 끼어있던 편지 몇 통이 바닥에 툭 떨어졌다. 남편은 카탈로그만 있다고 생각했던 듯하다.

한 통은 시골에서 친정어머니가 그녀에게 보낸 엽서. '가끔 얼굴이라도 보여주러 오렴. 요즘 마음이 약해져서 말이지. 이런저런 얘기를 나누고 싶구나' 하는 내용.

그녀는 미소 지으면서 다음 편지를 보고 얼굴을 찌푸렸다.

잘못 배송된 편지가 한 통 섞여있다. 305호의 가타오카 유미에게 온 편지였다. 집배원이 실수한 듯하다.

'빨리 가져다 줘야지' 하고 생각하면서 발신인의 이름을 보지만 안 쓰여있었다. 익명의 편지라. 직접 집에 가져가는 것도 의심받을 듯해서 세대별 우편함에 넣어두기로 했다.

스튜가 거의 완성됐기 때문에 일단 가스레인지 불을 끄고 나갈 준비를 했다. 그때 봉투가 제대로 봉해져 있지 않은 것을 알았다. 풀로 봉해놨지만 절반쯤 떨어져 있다.

정말 일부러 보려고 한 건 아니야. 하지만 떨어져 있으니까 살짝 봐도 되지 않을까? 익명이니까 궁금하잖아.

"살짝 한번 보지 그래?"

악마의 속삭임에 더는 호기심을 억제할 수 없었다. 읽고 나서 다시 원래대로 붙여두면 알 리가 없다. 305호의 가타오카 유미라면 거의 비슷한 또래이고 전혀 모르는 사이도 아니고….

그녀는 찢어지지 않게 조심스레 봉투를 열어서 편지를 꺼낸다. 얇은 편지지에 손으로 쓴 글씨가 춤추고 있다. 마치 술 취한 사람이 쓴 듯 흐물흐물한 글씨였다.


지금 이 맨션에서 일어나고 있는 일. 모두 네 존재가 원인이야. 네가 존재하지 않았다면 불행해지는 사람도 없었을 거야.

포스트 캡슐? 장난치냐? 헛웃음밖에 안 나온다. 널 절대 용서 못 해. 등 뒤를 조심해라.

행복의 사자(使者)

'행복의 사자'라고 장난스레 쓰고 있지만 글에 발신인의 악의가 감돌고 있다. 다른 사람에게 온 편지인데도 마치 자신을 비난하는 듯했다. '등 뒤를 조심해라'라니, 완전 협박이잖아.

그녀는 등줄기가 오싹해진다. 괜한 호기심이 발동했기 때문이다. 편지는 읽지 말았어야 했다. 그대로 305호 우편함에 넣어뒀어야 했다.

으스스한 소리가 쓰였지만 이 편지를 정당한 수령인이 아닌 그녀가 없앨 수는 없었다. 이 편지는 305호의 가타오카 유미가 읽어야 한다.

의자에서 일어나는데 가벼운 현기증에 비틀거렸다.

뭔가 예감이 좋지 않다. 다른 사람에게 온 편지인데 마치 자신을 향한 듯한 꺼림칙함. 당장 넘겨야 한다. '불행의 편지'처럼 곧바로 넘기지 않으면 불행이 닥칠 것만 같다.

그녀가 현관을 나서려고 문을 열었을 때 뒤에서 남편 목소리가 들렸다.

"어디 가?"라고 물은 듯도 하지만 그녀는 다른 소리로 들렸다.

"이토 씨, 수고하세요" 하고.

이토 씨? 이 맨션에 이토라는 사람은 없다. 그런데….

**마지막 편지**

　맨션의 택배 보관함을 비추는 영상이 컴퓨터 화면에 떠올라 있다. 넓은 화면에 여자가 한 명 들어온다. 조금 일그러진 영상 속에서 여자의 손은 편지 같은 것을 쥐고 있다. 여자는 그 공간으로 들어가는 철제문을 연다. 그 문은 맨션 쪽에서만 열리고, 외부인은 건물 내로 들어오지 못하는 구조다. 맨션 내에서는 열쇠 없이 들어가지만, 다시 맨션으로 들어올 때는 열쇠로 열어야 한다. 그 공간에는 입주민용 우편함이 세대수만큼 있어서 우편집배원이나 전단지를 투입하는 사람들이 그곳에서 각 우편함에 넣게 되어있다.

　"자, 서둘러."

　나는 당장 행동으로 옮겼다.

　305호의 가타오카 유미에게 온 편지는 발신인의 뜻대로 305호 우편함에 넣어야 했다. 설령 내용이 불온하더라도 가타오카 유미가 읽어야 하고 다른 사람이 함부로 파기할 권리는 없었다.

　맨션의 다른 주민이 보면 곤란하다는 생각에 아무도 없는지 확인한다. 마치 자신이 범죄자가 된 듯 불편한 마음으로 편지를 305호 우편함에 넣으려고 했을 때 누군가가 들어오는 기척이 났다.

입주민이나 전단지 넣는 사람, 아니면 우편집배원인지도 모른다. 지금은 택배를 찾는 척하며 넘어가느냐, 일단 맨션 안으로 돌아갔다가 잠시 후 편지를 넣느냐. 아니, 지금 당장 넣는 편이 낫겠다는 생각에 305호 우편함에 편지를 얼른 넣으려던 때, 뒤에서 남자 목소리가 들렸다.

"엇, 거기에 넣으면 안 되지. 거긴 포스트 캡슐. 거기에 넣으면 15년이 지나야 편지를 꺼낼 수 있다고. 정신 차려, 이토 씨."

"사람 잘못 보셨어요. 전 이토가 아니에요."

돌아보며 상대에게 그렇게 말하려고 했을 때 갑자기 뒤에서 누군가가 팔로 목을 감았다.

"거기 넣으면 안 된다니까."

"이러지 마세요. 전 사타케예요. 사타케 마유미."

그녀는 상대방 팔에서 벗어나려고 양손에 힘을 주지만 목을 휘감은 힘은 더 강해져 의식이 점점 멀어졌다. 이대로 죽는 걸까. 그녀가 흐릿해지는 의식 속에서 본 광경은 희한했다.

데자뷔 현상이라고 하면 될까. 지금 일어나고 있는 일이 과거에 일어난 일을 상기시켰다. 지난 일을 그대로 따라가듯 신기한 감각이었다. 숨이 막히는데 가슴이 수런거린다.

...

　그 우편집배원은 배달물이 들어있는 가방을 들고, 우체국 우편
물류과 방에서 나갔다. 그때 우편물류과 담당자가 "이토 씨, 수고
하세요"라고 인사를 건넸다.

　이토라고 불린 우편집배원은 우체국 전용 자전거에 올라탔다.
그렇게 편지는 수신인을 향해 조금씩 다가간다.

　우편집배원은 차례로 담당 지역을 돌며 배달한 뒤 마지막으로
7층짜리 맨션 앞에 도착했다. 이곳이 끝나면 우체국에 돌아가서
자질구레한 일들을 처리하고, 하루 업무를 마감한다. 그 맨션은
모두 65가구가 살고 있다. 배달할 우편물은 대략 150통 전후이기
때문에 시간은 별로 안 걸릴 터였다.

　그런데 우편집배원은 막판에 그날 업무를 완전히 그르치고 만
다. 우편집배원의 개인적인 사정이 아니라, 외부 누군가의 방해
때문이었다.

　그 맨션은 출입구 옆에 세대별 우편함 공간이 있어서 우편집배
원 이외에 택배기사나 전단지 배포하는 사람 등이 들어와 관리실
을 포함해 66개의 우편함에 우편물을 넣게 되어있다. 그 밖에 대
형 배달물을 넣는 택배 보관함이 20개 정도 있는데 입주민은 카
드와 비밀번호를 입력함으로써 부재중에 배달된 물건을 꺼내는
구조였다.

다행히 그날 우편물은 대부분 편지봉투나 엽서였고, 통화등기 한 통과 속달 한 통만 직접 집으로 배달할 예정이었다. 이제 마지막 업무를 시작하려고 가방에서 우편물을 꺼냈을 때 '사건'은 일어났다.

그 우편집배원은 아주 꼼꼼해서 오배송이 없도록 우편물과 집 호수를 중얼거리며 확인하는 습관이 있다. "101호, 사타케 겐스케" 하고 중얼거리며 편지봉투 두 개를 101호 우편함에 넣으려는 순간, 갑자기 뒤에서 누군가가 가방을 낚아챘다.

우편물을 도둑맞는다. 순간적으로 우편집배원은 인식했지만, 방어 태세가 잡혀있지 않았기 때문에 균형을 잃고 뒤로 넘어졌다. 뒤통수가 강철 택배 보관함에 심하게 부딪혀 의식이 몽롱해졌다. 그래도 가방만은 지키려고 안간힘을 다해 끈을 잡았지만, 그 누군가의 힘은 인정사정없었다.

...

## *17*

나는 사냥감의 목을 조르고 있다.

이 인간 때문에 내 인생이 망가졌다. 이 인간한테 벌을 주고 죄를 인정하게 만들어야 했다.

"제길, 까불고 있어. 다 너 때문에."

"왜 나예요? 난 잘못 배송된 편지를 305호에 넣으려고 했을 뿐인데."

"내가 일부러 네 편지함에 그 편지를 넣었어. 잘못 배송된 걸 알면 편지를 도로 가져다 놓을 거 같아서 CCTV를 설치해 뒀지."

"누구예요?"

"포스트 캡슐 관계자. 아까 모였을 때 몰래 도청기를 가져가게 했지."

"무슨 소리예요?"

"그건 말이지, 다시 말해…."

상대는 그녀에게 설명했지만 흐릿해지는 의식 속에서 그저 혼돈스러워 머릿속에 술술 들어오지 않았다.

그때 맨션 쪽에서 누군가가 들어오는 기척이 있다.

"다 끝났어. 그만해."


## 18
(15년 전)


어디선가 "뭐야!" 하는 소리가 들렸다. 맨션 쪽 문이 열리고 한 남자가 우편함 공간으로 기세 좋게 뛰어 들어왔다. 그러자 우편집배원의 어깨에 걸려있던 힘이 빠지고 습격했던 누군가가 등 뒤의 문을 통해 밖으로 도망쳤다.

"괜찮으세요?"

목소리가 들리고 우편집배원을 안아 일으킨다.

"다치신 데는요?"

"괜찮습니다."

"저 자식, 우편물을 훔치려고 했나."

"아마도요. 통화등기도 있으니까."

우편집배원은 대답하면서 일어났다. 뒤통수를 부딪쳤지만 뇌진탕을 일으킬 정도는 아니었다. 그리고 우편물도 무사하다. 한 통도 도둑맞지 않았다.

"감사합니다. 덕분에 무사했어요."

우편집배원은 도와준 남자에게 머리를 숙였다.

"경찰에 신고하시는 게 좋을 것 같군요. 범인 얼굴을 보셨습니까?"

"아뇨. 못 봤어요."

"저는 남자 뒷모습만 봤는데 젊어 보였어요. 제가 신고할까요?"

"아뇨. 도둑맞은 것도 없으니까, 배달 마치면 제가 신고할게요."

"그래요. 그럼 녀석이 아직 근처에 있는지 밖에 좀 보고 오겠습니다. 그사이에 배달하세요."

"알겠습니다."

남자가 습격한 범인을 찾으러 밖으로 나갔다. 그사이 우편집배원은 아무 일도 없던 양 우편물을 배달하기로 했다. 빨리 집에 가고 싶다. 오늘은 엄마 생신이다. 경찰에 신고하면 사정청취도 해야 돼서 시간이 걸린다. 가능한 한 빨리 세대별 우편함에 우편물들을 넣고, 그 친절한 남자가 돌아오기 전에 통화등기와 속달까지 배달을 마치고 싶다.


## 19


"이 자식이야, 그때, 우편물 뺏으려고 한 게."

사타케 겐스케는 뒤에서 마유미를 습격한 남자의 목을 졸랐다. 그녀는 목에 가해지던 힘이 풀리자 그 자리에 쪼그리고 앉아 격렬하게 기침을 했다.

"이 남자 알아?"

남편의 물음에 마유미는 눈물 어린 눈으로 습격한 남자를 봤다. 남자는 이미 저항할 기력을 잃었는지 그 자리에 웅크리고 두 손으로 얼굴을 감싸고 있었다.

"알아. 요즘 맨션에서 자주 보던 사람이잖아. 물론 그전부터 알았지만."

"죽이려던 거 아니야. 그냥 혼만 내주려고 했어."

남자가 헐떡거리면서 말했다. "너 때문에 잃어버린 세월의 무게를 느껴보길 바란 게 다야."

"과장도 참" 하고 사타케가 말한다.

"과장이 아니야. 나는 15년 전에 행복해질 수 있었는데 그렇게 못 되고 줄곧 불행했어. 게다가 저 여자는 나아가던 딱지를 억지로 떼어냈어. 용서 못 해."

 …

# *20*

(15년 전)

우편집배원은 마음이 급했다. 자, 빨리, 서둘러. 101호는 사타
케 겐스케 씨…. 앗, 이건 속달이다. 직접 집으로 가져가야 했다.
속달과 서류를 먼저 배달한 뒤 다른 우편물들은 세대별 우편함에
넣기로 하자.

다행히 그 남자가 스토퍼로 문을 열어뒀기 때문에 곧장 안으로
들어갔다.

1층 101호는 통로 가장 안쪽이었다. 사타케 겐스케 씨.

우편집배원은 어지러워 비틀거리는 몸을 간신히 가누며 그 집
앞으로 가서 초인종을 눌렀다. 응답이 없다. 신문 보관함에 넣어
두려고 생각했을 때 등 뒤로 인기척이 났다.

돌아보자 아까 그 남자였다.

"앗, 아까 그…."

출입구에서 도와준 그가 101호에 사는 사타케 겐스케인 모양이다.

"어랏. 괜찮아요? 그 자식, 발이 어찌나 빠른지 놓쳤어요."

"괜찮습니다. 여기 속달 왔네요. 사타케 겐스케 씨 되시죠?"

"네, 맞습니다."

안심한 순간 다리 힘이 빠지면서 그 자리에 주저앉을 뻔했다.

"정말 괜찮으세요?"

"다행히 도둑맞지 않았다고 생각하니까 긴장이 풀려서…."

"좀 쉬었다 가시죠?"

배달을 마친 뒤라면 괜찮지만 지금은 아직 일이 남았다.

...

21

"다시 말해, 그때 당신을 습격한 게 이 남자야."

사타케 겐스케는 여전히 웅크리고 있는 남자를 가리켰다. "그리고 그때 우편배달 아르바이트를 하던 사람이 당신이고. 당신은 비틀거리면서 간신히 내 집까지 왔어. 내가 속달을 받았을 때 당신은 정신을 잃었고."

"내가 정신을 잃었다가 눈을 떴더니 침대 위에서 자고 있었잖아."

사타케 마유미가 말했다.

"응. 움직이면 안 좋을 것 같아서. 그리고 크게 다친 건 아니었던 것 같고."

"정신을 잃었는데도?"

"그건 피곤이 쌓였던 거고. 대학 공부도 해야 하고, 취업 준비도 해야 했으니까. 그리고 우체국 배달 아르바이트는 바빴잖아. 그리고…."

"그리고 뭐?"

"그러니까, 그게…."

...

## 22

나는 옷에 묻은 먼지를 손으로 털면서 천천히 일어났다. 사타케 부부는 나를 경찰에 신고하지 않고 집으로 돌아갔다.

저 두 사람 때문에 나는 불행해졌다. 그런데 저 인간들은….

"젠장, 열 받아."

그 두 사람의 수수께끼는 해결됐겠지만 커다란 수수께끼가 아직 남아있었다. 왜 포스트 캡슐일까. 왜 15년이 지나서 편지가 배달된 걸까.

나는 무단으로 설치한 CCTV로 팔을 뻗는다. 이 CCTV와 컴퓨터를 연결해서 그 여자가 오는 것을 지켜보고 있었다. 이대로 뒀다간 문제가 있기 때문에 두 사람한테 보이지 않게 몰래 떼어내고 엘리베이터로 향했다.

나는 305호를 향한다. 그녀한테 털어놔야 했다.

…

고
백

  가타오카 유미는 문 너머로 힘없이 서있는 이치카와 다이스케를 보고 말을 잃었다. 창백한 얼굴의 이치카와는 말없이 현관으로 들어오자마자 그 자리에 털썩 주저앉았다.

  "왜 그래? 안 좋은 일이라도 있었어?"

  유미는 이치카와의 어깨를 가볍게 쳐서 일어나라고 재촉했다. 그는 비틀거리면서 일어나 그녀와 같이 거실로 들어갔다.

  "술 한잔 할래?"

  그녀는 이치카와가 대답도 하기 전에 식기장에서 위스키 병과 잔을 꺼냈다. 다시 부엌으로 가서 얼음과 물을 가지고 왔더니 그는 이미 위스키를 따라서 마시고 있었다. 얼굴빛이 돌아오고 조금 진정돼 보였다.

"당신한테 모임에 도청기를 가지고 가달라고 하고 신세 많이 졌는데, 실은 아직 얘기하지 않은 게 있어. 사실 이번 포스트 캡슐엔 나도 연관이 있어."

"포스트 캡슐이 될 걸 알고 편지를 보냈다는 거야?"

"그럴 줄 모르고 했어."

이치카와 다이스케는 자신에게 기운을 북돋듯 남은 위스키를 단숨에 마셨다. "당신이 받은 그 편지 말인데, 15년 전에 나는 그걸 일반 우체통에 넣었어. 그런데 당신이 거절할 거라고 생각하니까 겁이 나서 편지를 다시 찾아오려고 했어."

"하지만 잘못 넣은 거라면 우체국에 신분증 같은 걸 가지고 가면 찾을 수 있을 텐데."

"발신인 이름을 쓰지 않은 것 같아. 그래서 거의 패닉 상태가 돼서 당신 맨션에서 도로 찾아오는 게 빠르다고 생각했어. 생각이 짧았다고 할지, 도대체 무슨 생각이었는지 모르겠어."

"맨션에서 지키고 있었어?"

"응. 다음 날 배달될 거라고 생각해서 회사에는 외근한다는 식으로 대충 둘러대고, 점심 지나서부터 맨션 밖에서 의심받지 않게 적당히 자리도 옮기면서 계속 기다렸어. 그랬더니 저녁 무렵이 돼서 젊은 여자 우편집배원이 왔어."

"말을 걸었어?"

"설명해도 안 통할 것 같아서 그 사람의 가방을 뺏으려고 했어.

하지만 들켜서 소란스러워진 거야. 게다가 재수 없게 맨션에서 누가 나와서….”

“그래서 도망친 거고?”

“응. 남자가 쫓아와서 하마터면 잡힐 뻔했어. 죽어라 도망쳤지.”

“편지는?”

“포기했어. 당신이 봐도 하는 수 없다고 생각했어. 거절하면 그건 그때 일이고. 단단히 각오했어.”

“하지만 그 편지는 배달이 안 됐어. 배달된 건 15년이 지나서지?”

“그렇게 됐지.”

이치카와는 무거운 한숨을 쉬었다. “그러니까, 그 편지는 어떤 사정으로 일반 우체통에서 ‘포스트 캡슐’로 들어간 거야. 그리고 당시의 우편집배원이 엮여있다고 생각해서 아까 거기서 그 여자한테 벌을 주고 자신이 무슨 짓을 했는지 알게 해주려고 했어. 근데….”

이치카와는 양손으로 얼굴을 감싸며 울음을 터뜨렸다. “실패했어.”

## 2

(15년 전)

**눈을 뜨자 이토 마유미는 어두컴컴한 방에서 자고 있었다.**

아침인가. 커튼 사이로 빛이 희미하게 들어온다. 내 방인가. 아니다, 내 방이 아니다.

깜짝 놀라서 일어나자 뒤통수에 묵직한 통증을 느꼈다. 그녀는 침대 위에 있지만 낯선 침대였다. 여기가 어디지?

그때 갑자기 불이 켜졌다. 그녀는 눈이 부셔 두 손으로 눈을 가렸다.

"일어났어요?"

남자 목소리에 흠칫한다.

"저, 지금…. 엇, 여긴 어디죠?"

그때서야 그녀는 자신이 유니폼을 입고 있는 것을 알았다. "저, 일하던 중…, 아니네요."

"그쪽은 나한테 속달 편지를 주려다가 쓰러졌어요. 그래서 그 대로 눕혀뒀고. 구급차를 부를 정도는 아닌 것 같아서."

남자는 사타케 겐스케였다. 이 남자한테 속달 편지를 전하면서 정신을 잃었구나.

"어떡해. 빨리 가야 돼."

침대에서 나오는데 어지러워서 휘청했다.

"거봐, 너무 무리하지 말아요."

"하지만 배달할 게 있어요."

"아, 통화등기라면 내가 대신 배달했어요. 이게 수신 확인 도장."

사타케는 다키모토라는 도장이 찍힌 종이를 그녀에게 보여준다. "다행히 고등학생 정도의 여학생이 받아서 별 의심 안 하더라고요."

"아아, 다행이다. 그게 걸렸어요. 감사합니다. 저, 정말 가봐야 해요."

"천천히 쉬었다 가요. 그리고 타고 온 우체국 자전거, 맨션 밖의 생울타리 옆에 있던데. 밤에 몰래 우체국에 가져다 뒀으니까 걱정 말고."

사타케는 입가에 상난기 어린 미소를 지었다.

*

나중에 사타케 겐스케는 그녀에게 그때 일을 종종 얘기했다. 주로 술을 마셨을 때다.

"편지를 받았을 때 난 당신한테 반했어. 이대로 돌려보내면 다신 못 만난다고 생각했어. 첫눈에 반한 거지."

"스토커 같아. 아슬아슬 범죄 직전. 아, 아니다. 범죄 그 자체네."

"그때는 그렇게 생각하지 않았어. 그래서 거의 충동적으로 당신을 침대로 옮긴 거야. 아무 짓도 안 했지만 설령 고소당해도 이상할 게 없는 상황이었지."

"대학에서 공부하랴, 취업 활동 하랴, 우체국 알바 하랴, 피곤이 극에 달했었나 봐. 습격당했을 때 타격은 거의 없었는데, 오히려 피로가 쌓여서 쓰러졌던 거 같아."

마유미도 그때 일을 가벼운 지난 이야기처럼 말한다.

"나, 눈을 떴는데 당신이 너무 멋있어 보이는 거야. 직감적으로 나쁜 사람이 아니라는 걸 알았어. 그리고 새끼 새가 알에서 부화할 때 처음 본 걸 어미로 인식하는 것처럼 나도 깨어났을 때 당신한테 빠졌던 거 같아."

그건 어떤 의미에서 운명적인 만남이었는지도 모른다. 그 뒤 두 사람은 열렬한 연애 끝에 결혼에 골인했으니까.

# 3

(편자)

그 작은 상자에는 '포스트 캡슐'이라고 적힌 종이가 붙어있다.

결혼한 뒤 벽장 깊숙이 넣어두고 기회가 있으면 끄집어내서 열었다. 그 안에는 150통 정도의 편지봉투와 엽서가 들어있다. 종류도 다양하다. 종교 권유, 묘지 안내, 영어 학원과 입시 학원 안내, 건강식품이나 의류품 등의 디렉트 메일…. 세월이 흐르다 보니 지금은 명칭을 바꿨거나 도산한 회사도 있다.

이런 종류는 도쿄에서 지정한 '타는 쓰레기'용 비닐봉지에 넣어서 한꺼번에 버린다. 남은 것은 50통 정도인데, 인사 편지나 계절 인사, 파티 안내 등으로 이 역시 한데 모아서 버린다.

그리고 편자는 한 통의 편지에 시선을 멈춘다. 아차, 이건 내내 보류하고 있던 건데. 스토커가 어떤 여자한테 보낸 협박성 편지다. '포스트 캡슐' 소재로 딱 맞는 내용이지만, 발신인이 익명이라는 이유로 보류했다. 편지를 주고받을 수 없기 때문에 스토리로서의 전개를 기대할 수 없다.

이 우편물들을 전부 정리하면 이 일에서 해방된다. 15년이나 되는 시간 동안, 편자의 머리 한편에 자리 잡고, 한시도 잊지 못했던 안건이다. 그 속죄를 위해서 시작한 포스트 캡슐 계획은 어중간한 형태로 끝나지만, 상상보다 반향이 너무 커졌기 때문에 그만둘 수밖에 없다.

그리고 마지막으로 보류해 오던 익명 스토커의 편지를 버린다.


뒤에서 문이 조용히 열린다. 소리는 안 들리지만 공기의 흐름으로 알 수 있다.

"나도 모르게 대단해."

그 말에 편자는 돌아보지 않고 대답한다.

"포스트 캡슐은 나 나름 속죄의 의미였어. 하지만 생각보다 일이 너무 커져서…."

"나한테 온 편지가 속달 말고 한 통이 더 있었던 거지?"

"응, 그게 협박장이었어."

"그 편지만 포스트 캡슐 봉투에 들어있지 않아서 이상하다 했어."

"가까운 사람이 했던 게 되지? 무의식중에 제동이 걸리게끔 하고 있었는지도. 내 폭주를 당신이 알아채도록…."

## 4

(15년 전)

　이토 마유미는 터무니없는 일을 저지르고 만다.

　그날 누군가의 습격을 받고 사타케 겐스케의 집에서 하룻밤을 지낸 뒤 이튿날 우편물이 든 가방을 들고 집으로 돌아간다.

　몸 상태가 좋지 않았기 때문에 직장 상사에게 갑작스레 몸이 아파 이삼 일 쉬겠다고 연락하고 승낙을 얻었다. 그리고 배달 못 한 우편물은 오늘이나 내일 중에 개인적으로 배달하겠다는 생각 으로 가방을 캐비닛 위에 턱 하니 올려두었다.

　몸 상태가 회복된 뒤 취업 시험, 대학 공부, 우편배달 등으로 정신이 없어서 그 가방의 존재 자체를 잊었다. 아르바이트하는 곳에서 "가방은?" 하고 특별히 물어보지 않았던 이유도 크다.

　실제 생활에서도 큰 변화가 있었다. 사타케 겐스케와 열렬한 연애에 빠졌다. 그의 집과 자신의 아파트를 오가는 매일. 바빴지 만 바쁘다는 사실 자체도 잊을 만큼 즐거웠다.

　그렇다. 모든 것을 잊을 정도로.

　배달하지 않은 가방을 알아챈 것은 이미 한 달쯤 지난 뒤였다. 아침에 일어나서 무심코 캐비닛 위를 보자 배달용 가방이 놓여있 었다. 그 가방이 무엇을 의미하고 얼마나 중대한 것인지 깨닫자, 온몸에 소름이 돋았다. 조금 더 눈에 띄는 곳에 뒀어야 했다.

　이제 와서 배달할 수도 없다. 늦게 배달된 사실을 들키면 오히

고백

려 수취인과 직장에도 폐가 된다. 그렇다면 차라리 숨기는 편이
낫다.

몇 년에 한 번씩 집배원이 우편물을 배달하지 않고 버리거나
집에 숨겨놓고 있었다는 신문기사가 사회면 한구석에 실린다. 설
마 자신이 그 당사자가 될 줄은 꿈에도 생각하지 못했다.

그런 죄를 범한 우편집배원은 경찰의 사정청취에서 "배달하기
귀찮아졌다"고 대답하지만 그녀의 경우는 수상한 사람에게 습격
당한 예기치 못한 사고 때문이다. 그녀의 일방적인 잘못은 아니
다. 어떤 남자가 그녀를 습격만 하지 않았다면 이런 일은 없었다.
그 남자가 모든 악의 근원이다.

그런데 돌이켜 보면 역시 경찰에 신고했어야 했다. 경찰한테
정직하게 신고했다면 적어도 그녀를 습격한 범인은 잡혔을 테고,
우편물 배달을 잊어버리는 사태도 발생하지 않았을 것이다.

우편물을 배달하지 않은 일은 우체국 아르바이트를 그만둔 뒤
에도 내내 응어리로 남아있었다. 그녀는 대학 재학 중에 사타케
겐스케와 결혼해서 사타케 마유미가 된 뒤에도 그 일을 한시도
잊은 적이 없었다.

## 5
(현재)

"이 우편물과 원고는 몰래 버리는 수밖에 없을 것 같은데. 최선

이라고는 못 하지만 현재로서 가장 좋은 방법이야."

사타케 겐스케는 어깨를 떨어뜨리는 아내를 위로했다.

"미안해. 정말 미안해. 나도 지금 처분하려던 참이었어."

마유미는 고개를 떨어뜨리며 흐느꼈다.

"이건 내가 처분할 테니까 안심해."

"그 사람은?"

"이치카와 다이스케? 그 사람은 아무 짓도 못 할 거야. 무슨 짓이든 하면 내가 가만있지 않을 테니. 그쪽 얼굴도 다 봐놨으니까."

"그러면 좋을 텐데."

"어떤 의미에서 누가 잘하고 잘못하고도 없다는 느낌도 있어. 그 쓰레기봉투, 이리 줘. 내일 타는 쓰레기 배출일이니까 생활 쓰레기와 같이 버리면 아무도 몰라."

"고마워."

"이 일은 우리 무덤 속까지 묻고 가자."

사타케가 농담처럼 말하자 마유미도 따라서 웃었다. "그래, 웃어, 그 얼굴. 이제 이 일은 끝이야. 잊어."

쓰레기봉투에 다른 생활 쓰레기를 섞었더니 부피가 꽤 커졌다. 사타케는 집에서 나가 1층 쓰레기 수거장으로 향했다.


## 6


그는 요즘 세상에 보기 드물게 손으로 글 쓰는 것을 선호한다.

컴퓨터라면 단번에 수정할 수 있지만 손으로 쓴 경우에는 지우거나 줄을 긋기 때문에 원고지가 금방 지저분해진다. 결벽증이 있는 그는 지우개로 지우지만 도저히 수정이 불가능해지면 그 원고지 자체를 파기한다.

구깃구깃해진 원고지는 쓰레기통에서 넘쳐 발 디딜 틈도 없이 어질러진다.

"결벽증이면서 어쩌면 이렇게 난장판을 만들어 놓는 건지. 모순 아니니?"

엄마는 가끔 방을 들여다보러 왔다가 비아냥거린다. 하지만 그는 결벽과 난장판은 동반자 관계로 모순되지 않는다는 생각이다.

버려진 원고지는 구깃구깃하기 때문에 바닥에 떨어지면 더 지저분해 보인다. 엄마는 대개 그가 책상에서 졸고 있을 때 쓰레기를 '타는 쓰레기'용 봉투에 넣어서 배출일에 1층 쓰레기 수거장으로 가지고 간다.

그는 그 사실을 모르는 척하고 있을 뿐이다. 사실을 말하면 엄마가 더 비아냥거릴 것 같아서 아무 말 하지 않지만.

전에 출판한 책은 서점에서 판매될 전망은 없고, 아직도 방의 한 벽면을 차지하고 있다. 그것을 보면 가끔 짜증이 나지만 소설 소재를 생각하면서 이럭저럭 해소했다.

오늘은 한 장도 못 썼다. 쓰기는 썼지만 마음에 들지 않아서 도중에 원고지를 구겨버렸다. 기분 전환을 위해 밤공기라도 쐬어볼까 싶었다. 대부분 방에 틀어박혀 있었으니 이게 몇 주 만의 외출인가.

하지만 그 일이 그에게 새로운 운명을 열게 할 줄은 꿈에도 생각 못 했다.


오후 11시가 넘어 현관에서 샌들을 신으려는데 이튿날 버릴 '타는 쓰레기'용 봉투가 두 개나 눈에 띄었다. 대부분 그가 버린 원고지다.

"가끔은 대신 버려줄까."

그는 안 하던 일을 하면 해가 서쪽에서 뜰지도 모르겠다고 쓴 웃음을 지으며 양손에 봉투를 하나씩 들었다. 쓰레기 배출은 기본적으로 수거하는 당일 아침 일찍 버려야 하지만 전날 밤늦게 몰래 내놓고 가는 비양심적인 사람이 있다. 엄마가 식사를 하면서 종종 투덜거렸기 때문에 그도 사정을 잘 알고 있다.

하지만 뭔 상관인가. 쓰레기 배출 당일에 여행이든 무슨 사정이 생겨서 버리지 못하는 사람도 있을 터다. 게다가 그가 지금 버리려는 것은 음식물 쓰레기가 아니라 대부분 종이 쓰레기다. 불쾌한 냄새로 이웃들에게 피해를 주는 일도 없다.

쓰레기 수거장 문을 열려는데 30대 후반의 남자가 나오고 있어서 어색하게 "안녕하세요"라고 인사했다. 그 태도로 볼 때 '무슨 사정이 있는 사람'이 아니라 '비양심적인 사람' 같다.

남자가 나간 뒤 쓰레기 수거장을 둘러보자 이미 봉투가 다섯 개가 놓여있었고, 그중 하나에서 강렬한 음식물 쓰레기 냄새가 풍기고 있었다.

그가 쓰레기봉투 두 개를 놓고 자리를 뜨려는데, 떨어져 있는 우편 봉투가 하나 보였다. 그 옆의 쓰레기봉투는 조금 찢어져서 또 다른 우편 봉투가 삐져나와 있었다. 아마 거기서 빠진 모양이다. 틀림없이 방금 그 남자가 버리고 간 것이었다.

그는 밖에 떨어진 우편 봉투를 찢어진 쓰레기봉투 틈으로 쑤셔 넣으려다가 손을 멈췄다.

"잠깐."

상업 출판은 한 권도 없지만 그의 호기심은 일류 작가 못지않았다. 쓰레기봉투 안에 편지 같은 것이 많이 들어있었다. 그는 찢어진 봉지를 조금 벌려서 몇 통 꺼내본다.

배송지는 모두 이 맨션이지만 수신인은 모두 제각각이다. 그는 의심이 들었다.

# 7
(편자)

소설 《포스트 캡슐》이 마침내 완성됐다.

편자는 만족의 한숨을 내쉬었다. 본래의 원고는 거의 완성 상태였지만 '최초의 편자'는 어떤 이유로 포기하고 처분하려고 했다. 그리고 처분된 편지와 원고를 그가 최초의 편자로부터 이어받는 형태가 됐다. 물론 최초의 편자는 버린 원고를 누가 주운 사실을 모른다.

　자화자찬은 아니지만 이전 원고보다 훨씬 좋아졌다. 출판사에 가지고 가면 그 자리에서 통과될 자신이 있었다.

　"이번에야말로."

　두 번째 편자의 온몸에 힘이 넘쳤다.

## 8

　류세이 출판사의 다가와 리코는 예기치 못한 인물의 방문을 받았다. 그녀의 담당이긴 해도 별로 만나고 싶지 않은 사람이다.

　만약 다케무라 에이고가 올 줄 미리 알았으면 그녀는 있으면서 없는 척했을 것이다. 그동안 다케무라한테 몇 번 전화가 왔지만 그녀가 항상 바쁘다고 거절하자 직접 회사로 쳐들어온 것이다. 미리 눈치채서 적절한 대응을 생각했어야 했다.

　1층 응접실로 내려가자 마흔 살 전후의 남자가 앉아서 기다리고 있었다. 그녀를 알아보자 그는 일어나서 "오랜만입니다. 다케무라 에이고입니다"라고 자신감에 찬 목소리로 인사했다.

　그녀는 다케무라의 달라진 모습에 놀랐다. 전에는 방에 틀어박힌 지저분한 '덕후남'이라는 이미지였다. 그런데 지금 그녀 앞에 앉은 사람은 새 재킷을 입고 나이에 비해 젊어 보이는 남자였다. 새 안경 너머로 호기심 왕성한 눈이 그녀를 평가하듯 쳐다보고 있다.

"오늘은 원고를 가져왔습니다. 꼭 읽어줬으면 해서. 내 입으로 말하긴 뭐하지만, 혼신의 역작이죠."

다케무라는 가지고 온 봉투에서 두툼한 원고를 꺼냈다. "제목은 《포스트 캡슐》이고, 편집자님과 나도 등장하죠."

그는 히죽 웃었다. 그녀는 포스트 캡슐에 안 좋은 기억이 있기 때문에 몸이 경직됐다.

"읽어보고 만약에 재미있으면 책으로 내줬으면 해서요. 필요 없으면 다른 곳에 돌릴 테니까 염려 말고."

자신감에 찬 말투였다.

"네. 읽어볼게요."

그녀는 의문이 들었지만 일단 원고는 받았다.

"최대한 빨리 읽어주십시오. 귀사에 우선권을 준 건 다 지난 인연을 생각해서니까. 그 점은 잊지 말고."

위에서 내려다보듯 건방진 태도지만 내용에 상당히 자신감이 있어 보인다. 그녀는 다케무라 에이고가 당당한 걸음으로 돌아가는 모습을 배웅한 뒤, 그 원고를 넘겨보았다.

손으로 직접 쓴 원고였다. 처음에 《포스트 캡슐》이라는 제목이 크게 쓰여있고, 편자로는 다케무라 에이고의 이름이 적혀있다.

그녀는 페이지를 넘긴 순간 그 신비한 세계로 빠져들었다. 약 오르지만 재미있었다.

## 9

사타케 겐스케는 맨션의 출입구 홀에서 나이 든 여자 두 명이 큰 목소리로 이야기하는 소리를 들었다. 인사를 하려고 다가갔지만 대화 내용이 어떤 의미에서 심상치 않았기 때문에 게시판 안내를 보는 척하면서 두 사람의 이야기에 귀를 기울였다.

"우리 아들이 드디어 데뷔하게 됐어요. 이번에는 틀림없어요."

다케무라 미요코가 자랑스럽게 말했다.

"제목은요?"

하나자와 도키에는 흥미진진한 얼굴로 묻는다.

"우후후, 놀라지 말아요.《포스트 캡슐》이요."

"어머나. 설마. 그 일 말하는 거예요? 아무리 그래도 그건 좀 곤란하지 않아요?"

"걱정 마요. 등장인물 이름은 적당히 바꿨으니까. 아무도 우리 맨션에서 일어난 일인 줄 몰라요."

"대단해. 정말 문제없죠?"

"전혀 문제없어요. 저번 모임에서 다 같이 얘기했잖아요. 아들이 그때 들은 얘기를 이야기로 재구성한 거예요. 역시 우리 아들이라니까."

"포스트 캡슐을 꾸민 범인은 누구예요?"

"추리소설에서 답을 먼저 말하는 건 금기시돼 있지만, 특별히 알려주면."

다케무라 미요코는 목소리를 낮췄다. "사타케 겐스케 씨 부인이요. 그 여자, 학창 시절에 아르바이트로 우편배달 일을 했었대요. 어느 날 이 맨션에 왔을 때 괴한에게 습격당해서 배달을 못했다나. 동정의 여지는 있는데, 그런 여러 가지 일들이 소설 속에서 모두 밝혀지죠."

"그런 짓을 하면 경찰도 엮이게 되지 않아요?"

"괜찮아요. 15년이나 흘렀으면 시효도 지났고. 아니지. 우편물을 배달하지 않은 건 별로 죄가 무겁지 않아서 시효는 더 짧으려나?"

*

제길, 그 버린 편지를 다케무라 미요코의 아들이 줍다니. 사타케 겐스케는 오래전, 쓰레기 수거장에서 스친 안색 나쁜 남자를 떠올렸다. 그 자식이 아들이었구나.

사타케는 그녀들 모르게 살며시 자리를 떠났다.

## *10*

책상 위에 타블로이드판 석간신문을 오려낸 기사가 있다.

**'우편배달 아르바이트 여성, 배달 태만. 15년 전의 사건, 자수로 발각'**

… 8일, ○○구 ○○가에 사는 회사원 여성이 15년 전 우편배달 아르바

이트를 할 때 배달하지 않은 우편물을 15년간이나 집에 숨겨놨던 사실을 경시청 ○○서에 자수했다. … 여성에 따르면 배달 당일, 누군가에게 습격을 당하는 사고가 있어서 그대로 우편물을 집에 가지고 갔다고 한다. 시간이 지난 뒤 우편물 미배송을 깨닫고 처벌을 받을 거란 생각에 집에 15년이나 숨겨놓고 있었다. … 최근에야 여성은 그 우편물을 같은 맨션에 사는 남성에게 도둑맞았다고 주장했고, 경찰은 그 남성의 집에서 미배송 우편물을 회수했다. …

*"*

《소설 류세이》 편집부에는 폐기된 원고를 넣는 상자가 있다. 일본에는 소설가를 지망하는 사람들이 전국적으로 많은데, 그 일부는 편집부에 원고를 보낸다. 대부분 출력된 원고라서 아마 다른 출판사에도 보내고 있을 것이다.

거의가 재미도 없는 시시한 원고다. 처음 몇 장을 읽으면 끝까지 읽지 않아도 소설 수준을 알 수 있다. 그런 아무 짝에도 쓸모없는 수준 미달 작품은 그대로 '폐기 원고'로 직행한다.

그중에는 편집부로 직접 원고를 가져오는 넉살 좋은 사람도 있지만 그런 사람들한테는 신인상에 응모해 달라면서 정중히 거절한다.

편집자 다가와 리코는 그 폐기 원고용 상자 안에 방금 원고를 하나 넣었다. 내용은 꽤 재미있지만 세상에 내놓을 수는 없다.

제목은 '포스트 캡슐'. 작가는 다케무라 에이고.

아깝지만 어쩔 수 없다.

그녀는 원고의 무덤 앞에서 합장한다. 그 남자와 다시 얼굴을 마주하지 않아도 된다는 점만은 기뻤다.

"아멘."

그녀가 중얼거리는 소리는 상자 안의 원고 무덤을 망령처럼 떠돌다가 이내 사라졌다.

### *12*

다케무라 에이고가 벽장 안에 틀어박히게 된 것은 사실 15년 전의 한 사건 때문이었다. 부모님은 소설 신인상에 떨어진 아들이 절망 끝에 틀어박혔다고 믿지만, 현실은 아니었다.

15년 전, 그는 같은 맨션에 사는 여자한테 첫눈에 반해서 따라다닌 적이 있다. 어느 날 용기를 내서 그녀에게 말을 걸지만, 그녀는 노골적으로 혐오감을 드러내며 거절했다.

그도 그럴 만하다. 얘기 한번 나눈 적 없는 낯선 남자가 느닷없이 말을 걸면 경계할 것이다. 그런데 여자한테 익숙하지 않은 그는 그런 당연한 심리를 이해하지 못하고, 그녀를 생각하는 마음이 하루하루 커져만 갔다.

그리고 마음먹고 러브레터를 썼다.

그가 벽장에 틀어박히게 된 것은 그 편지를 썼기 때문이었다. 경찰이 언제 찾아올지, 늘 전전긍긍했다. 그런데 경찰은 오지 않는다. 왜, 하는 의문이 15년 동안 내내 그의 머릿속에서 떠나지 않았다.

수개월 전, 벽장 생활을 그만두고 본격적으로 소설을 쓰기 시작한 뒤로 경찰에 대한 공포감은 사라졌다. 이제 괜찮다고 판단한 것이다. 그리고 그는 직접 손을 쓴 적이 없다. 엘리베이터 앞에서 기다리고 있었는데 그녀가 놀라서 도망치다가 모퉁이를 돌 때 균형을 잃고 그대로 난간 밖으로 나가떨어졌다. 그녀는 비명을 지를 새도 없이 혼자 죽었다.

그는 그녀한테 아무 짓도 하지 않았기 때문에 경찰이 왔을 때 당당해도 된다. 하지만 막상 경찰이 찾아오면 횡설수설하여 있지도 않은 죄를 고백할 가능성도 있었다.

최근에야 경찰이 오지 않는 이유를 알았다. '포스트 캡슐' 관리자가 15년 동안 계속 그의 러브레터를 보관하고 있었기 때문이다. 다케무라는 사타케 겐스케가 버린 자료와 '포스트 캡슐 후보' 편지를 집으로 가지고 돌아가서 하나씩 확인했을 때 자신이 그녀에게 보낸 편지를 발견했다.

15년 전에 잠시 마음이 고양되어 충동적으로 쓴 러브레터는 받아야 할 상대에게 배달되지 않았다. 그래서 경찰의 손길이 그에게 이르지 못했다. 익명의 편지여도 배달됐다면 경찰의 롤러 작전(이 잡듯 철저하게 하는 방법—옮긴이)으로 그가 수사선상에 올랐을 가능성도 있었다.

15년 전 일인데 난간 밖으로 날아가는 그녀를 떠올리면 지금도 온몸에서 식은땀이 흐른다.

그래서 경찰이 최근 우편물 미배송 사건으로 다케무라의 집을 방문했을 때는 간담이 서늘해졌다. 경찰은 증거품으로 '포스트 캡슐 후보' 편지를 압수했지만, 그가 쓴 러브레터는 그 직전에 책상 서랍에 넣어놔서 다행히 무사했다.

이 편지는 즉각 파기해야 했기 때문에 그는 쓰레기통에 버렸다. 이것으로 한 가지 일이 끝났다. 이제 소설가로서의 꿈을 향해 나아갈 수 있다.

소설 《포스트 캡슐》은 유감스럽게도 빛을 보지 못했지만, 경찰한테 무단으로 편지를 가지고 갔다는 사실에 주의를 받은 정도로 끝났으니 만사 오케이라고 봐야 한다.

그는 쓰레기통에 들어가지 못한 잘못 쓴 원고지를 향해 합장했다.

"나무아미타불" 하고.

그가 외는 염불은 원고지의 묘지를 떠다니다가 이내 사라졌다.

,

다케무라 미요코는 아들 방에 들어갔다.

"에이고, 있니?"

대답은 없다. 아들은 요즘 들어 외출이 잦아졌지만 방 정리 정돈은 여전히 전혀 안 되어있다. 쓰레기통에 종이가 가득 찼기 때문에 그녀는 '타는 쓰레기'용 봉투에 넣었다.

그때 버리는 원고지 속에서 편지봉투를 한 개 발견했다. 쓰레기통은 책상 바로 아래에 있기 때문에 실수로 쓰레기통 속에 들어갔을 수 있다.

수신인은 같은 맨션 706호의 다카바야시 리카. 편지는 러브레터로 추측된다. 소설가가 되기 위해 노력해 온 아들은 슬슬 가정을 꾸려도 좋을 때다. 극도로 내성적인 아이라서 여자와 직접 얼굴을 마주하고 얘기하지 못한다.

그렇다면 엄마인 내가 대신 이 편지를 보내주자. 발신인 이름이 없기 때문에 괜한 오지랖이라는 생각이 들었지만 연필로 다케무라 에이고라고 흐릿하게 써넣는다.


쓰레기를 버리러 가는 김에 편지봉투를 다카바야시의 집 우편함에 넣었을 때, 미요코는 이 집 딸이 10년도 더 전에 7층 통로에서 추락사했던 사실이 떠올랐다. 그렇다. 그 일은 사고인지 자살인지 결론도 내지 못한 채 흐지부지되었다. 그 부모님의 슬픔은 오죽했을까.

편지 수신인은 고인인데 편지봉투는 이미 우편함 속에 들어갔다. 손을 넣어보지만 닿지 않는다.

때마침 하나자와 도키에가 들어와 미요코에게 손을 흔들었다.

"다케무라 씨, 재미있는 얘기를 들었는데. 들어볼래요?"

미요코는 소문을 좋아하는 하나자와 도키에의 목소리를 들으면 항상 가슴이 설렌다. 그녀는 편지는 내버려두고 하나자와 도키에에게 다가갔다.


*2*

다카바야시 아키히코는 딸의 유영 앞에서 합장하고 있다.

딸 리카는 15년 전, 7층 통로에서 떨어져서 스물네 살에 생을 마감했다. 저항한 흔적이 없었기 때문에 경찰은 사고사나 자살로 봤지만, 다카바야시는 믿지 않는다. 딸은 자살 동기도 없고, 실수로 통로 난간에서 떨어진다는 것은 생각할 수도 없었다.

대학을 졸업하고 일류 상사에 취직해서 앞날이 창창할 때 갑자기 스스로 목숨을 끊는다는 것은 있을 수 없다. 직장 생활이 즐거워서 퇴근해 오면 회사 얘기만 하던 딸이다. 휴일에는 동료들과 취미나 스포츠를 즐겼다.

대학 시절부터 사귄 남자친구가 있어서 소개받은 적도 있다. 테니스 동아리의 2년 선배로 상당히 '훈남'이었다. 둘이 다툰 것 같지도 않고 몇 년 뒤에는 결혼도 약속한 모양이다.

아무리 생각해도 자살할 이유가 없다.

리카가 죽었을 때 일단 경찰은 타살 면에서도 수사를 했지만 애인은 그날 오사카 출장 중이었고, 동기가 있을 만한 다른 인물도 없었다. 다카바야시가 알기에도 딸에게 원한을 품을 만한 사람이 없었기 때문에 석연치 않은 응어리가 가슴속에 맺힌 상태로 오늘에 이르렀다.

그날 다카바야시는 1층 우편함에서 죽은 리카에게 온 편지를 발견했다. 발신인 주소는 없고 연필로 희미하게 '다케무라 에이고'라고만 쓰여있다. 의아해하며 집으로 가져가서 다시 봉투를 본다. 봉투의 풀 붙이는 부분이 빳빳해서 한 번 개봉한 느낌도 들지만 지나친 생각일 수 있다. 일단 가위로 봉투를 잘랐다.

리카 씨

이제 그만 좀 무시하지 그래? 이쪽에서는 진심을 다하는데
당신 태도는 완전히 최악이야. 자기가 엄청난 미인이라고 자신
하나 봐. 나처럼 별 볼 일 없는 남자는 인간쓰레기로 생각하고
아예 처음부터 인정하지 않나 보네.

두고 봐. 나, 금방 유명해질 테니. 아직 데뷔 전이지만 머지
않아 틀림없이 잘나가게 될 거야. 사람은 겉만 보고 판단하는
게 아니야.

그래서 말인데, 조만간 당신한테 내 마음을 전할 거야.

그때 대답 줘. 내가 이렇게까지 사랑하니까 당신도 내 마음
에 답해줬으면 해.

그래도 계속 쌀쌀맞으면 나도 다 생각이 있으니까.

아무튼 그건 됐고. 꼭 당신한테 내 마음을 전하고 말 거야.

당신을 사랑하는 익명의 남자가


이게 뭐지. 완전히 스토커의 협박장이 아닌가. 리카가 죽은 지
15년이나 지났는데 이 남자는 무엇 때문에 이성을 잃은 걸까. 딸
이 살아있다고 착각하는 걸까.

익명의 남자라 편지 마지막에 이름은 없지만 봉투에는 다케무
라 에이고라고 연필로 쓰여있다. 편지를 쓴 사람과 필체가 달라
보여서 조금 이상했다.

만약을 위해서 소인을 보자, 놀랍게도 15년 전 날짜가 찍혀있

었다. 이 편지는 딸이 죽기 5일 전에 보낸 것이었다.

이 녀석이 딸을 죽인 범인?

리카는 누군가가 따라다닌다는 말을 한 번도 한 적이 없다. 아예 처음부터 이 남자는 상대를 하지 않은 걸 수도 있다. 입에 담을 가치조차 없다고.

하지만 이 녀석이 만약….

당시 딸과 접점이 없었기 때문에 이 남자는 용의자로 떠오르지도 않았다.

그가 할 수 있는 것은 이 편지를 경찰에 가지고 가는 것이었다.

"이제 이름을 알잖아."

옮긴이 **김윤수**

동덕여자대학교 일어일문학과, 이화여자대학교 통역번역대학원을 졸업했다. 옮긴 책으로는 《양말이 뒤집혀 있어도 세상은 돌아갈 테니까》, 《연쇄 살인마 개구리 남자의 귀환》, 《연쇄 살인마 개구리 남자》, 《두부 모서리에 머리를 부딪혀 죽은 사건》, 《형사 부스지마 최후의 사건》, 《작가 형사 부스지마》, 《짐승의 성》, 《해바라기가 피지 않는 여름》 등이 있다.

## 포스트 캡슐

초판 1쇄 인쇄 2023년 11월 13일
초판 1쇄 발행 2023년 11월 22일

지은이 | 오리하라 이치
옮긴이 | 김윤수
발행인 | 강봉자, 김은경

펴낸곳 | (주)문학수첩
주소 | 경기도 파주시 회동길 503-1(문발동 633-4) 출판문화단지
전화 | 031-955-9088(마케팅부) 031-955-9530(편집부)
팩스 | 031-955-9066
등록 | 1991년 11월 27일 제16-482호

ISBN 979-11-92776-89-7  03830